山

SHANHE

河

石红许 著

新

XINYU

雨

北京时代华文书局

图书在版编目（CIP）数据

山河新雨 / 石红许著 . -- 北京 ：北京时代华文书局，2024.5
ISBN 978-7-5699-5455-5

Ⅰ．①山… Ⅱ．①石… Ⅲ．①散文集—中国—当代 Ⅳ．① I267

中国国家版本馆 CIP 数据核字（2024）第 070018 号

SHANHE XINYU

出 版 人：陈　涛
责任编辑：沙嘉蕊
装帧设计：石悦兰黛
责任印制：刘　银　訾　敬

出版发行：北京时代华文书局 http://www.bjsdsj.com.cn
　　　　　北京市东城区安定门外大街 138 号皇城国际大厦 A 座 8 层
　　　　　邮编：100011　电话：010-64263661　64261528

印　　刷：廊坊市海涛印刷有限公司
开　　本：787 mm×1092 mm 1/16　　　成品尺寸：170 mm×240 mm
印　　张：18.5　　　　　　　　　　　字　　数：286 千字
版　　次：2024 年 5 月第 1 版　　　　印　　次：2024 年 5 月第 1 次印刷
定　　价：78.00 元

园日涉以成趣（自序）

——我的散文写作之路

有人说，写作是和生命分不开的，写作是拷问灵魂的过程；有人说，写作是流汗、滴血、敲骨吸髓；有人说，写作是自言自语，是痴人说梦……我觉得自己都有那么一点儿，但没那么夸张。然后认真地思考过为什么写作，为什么会走上写作的路。

有一点我明白，写作是有想表达的欲望，然后通过文字的形式呈现出来。我以为，很少有写作者不希望自己的作品能够获得共鸣、掌声、荣誉等。

这就来了问题了。首先，写作者必须文字过关，否则你的表达会出现与内心不符的结局，那是很不过瘾、很懊恼的。请允许我打个不大人道但绝不存在奚落的比方，一如结巴在说话时，无论怎么动用肢体语言，总归有那么一些不干净利索，不淋漓尽致。其次，你的表达会不会给别人带来厌恶，一如乌鸦。这就要求写作者是一个在素养、学识、个人气质、品行诸多方面有修炼的人。好比是唱歌，拿到麦克风的人都会"呀拉索——"，但不是说谁的歌声都悦耳动听，谁都可以成为歌唱家。

我是一个写作起步不算太早的作者，师范毕业后，被分配到鄱阳湖畔一所乡村初级中学教书，教的是与写作不怎么沾边的数学。我的数学教得还算风生水起，无论几何、代数，应对自如，在那里划了一道优美的抛物线。后来，凭着一时兴起偶尔发表的几则小新闻，就无辜地把自己"发表"进了县报社，从此与文字结缘且没有退路了。

从数学到写作，有一段漫长的路要走。我硬着头皮上，买来词典学习，看书读报做笔记，足足有十几本，一点一点积累，练习写消息、通讯、调查报告、评论、现场短新闻等，一个一个攻克下来。仅靠写点豆腐块新闻立足报社，我发现还不行，还不够有底气，必须得来点"硬"货。我从副刊寻找突破口，熬夜阅读、写作，几年下来，凭借勤奋和职业优势，居然在全国许多同类或规格稍高点的报纸上发表了数十篇，又出版了个人集子，开始定为《同自己言情》，这个名字其实很吻合内容，后来想附庸风雅些，我选了个还有点意思的书名——《青葱岁月》。就这样一步一步跻身市、省、国家级作家协会，我沾沾自喜以为自己是作家了。还真奏效，市文联找到我，问要不要调过去。从世俗的观点、从获得的眼前实惠来看，我起初的坚决回绝不是没有道理。他们三番五次找我，我甘愿俘虏，被一纸红头文件"盖"进了市文学院，堂而皇之成为一名专业作家了。

麻烦大了。我突然发现，原来在报纸的副刊上发表的作品不灵光了，不怎么顶用了，文学杂志用稿与之大相径庭，不啻于当头一棒，我在写作上获得的一点自信和自豪被击了个粉碎。终于醒悟过来，写了近十年，我仍然是一个文学门外汉。什么是文学？我击脑袋狠狠地教训自己，你的表达是平庸的、蹩脚的，就是不受欢迎的。不要以为打个借条就是随笔、散文，拿起毛笔涂抹就是书法，会吹笛子就是演奏家，相差甚远。

经过痛定思痛的思考后，我提醒自己，那就从头再来，暗暗攒劲。我开始找别人的文章、名家的作品、名著阅读，每年安排自己去参加一些有意义的文学笔会之类的活动。我接触到了一些新鲜、深奥的观点，诸如文学是一面镜子，散文是心灵的河流，文学作品要有向内的力度，放大细节，等等。看得我是云里雾里，甚至一些观点互相打架。站在流经这个城市的唯一一条河流信江岸边，我摇摇头，发出无奈的叹息，眼神无比的空洞。那空洞里填满了我要做的事、要补的课。

边走边写，一篇一篇地出炉，试着以无心插柳的心态投稿，一篇一篇地发表，聚少成多，散文发表量也有些规模了，几年下来估摸有近百篇。总算贡献了几篇像模像样的稿子，这要感谢编辑的呵护厚爱。

散文《把耳朵交给母语》2010年2月刊发在《散文百家》上，同年被第5期《散文选刊》选载（改标题为《母语》），又被第8期《读者（乡土人文版）》、第8期《全国优秀作文选（美文精粹）》分别选载，还被选入《最唯美的典藏散文》，并被2010年广东省肇庆市中考语文毕业试卷选用，这是我万万没有想到的惊喜。

散文《竹笛秋语》选入《时文选粹第1辑》一书（知识出版社，2009年），《北方作家》2010年第1期发表后，先后被人大复印资料《都市文萃》2010年第8期、《西部散文选刊》2010年第3期选载，还在第四届"紫香槐"杯全国网络文学征文大赛中获了个三等奖。

散文《那面朝大湖的岁月》，我敝帚自珍非常喜欢，发表在2012年第5期《创作评谭》上，同年被第11期《散文选刊》选载。

另外有各类散文选本选了我的散文，就不一一列举。

当然，对于散文写作，我远远还没有达到可以动辄"主义"的时候，可以实现从实践到理论、从理论到实践的华丽转身。我写《母语》《竹笛秋语》《那面朝大湖的岁月》，是没有刻意追求技巧的，从题材的选取，到谋篇布局，在思想、情感、意境、创新上，还有语言的锤炼，都是随意的，或许因了写的是自己熟悉的东西，表达才会如此得心应手。《那面朝大湖的岁月》叙述的是我参加工作的第一站，有怀旧的元素，有真挚的情感，有艰难的跋涉，有田园的美，有青涩的梦……我觉得，散文写作的理想境界是真情的流露，拒绝无病呻吟，拒绝哗众取宠，拒绝故弄玄虚，用自己独特的文风去彰显合情合理的情思，去凸现事物的本质，就算作者想在技术上卖弄，最好不留一点的痕迹，建议看看火车铁轨的弯道，那才是高手。我们写的东西其实有很多，可以信手拈来，写日常，写细节，写琐琐碎碎，写生命中触动你心灵的有价值的人生片段，你没领略过"大漠孤烟"，就写低头一瞥的"烟雨江南"，哪怕是一片枯黄的树叶，当你审视它的时候，你一定有话要说。

扯远了，我哪里有资本坐享成果，夸夸其谈。从事写作，我觉得去写长篇气力不够，在圈子里，散文也算是写得不怎么好的一个。我还没有超越经验式的写作，而达到自主创作、自我警醒创作的境界。但我有野心，立过雄心壮志，等我头发白了的时候散文一定会厚重，然而，我好高骛远了，如今头发真的白了而且呈秃顶之势，散文水平却不见长。2010年暑假，我在"北戴河创作之家"，每天吃饭、散步时会遇见德高望重的王蒙先生、航鹰老师，也和来自福建、山东、北京等地的作家碰撞、交流，从与他们的交谈里我找到了自己的差距。就拿《明姑娘》的作者航鹰老师来说，虽然是来疗养度假，但她仍然每天早晨起来修改新创作的剧本，我肃然起敬。我就奢望着有那么一天，有那么一部著作成为立身之本。回来后，我完成了一本15万字的散文《故园千秋》，是由十几个系列散文组合而成的，每篇都在1.2万~1.5万字之间，找了北方一家出版社，编辑说读者的定位面窄了，市场份额小，有风险。如此一说，我就把这事搁下了，不言失败。

　　散文《虹关何处落徽墨》为我在文学的湖面上打出了一个优美的水漂，被选作"2018年普通高等学校招生全国统一考试（天津卷）语文试题"现代文阅读题。

　　不过，走写散文的路，靠零打碎敲，游击战是没有太大出息的，要策划选题，认准了就干，我坚信。余秋雨先生树起了一杆文化大散文的旗帜，给写散文的做出了个好典范。

　　有句话映衬了我这个懒散的写作者——"园日涉以成趣"，陶渊明在《归去来兮辞》里的这句话，比较贴切我的日常生活姿态。台湾当代作家张晓风作如是解释："这句话，按字面上的意思就是：我家小园，深得佳趣，但它何以有此佳趣呢？那是因为我天天都去走一圈的缘故。"我非常喜欢"园趣"式的玩，甚至还为自己开脱责任。在一次正式的写作讲座上，与县里的作者交流创作体会时说过"散文是玩出来的"，居然有积极的响应者，课后和我交流说深有同感。

　　我把自己归类为雅玩，写字画画的、收藏瓷器古玩石头艺术品的、唱戏器乐驴友的，乃至三教九流，其中都有我的朋友。从小时候吹笛子到不惑之年操刀金石篆刻，我拓宽了自己的爱好路数。朋友广泛了，我喜欢和周边为数不多的几个兴趣、话语相投的喝茶聊天，或者开车在以城市为圆心，以 50 公里为半径的范围走一走。因此，在这样玩的"园"里，趣味无穷，可以吸取很多的养分来营养我的写作。

至今，我仍然无法准确地回答我为什么写作，为什么会走上写作的路。假如说是为了坚守精神的、文化的后院，把自己打扮成一个高尚的"匹夫有责"者，谁信？我自己先就动摇了。那就放弃回答这样不怎么好回答的问题，像面对每天的柴米油盐一样，该怎么还是怎么，面对庸常的日子，寻找生活，继续写吧。

目　录

大湖无形

　　冬春之交，走在老家门前的湖滩上，草色青中带黄、黄中夹青，铺天盖地。虽没有路，好在脚往哪里那里就是路，不必担心陷入泥潭，踩过去，向前延伸的依然是草色青黄。整个湖滩上只有我一个人，似乎是为我布设的一个宽大无边的舞台，以梦为马，任凭思想驰骋。此时，我更像古代一名州牧，奢侈地拥有一座辽阔的草洲，扬鞭策马，任凭挥洒豪情。

　　天鹅、灰鹤、白鹤、野鸭，还有拔节藜蒿、枯黄芦苇、摇曳小草、伸展着毛绒叶片的鼠麴……大自然总是那么美好，春天就在一望无际的莽莽青草奋力向上的吆喝声中，我分明听见了多声部大合唱，冬天在做着无谓的挣扎，凛冽远去，立春的序幕已经开启，春风插上了翅膀，提前飞抵鄱阳湖，有风声有鹤鸣，有天籁之音，引游鱼出听，大地在积蓄力量，书写来日一片姹紫嫣红。我深一脚浅一脚走向大湖深处，走向梦中的家园，醉在氤氲草香里。

　　视野开阔，一望无际，没有高的海拔，只有低调的广袤开阔。

　　回望岸边，一山侧卧，名曰独山，下藏龙潭，岭掩古寺，枕着鄱阳湖的涛声，欸乃桨声送来北宋状元彭汝砺在独山亭的读书声，独山其实不独，风景这边独好。它还拥有一个时髦的名字——鄱阳湖湿地。

　　天高水渺，云淡风轻。这里是鸟的家园，这里更是我的家园。春天的藜蒿、夏日的水天一色、三秋的蓼子花红遍、九冬的鹅嘶雁叫，我都是那么的熟悉。还有大湖岸边一枚枚棋子一样散落的渔村，无论多少年过去，无论有多少小楼拔地而起，无论它们变得多么华光溢彩，闭着眼睛我都能知晓它们的方位，还有那地道的母语、熟悉的泥土气息。

个子还没有芦苇高的时候，我就常常漫游在大湖的怀抱里，堤坝、沙滩、草洲、水塘、小树林……都留下了儿时无知无畏、无忧无虑的欢快身影。捕鱼、戏水、放牛、划船、挖野菜，都是当时就地取材简单而美好的寻常趣事，如今变成了遥远的回忆。这里虽说没有"呦呦鹿鸣"，却生长着大片大片的可食之蒿，点缀着湖岸人家一日三餐的津津有味。

春去秋来，水涨水落，没有太多的人为痕迹，城镇的繁华与它无关，植物、飞禽在湿地上可以随心所欲地施展手脚，自由自在地玩耍，没有杂乱、无趣，没有荒凉、荒芜，一切都是那么的可亲、可贵。也恰恰是鸟的一次次展翅飞翔打开了我对外面世界的无限向往，奇思妙想已经长着翅膀飞奔未知的远方。看着水天间空茫一片，我真想飞起来，抛弃所有的尘世烦恼和复杂情绪，去和飞禽们交个朋友。

湖水荡来的生活痕迹，散落在湖岸线，那是各色饮料瓶、酒瓶、碎瓷片，家具的残胳膊断腿，埋在泥沙里锈迹斑斑的铁器、木器，以及其他金属品，却依然氤氲着烟火气息，告诉我曾经承载的故事。湖水无形，却能涤荡一切，也包容一切。

也许村里人觉得我实在是了无情趣以此打发时光吧。其实，我只是在寻找童年的记忆片羽，寻找岁月深处飘散的嬉戏；其实，我只是喜欢大湖的真实、坦荡，想把沾染了都市喧嚣与浮躁的自己交给大湖，任凭吹拂、洗礼。

在这里，有如此众多的生物与我为伴，都值得我一一问好，不管它们情不情愿，我都保持谦恭的姿态，显然无法融入它们，只是远远地看看，尽量减少对它们的干扰、妨碍。在这片水天间，有这么一帮远来的客人，共舞草洲，万羽排空，蔚为大观，大湖呈现出一派祥和、雄浑之景象。大湖的一切也都值得我去一一叩访。

在外行走，我怕自己迷失在远方，迷失在高楼大厦间，必须与大湖建立起稳固、良好的关系，去聆听大湖的呼吸，去感受大湖的气质，大湖给予了我太多的能量，开阔、浩渺、浑厚、自我净化……每年我都会选择时机虔诚地走向大湖，亲近大湖，给疲惫的心灵充值。

一座石桥，渡我向纵深挺进。在茂密的青草遮掩下，很难发现不远处有一座石桥架设在溪流上，可以想象得出，丰水季节石桥会严严实实被大水淹没，一年中大部分时间不露真容，枯水季节才大显身手发挥桥梁作用。石桥，架起通往湖深水远的坦途，多少传说在这里演绎。

远处一叶扁舟在召唤，正好去拜访湖水深处共家园的好朋友，它们不远万里来到鄱阳湖越冬，脚步声却惊起水湄扑棱棱的高傲飞翔。我有些懊恼，更有些惭愧，原来只是我的一厢情愿而已，它们并不领情，带着几分警惕移师更远处觅食、撒欢，用扇动的翅膀表示不满。飞翔，是大湖上空最生动的音符、最华丽的舞姿。怀揣几分失落走过去，草滩上散落着几点白色、褐色的鸟粪，几支漂亮珍贵的羽毛，还有密密麻麻的竹叶脚印，据此我基本能辨识得出是大雁还是天鹅或其他鸟类，眼前似乎浮现大湖精灵的身影。不知它们是《诗经》里"雎鸠"的邻居，还是王勃笔下落霞里飞来的不再孤独的"鹜"？

每次回老家，我都是第一时间奔向湿地，尤其是节假期在家小住的几日，与湿地的亲近更加密切，充满着初恋的感觉，像是去赴一场心有灵犀的约会。有时候，我又很迷惑，不晓得自己想看什么，但却心甘情愿地走来走去、走走停停，或靠近一棵儿时就扎根在那里的老树拍个照，或与一条水沟的鱼儿说些不深不浅的悄悄话，或挖一个小土坑种下我不老的心愿抑或长了翅膀的乡愁，一定会发芽的，会像飞鸟一样捎来大湖的信息。

大湖岸边的小坡地，长了些高高矮矮的树木，那在老家人一般都不由自主地称作"山"，先祖就埋葬在那里，给人一种庄严感、敬畏感。面对这"山"，说与真正的大山里人听，他们会露出诧异的神情，或不屑的表情，很快就心领神会，含笑不语。所谓"山"，其实就是丘陵，好处倒多着，冬天能抵御寒风，夏天能抗风浪，还是小动物们的最佳栖息地，是黄鼠狼、毛狗（狐狸）、猫头鹰、小兔子、獾猪、獾狗、豪猪、麂子、林鸡、獐、蛇的乐园，如今一般都很难见到。多少年来，我们总是对它们下狠手，以致它们不得不提高戒备、警觉之心，增强防范风险意识，对人类早已敬而远之，大都是昼伏夜出。多么想装上一双"秘境之眼"，多么想与它们不期而遇、不被打扰地相逢，哪怕就是给上匆匆一瞥也足矣，却没有守株待兔人那么好的运气。

漫无目的地走在湿地上，偶尔有个小水塘，这一汪波澜不惊的水，也早已贮聚万种风情，里面游弋着一些退水前还来不及撤离的小鱼虾，优哉游哉地留在了这里，一副没心没肺的样子，与螺蛳、蚌壳、水草为伴，等待丰水季节漫游大湖。近些年鄱阳湖禁渔，它们没有了被捕的忧虑，却极有可能会成为候鸟们的美餐。哪怕下点小雨，对于小水塘的鱼儿们来说，都是天大的好消息，都是奋进的鼓点。蹲在水边，望着自由自在的小鱼，摆动着尾巴，小嘴巴一翕一张，一副可爱的样子，便暗暗祝福小鱼小虾好运，快快长大起来，去大湖遨游。

风摆弄着我的衣袂，撩拨得心也飘飘起来。远处有一个人影在缓缓移动，待走近一看，居然是我熟悉的族哥荣道，他原先以打鱼为生，现在鄱阳湖禁渔，荣道哥将渔具放马南山，成了一名编外"护鸟人"。看见我，荣道哥显得格外亲切，寒暄了几句，他手一比画说："这湖面、这草洲，一切的一切，太熟悉了，太有感情了，每天走一走、看一看，心就踏实了。"交谈中我得知，荣道哥几乎每天都要在他管辖的湖区巡视一遍，尤其是到了冬春季节，候鸟多起来，哪怕是打霜冰冻的恶劣天气，仍然要走上一圈，捡捡破渔网、整理泊在岸边的枯树枝，若是发现受伤的鸟类，小心翼翼抱起来第一时间送去诊治。荣道哥深情地说，"天鹅、白鹭、苍鹭、大雁，偶尔还会发现丹顶鹤，还有各类野鸭，不远万里来到家门口，它们像是珍贵的客人，钟情这一湖清水，我们就要责无旁贷担起保护重任。"看着走到大草洲深处的荣道哥，我觉得，他更像一名州牧，更像追逐诗和远方的牧鸟人。一片羽毛飘落的抛物线很美，轻轻地落在大湖深处。

回到大湖，回到故乡，心妥妥帖帖的，整整一个下午，我都在用自己的方式快乐行走在草洲上。累了，就随意择地而坐，没有城市的咖啡与红茶飘香，折一茎草芯嚼一嚼，青青的味道唤起了深埋心底的一丝柔情。

釉　惑

一

走在南平，有脚踏福建半省的豪迈。

建瓯、建安、建州、建阳、建宁……闽北历史上带"建"字的地名洋洋洒洒，典藏在武夷山脉深处。八闽大地，"建"地占籍三成，成就了福建之命名，取福州与建州各一字名副其实，皆大欢喜。

厥福之地，自然物产丰饶。建兰、建漆、建盏，这些带"建"的名词，都与福建息息有关，当是以"建"地而得名。

建盏，蒙尘数百载，光彩不减。那一日，在建盏文创园，透过玻璃展柜与它相对视的那一刻，一袭惊艳的黑彩让我惊诧不已，瓷中极品从我眼前轻轻掠过，从此便定格在我的脑海中。它有一个好听易记的名字"建盏"。建韵悠悠，兔毫、鹧鸪斑、油滴是它在烈火中燃烧的词章。

建盏滥觞于五代时期，兴盛于宋，一度成为"宋人掌上宇宙"，似有得一盏而得天下之欣喜若狂。

建盏，一"黑"当先，将黑釉发挥得淋漓尽致，与青瓷、白瓷三分天下。古代建州人不拘泥守旧，敢于创建，黑釉的绚丽多彩、千变万化闪耀在两宋的天空，幻化星云，缀连珍珠，令多少茶人痴迷此色。龙凤团茶成为最好的遇见，一杯杯建盏荡漾着醉人的茶汤，"兔褐金丝宝碗""甘露从来仙掌"。

5

一方水土孕育一方器皿。建阳特有的高铁黏土、天赐的釉矿，在工匠的精心调理、打磨下，还有熊熊窑火的加持，瓷中黑牡丹横空出世，飞出武夷山。

黑都能黑得如此美丽动人，建盏用另一种方式诠释了黑色。黑，原来也能魅力四射，将深沉、静谧、古朴之美深藏其中。这黑，并不仅仅是简单的黑。在戏剧里，黑脸"象征着性格很严肃、不苟言笑的角色，属于中性，代表猛智"。建盏之黑有异曲同工之妙，黑得内敛含蓄，黑得空灵，"釉"惑迷离。

一盏立于掌心，其兔毫的惟妙惟肖，我简直不相信自己的眼睛，远看近看，正看斜看，用放大镜看，妙不可言，有时还能看到一道蓝光的折射，不喝茶先就美醉了。那釉是怎样泼洒上去的？然后自自然然分布其上，纹丝不乱，不知是如何做到的？那釉色，那斑纹，看似无一物，却蕴藏乾坤。

再看盏上兔毫、鹧鸪斑，还有油滴、曜变，谁赋予了其神来之笔？一物在手，美在心头。一建成名，高耸武夷，被宋人誉为"斗茶神器"。

原来与建盏也有过浅浅的缘分。早些年有人送给我一个从古玩市场淘来的老建盏，残缺不全，兔毫不明朗，器型不正，釉泪不规整，便搁置一旁，和鸡肋一样觉得扔掉可惜。后问一名修复建盏的师傅，告知翻新要花大几百，心想那样还不如买一只新的出自名家的建盏，高阁便成为它的归宿。偶尔也会拿出来瞧一瞧，那散发着时间积淀的包浆，让我不忍丢弃，残缺是一种美。

生活有时候也需要古拙的音符暗示，不完整的旋律击打，人就会变得安静、澄净下来，建盏的黑彩值得拥有、珍藏，哪怕是残破的样子。

二

一只鹧鸪身披花斑羽衣，在山边大摇大摆地低头觅食，小男孩在不远处自由自在地放牛，它望了望四周，依然泰然自若，我行我素。这一幕，幻化成眼前的一只建盏，想必是老家山坡上飞走的那只鹧鸪变成了"盏"，飞进了某个工匠的记忆，凝固成如此人间尤物。

假使山中鹧鸪见了建盏，一比照自己，不得不自叹弗如，觉得自己漂亮的外衣还逊色于一只建盏。林地兔子看了建盏，摸一摸一身毛色，也会发出感叹，真是不谋而合，人类的高超技艺简直可以以假乱真。

那是什么样的技艺，能够如此精湛？站在高高的大山窑址上，我深情地望着大地，致敬中华绵延不绝的工匠精神，致敬这片丹山秀水。

手中有一款国家级非遗传承人潘建信手作的建盏，摸起来有金属的质感，分量很沉，盏身内外荡漾着逼真的鹧鸪斑，敛口器型，我是爱不释手，每日用它喝茶，茶汤微漾，如一阕宋词入耳，时光慢下来，有一种返璞归真的感觉。一盏在手，内心安宁，似有那典雅、婉约的《鹧鸪飞》笛声在耳畔萦绕。

"看天做盏，看盏做盏，做盏的人要会懂盏。"潘建信对做盏要求非常严格，他认为每一个盏都代表着他的一张名片，不允许有瑕疵的建盏出厂，要求釉色纹理均匀并能析出晶体的美观。走进他在建阳的工作室，展柜、博古架、工作台上摆满了各种建盏、制作工具，整个大厅弥漫着浓郁的建盏文化氛围，合着茶香四溢，透射出一名建盏文化守望者的执着。他一边泡茶，一边说，文化是要靠大家去传播，就是要让每个来这里的人，都能认知建盏，都能领略到从宋代走来的建盏文化。

明代《茶疏》记载："茶滋于水，水藉于器。"喝好茶，更要配好器具，附庸风雅也好，颐养性情也罢，把玩着手中建盏，注视那满身的鹧鸪斑，心便像长了翅膀一样在那山林溪水间放牧、飞翔，心早已溶于那山水中，生出无边的向往、憧憬。

三

建盏，是一抹温暖的色泽，因茶而生，在茶烟袅袅里靓丽绽放，历经六百多年沉寂，终迎来高光再现。一批批工艺师重返建阳，致力于复原传统老工艺，追逐宋式美学，一只只建盏问世，唱响绝美的歌谣。

　　曾多次踏访武夷山北麓铅山境内的盏窑里，废弃的文化堆积层历经千年，一块八十年代竖立的"县级文物保护单位"石碑掩藏在树林中，蓬头垢面，藤蔓缠绕，无人问津，依然坚守着最后的体面，匣钵、残盏、黑瓷片满山都是，我一一叩拜，想拾捡几个回来，捡起来，终于还是轻轻放回原处，它们是属于这片山林的，是这片土地的精灵。

　　壬寅秋日又去了一次铅山盏窑里，惭愧的是，开始我居然找不到偌大废弃的窑址，是拆建的指挥棒改变了村庄的模样。直到遇见一位老人，在他的指路下，才得以如愿。

　　这一次，我顺着山路慢慢往上爬，堆积层上长满了各类高高低低的杂木，蓊蓊郁郁，却还是覆盖不了千年前的窑火痕迹，时有暴雨肆虐，不少瓷片、匣钵冲刷下来，山腰上的盏窑废料堆积层依然气势恢宏，一堆又一堆，我甚至还以为一直往上攀能抵达宋朝。在这里，树叶婆娑，像是送来历史深处某个清晨喧闹繁闹的声音，"我看中了这个盏""那个盏我要了""这一窑茶盏我全包下……"眼前浮现出一幅茶盏交易图。

　　在山上艰难地攀爬，累了就随意坐在哪块也许是文物的匣钵上，这里烧制的黑釉盏，和建盏无异，有兔毫盏、鹧鸪斑盏，也有油滴盏……我在想：当时这里是不是武夷山那边建盏的加盟合作基地，还是山寨版地下工厂？所出品的盏器是不是翻过武夷山脉挑到福建去，以满足市场需求？或就是独立的存在，是建盏产区的拓展地带？山林空茫，没人告诉我。

　　轻轻用手指弹响一块黑瓷，略显沉闷的声音拖带出一阵惊慌失措的余韵，还夹杂着一丝缥缈的乐音，很快消散在密集的树丛里，瞬间便归于寂寥。山南山北，风月同天。走出山林，转望这片盏窑遗址，拍一拍手上的泥灰，抖落一地如宋词般的清音。拨开山岚，我自喝茶去。

四

　　老实说，对建盏，我知之不多。从五代、宋朝走来的建盏，一路风雨，携带了一盏盏积淀丰厚的茶文化，岂是一知半解能够道明的？

不过，拿釉色来说，建盏兔毫和鹧鸪斑的区别，我还是基本能够独自识别。兔毫是长长的线条，鹧鸪斑是圆圆的。

但是，怎么也分不清鹧鸪斑与油滴的区别，总感觉差不多，都是用来比喻建盏上的点状斑纹。建盏专家、骨灰级收藏者是能够说出个道道来，听他们丁是丁卯是卯地解说，那油滴的滴可大可小、可圆可椭圆，分布可密可疏，相互融合又各自独立，迟钝的我在实际认读时还是不能完全分辨，常常闹出混淆彼此的笑话。尤其是面对处在临界点的建盏，实在感到目所不及。好在中国古籍上统称为鹧鸪斑，这悄悄安慰了我，更给了我信心，否则我都开始怀疑自己对物品的理解认知能力了。

真想变成一滴黑、一团火，沿着釉色纹理走向，深入其中，去探寻那千变万化的釉，在高温下的自然流动，以及那铁元素与其他物质在里面的剧烈变化，是如何涅槃成一个个独一无二的建盏。正因为"不可控"，才增加了建盏的神秘，充满了未知和惊奇，还有几许"出窑万彩"的期待。

试看这五彩缤纷的建盏：金鹧鸪斑、银鹧鸪斑、窑变兔毫、黄兔毫、金油滴、银蓝油滴、曜彩油滴、曜变极光……盛满了一盏盏彩光，映照平凡的日子，点亮了我们生活的星空。

泥 光

一

行走山水间，我像个考古工作者，爱捡一两块残破的陶片、瓷片，反复端详，或举过额头对光审视，俨然一副专家的样子，爱不释手，然后细心地用纸巾包好，如同包回了一段尘封的历史，放进旅行袋带回来。以至同行总以艳羡的眼光看着，猜测我不经意间又弄到什么宝贝。

是的，于我来说，就是一件文化瑰宝，是无价的，就像我去"中国黑陶之都"日照，千里迢迢带回一块其貌不扬的黑陶片，却被邻人揶揄不已，笑曰一块破石片罢了。对陶瓷残片的收纳，是我多年来养成的一种癖好，发现泛着经年包浆的青瓷、青花、褐色陶片等，被人遗弃在路边，内心便隐隐作痛，就俯身顺手拾捡起来，感觉它那忽隐忽现的光芒里闪藏着一段不为人知的故事欲与人诉说。

那年，走进两城镇遗址，在荒郊野外，我遇见了散落地上的黑陶，它们甚至半掩着身子，躺在泥地里，一副灰头土脸的样子，不知它们产生于何年何月，也许就百多年，也许有千年。

黑陶，当地人早已是引以为豪的司空见惯，从龙山文化的废墟上走来，从明洪武年日照民间族谱上走来，而我是第一次发现，惊讶不已，更惊叹典藏于莒州博物馆的"高柄镂空蛋壳陶杯"。那黑色的光亮穿透过来，渗透着浓郁的东方文化气息，我迷幻其中。望着那庄严、沉稳、神秘、压迫的黑色，望着那火上的造化，眼前浮现一团不灭的窑火，熊熊燃烧，烧出了灿烂的人类文明史。

蛋壳陶，被誉为"四千年地球文明最精美的代表"，是东夷部落首领的随身爱物，还是原始王朝的礼器？叩问莒国旧地，古老的银杏不语。博物馆里黑亮的高柄杯见证了最早的日照，至今还散发着酒的芳香。谁说文明脆弱不堪？蛋壳陶冲破岁月长河里无法预知的一次次环生险象，依然完好地呈现在世人眼前。蛋壳陶，其上一定沾染了人类指纹，一定承载了像蝌蚪的甲骨文，不知甲骨文是否记载了黑陶工艺？也许要等待后人去发掘、去解读。走在莒县、日照，处处是文化堆积层，随手拾取，或就是一段远古的回忆。

一方水土，一方陶艺。我的家园，江南水乡，也有制陶的，但色泽并不是黑色的，抑或与土质、烧制工艺有关。早年的水缸、瓮、腌菜坛、油盐罐、茶壶、杯子、火盆、香炉、中药罐、碗钵……大都是陶制品。而今，伴随着塑料、不锈钢、钢化玻璃等新型材质的大量涌现，陶器渐渐淡出了日常生活、淡出了人们的视线。

岁月悠长，陶器仍然会在某个时空节点透射出一道不紧不慢的光彩，令我们为之心动。原来它并没有走远，仍然在陪伴人们。

在我的书桌上，一定有一片陶，也许我说不清来自何处，但它有着一米之光，提醒我对泥土保持敬畏之心。

二

季节的大笔一挥，就给麦田镀上了层层金黄，夏风送爽，还夹杂着古老的泥土芳香，在莒县乡村，走进一位赵姓老师傅的黑陶作坊，巧遇他去挖制作黑陶的泥巴，我谨慎又大胆地提议跟随他去。赵师傅欣然应允。

在我看来，也就是水塘边地底下普普通通的泥土，而赵师傅告诉我，黑陶对土的要求特别严，这个并不是仪器能检测出来的，完全凭眼力、手捏、经验，乃至舌尝。见赵师傅扒开地面上草木杂物，只选取中间泥土。

11

那沉寂地下千年的泥沙，似乎就在等待懂它的人，泥土的本色在阳光下愈加闪亮、迷人。捧一抔土，赵师傅一脸虔诚，还贴近鼻尖闻了闻，继而很满意地微笑着说："这泥土不错，细腻、无杂质、黏性大，适合制作黑陶。"泥土不言，只可意会。诚然，同是泥土，在制陶人眼里，那就大相径庭。我信，虽然我不懂。

所居城市与瓷都景德镇乃隔壁邻居，身边与瓷器打一辈子交道的大有人在，瓷器用的高岭土，有着江南女子的曼妙、甜美、娇柔。这黑陶的泥土，产生于黄河流域，尽显大气、雄浑、沉淀之美。

由泥到陶，中间有很长的一段路。不是说泥土弄回来就可以拉坯，还要经过反复的过滤、浸泡、沉淀、晾晒等工序，那是泥与水的深度交融，唱着含情脉脉的歌谣，氤氲水汽在阳光下，折射出动人的光泽，直至泥浆细如膏腻，像极了某一款巧克力的广告词"纵享丝滑"，令热恋中的情人怕是也自叹弗如，这才告一段落。

然后就是尽情揉泥，一如那揉面粉，捶打、弯曲、折叠、揉压……最后捣鼓成一个个圆柱形或者方形泥坨，立在架子上，像待嫁的大家闺秀，自有人青睐、爱慕。这好戏还在后头，那就是拉坯，是手与泥的精彩对话。

三

一双灵巧的手，在电动拉坯转盘上（古时用机械转盘），将一坨泥飞舞成各种样式的器皿，是诗画，是黑色的舞蹈，令人眼花缭乱。

看着工匠们那么游刃有余地摆弄泥土，我申请上去试一试，心想玩泥巴谁不会，小时候可是在泥地上摸爬滚打长大的，便跃跃欲试，想露一手。

那时在农村，玩泥巴是家常便饭。最有趣的是打泥炮比赛，我和兵咕佬、亮麻古、驼子等三五个小伙伴常常在一起，每个人偷偷从村头砖瓦窑弄来一包泥，兴高采烈地揣在怀里，然后相约一起大战三百回合。打泥炮简单易学，野趣横生，就是将泥巴用手拿捏成碗状，至于掌心倒扣后再对准平地捧打下去，伴随着一击响声，泥上面就有了个炸开的炮眼，也炸开了我们一串稚嫩的欢笑，这时对方哪怕不舍也得从手中的泥巴上抠一点下来，去补那个洞，大都是两人一组，先后轮流，你来我往，谁的泥巴越来越少就认输。一般凭响声基本能判定眼大眼小，响亮清脆的眼大，沉闷无力的眼小。比赛结束后，彼此望着那一身飞溅的碎泥，甚至脸上、手上、眉毛上都是，就相约到水边擦拭干净，却怎么也逃不过大人的眼睛，少不了一顿呵斥。就这样，我们学会了玩泥巴，亮麻古后来还真成了一名名副其实的砖瓦窑师傅。看着他在制砖时挥洒自如的动作，我戏谑当感谢儿时打泥炮的操练。

坐在拉坯工作台上，盘着一坨泥，根本奈何不了转盘，我左右开弓也跟不上节奏，在众人的哈哈大笑声中"败下阵来"。一位年轻的师傅当场做了演示，看他那娴熟的动作，我情不自禁地送上了一阵掌声。瞧那一抔泥土，在工匠的手中，拍、打、切、削，三下两下就初现雏形，再拨弄几下就实现了蝶变，一件像模像样的器皿就亭亭玉立于眼前。当然，看起来容易，说起来简单，其实，陶艺师傅们那是经过多少年的磨炼，才练就了一身了得功夫，无论是一次性成型的圆器，还是不能在轮车上一次拉坯成型的琢器，都信手拈来。

譬如说修坯，更是精细活，是实现华丽转身的关键环节。在日照东港的一些陶艺工作室走访，我有心观看操作台，这修坯工具就五花八门的，形状各异，有条刀、板刀、陶针、竹片、石头、砂纸……有的工具还很难叫上名称，而且因人而异，一些老师傅还会根据自己的手法需要自制工具。一件件都是能够与泥喁喁私语的密器，就凭那一双双妙手，将质朴的泥土化成精美的艺术，刻刀将时光凝固在泥面上。

对隐忍于足下的泥土，我深深地致敬。

四

火，用燃烧的姿势，把泥土涅槃成一个崭新的艺术生命。

最初装窑时，师傅们一旁指导，窑工则是小心翼翼地，将器皿一件一件码放进窑内。择吉时点火，烧柴的声响热烈，窑火升起一片欢腾。透过窑灶口，看到窑内火舌环绕着器皿，卷起的烈焰如惊涛拍岸，动人心魄，用力量创造着熠熠生辉的美丽。

黑陶就这样浴火而重生。一般要烧整整一天，窑前不得离人，随时观察火势，根据窑火的颜色掌握窑内温度，这个完全凭窑炉师傅的经验，窑火不灭，一代一代口口相传。

在老家鄱阳北部桅田街不期而遇一座祖传窑，也称柴烧窑。窑主说，烧窑，看火的师傅最具权威性，俗称"把桩师傅"，把握火候是一言九鼎，瓷器烧得如何，就凭把桩师傅一句话。一窑烧下来，大概需要数千斤木柴。想必在这点上，烧制黑陶也是大同小异。

黑陶，那是泥、火与人的智慧的结晶。日照的师傅告诉我，恰恰烧窑是黑陶区别于烧瓷颇为关键的环节。瓷器可以是烧柴，或者烧煤炭，如今还可以选择电、液化气，而烧制黑陶的燃料只能是单项选择，唯有柴烧。黑陶的温度控制一般在800~1000℃之间，瓷器则要1300℃以上，甚至高达1800℃。当看到窑内坯体由黄变红，此时窑内温度基本达到了800~1000℃，就要关闭窑口，隔绝空气，使得燃烧未尽的木炭产生浓烟，烟气里的碳分子渐渐弥漫渗透入陶器，形成了乌黑如漆的效果，简而言之，封窑使陶坯慢慢地熏黑，称之为"熏烟渗碳法"，黑陶也由此得名。发明这种烧制方法的第一人或一群人，真了不起，让黑变得自然而敞亮，让黑走进日常润泽生活。

启窑时，黑陶似一道绚丽的光彩喷薄而出，承接千古，一片欢呼声里绵延着从新石器时代流淌来的韵律。我用手轻轻敲了敲一件新鲜出炉的黑陶，发出了清脆悦耳的声响，如磬、似玉，回音悠悠。泥土，以如此方式藏有高贵，给人不真实的感觉。代表着严肃、刚毅、冷峻的黑色，丝丝扣扣沉积、着墨在黑陶上，化作远古先民尊崇的色调，表达了当时人们对大自然的崇敬和畏惧。黑陶，土与火、力与美演绎出一个时代的绝唱，在日照、在齐鲁大地浓缩成龙山文化的经典传奇。

泥与火的对话、泥与火的共舞，身披人间无数温度，淬炼出一道黑亮的光芒。

稻田低语

一

窗外的树梢被热浪熏得没精打采，与窗内百无聊赖的我惺惺相惜，颇有些同病相怜。

瞪着眼看明晃晃的日头在树叶上翻滚跟头，涂抹着阳光的纹理，树叶不慌不忙展露身姿接住光照，偶尔一阵风吹过，阳光就会跌落在树荫里无影无踪，炎炎夏日，树叶不厌其烦地伸展着身姿，露出了婀娜的微笑，树叶的隐忍、淡定感染了我，心情渐渐平复下来。

回想那些需要静下来的日子，几人能做到心如止水？多么想成为一棵欲静的树，却老是有风而不止。

静以修身。静下来，适合思考。掐指一算，匆匆又匆匆大半辈子，难得有了这一次一次静下来的不情之请，请足不出户（除了下楼做核酸）。闭上眼，还是那如烟往昔，尤其是老家的人、老家的物，一次一次冲撞进我那并不顺风顺水的思绪之舟，把我带向渺渺鄱阳湖之畔。

低头思忖，秋季到了，快开学了，此时我并不关心孩子们的上学，那是教育、卫健委等部门统筹考虑的事。忽然就想起老家鄱阳湖平原，此时稻田正是绿浪翻涌（一晚已泛黄），一株株饱满鼓劲，拔节孕穗，自由抒怀，唱着快乐向上的歌谣，当年的我总是陶醉其中。那么肥沃的土地，老家人是舍不得只栽一季的，这田畈上满是浩浩荡荡、整整齐齐的二晚（二

15

季稻），泼洒着浓郁的稻花香，张扬着奔放的节律，它们在与季节赛跑，要赶在白露之前完成抽穗、扬花、灌浆的旅程，然后就是静待"嚓嚓嚓"的镰刀声、"嘭嘭嘭"的禾斛声响起来（而今是收割机的隆隆声）。

当"露从今夜白"时，江南的水稻也就不紧不慢了，它们尽量压低着谷穗安安稳稳守在田野上，望着村庄的灯火露出了微笑。

想到这里，内心就升腾起了一种回老家的冲动。只要有足够的时间，我的第一选择就是还乡，去拥抱原野、稻田、草滩，和老家人畅快淋漓地谈一场于我来说快要陌生的农事。

二

"干旱"一词，高频率出镜、霸屏，龟裂的稻田、湖床触目惊心，在城里却丝毫体验不到，是自来水给了我们清清的误导和楚楚的自信。但潜意识里我还是保持着一定的忧患，担忧老家的田地、湖滩、庄稼、树木，担忧行走的和不能行走的生灵，尤其是水稻，没有水哪来稻？那不是要寅吃卯粮？

手机、电脑、电视……到处充斥着鄱阳湖中长长的明代石桥露了出来的爆炸讯息，一物两面，许多人纷纷争相前往一睹那古老容颜，却忽视了另一面，正是我在为那些来不及撤离的鱼虾、螺蛳、蚌壳之类的小生命而痛心，它们会被活活干死、晒死；一些鸟类或因为此而难以觅食，面临挨饿。此时，我不想听"物竞天择、适者生存"之类的大道理、安慰话。稻子也正需要水的滋润，缺水就会减产的，简直不堪设想。

人在城里，心挂老家，不要说我多么的有悲悯情怀，自然而生罢了，那可是生我养我的一片土地啊。

拧开水龙头，每喝一口水，汩汩经过喉咙绵绵流向全身，这时都会惦记老家：旱情是否缓解？正膨胀身体、充实内容的稻子是否有水喝？俗话说："以水调气、以气养根、以根保叶、以叶促粒。"足见这个时候水对于稻子是多么的重要。

蜗居在钢筋水泥里，遥望鄱阳湖的方向，那才是家的方向。我想，等忙完手头的事，放任不羁回一趟故乡，不去看那座浮出水面的古石桥，也不去看那一条条瘦弱的河流像枯木根系一样无助地伸向大湖，从高空看那画面的确美，但那美是畸形的，令人心生痛、眼含泪。我只为聆听稻稻之声不绝，就在秋天的田野里，在"落霞与孤鹜齐飞"的天空下，我还要写一组诗献给守护着稻田的青蛙，献给默默灌溉的蜿蜒水渠，献给我的父老乡亲。

三

走在稻田里，白鹭翩翩，蛙声悠悠，总有一种清脆如鼓的鸟鸣声牵引着我的脚步，寻声叩问：歌者是谁？

"懂——懂——"每每听到此声我就想发笑，和"知了"一个德行，不知它究竟懂了什么？不过，能发出如此悠扬嘹亮的声音，倒是把稻田装点得有声有色，一派生机盎然。

铺排的稻子当之无愧成为这个季节的主角，清晨或黄昏时，唯一的歌者，是那么欢快，那么自豪，常常是只闻其声不见其影。放学回来的路上，经过一片稻田，偶尔也会传来"懂——懂——"之声，那天作业错了太多被老师批评了，听到"懂——"的鸣啼声我就不高兴了，心想是不是在"嘲笑我不懂"，顺手捡起石子儿朝发声那边扔了过去，惊起一只黑褐色的鸟慌里慌张蹿出稻田，在田坝上闪现了一下，又快速钻进另一块稻田，扛锄头路过的尊右叔告诉我，那是董鸡，还叫秧鸡，栖息于水草、沼泽、沟渠、稻田间，喜欢吃害虫，是稻子的好朋友。

霎时，我脸红了，觉得自己做错了事，有点后悔自己把愠怒、烦躁嫁祸于人，歪打正着地以一击打出的抛物线扯出了这个歌者的模样，不怎么好看，一身灰黑羽毛，腹部有波状细纹，体形中等，比鸽子大，高高挑挑，行动敏捷，应该是只雌鸟，雄性有红色头冠。从那天开始，我对董鸡也产生了好感。董鸡声声，想必是在给向上生长的稻子加油呐喊。

常在稻田边走，摸泥鳅、装鳝鱼笼、钓鱼、拔猪草，难得看到机警的

17

董鸡，却老远便能听见它如水的声音，略显低沉，没有装腔作势，节奏明朗。也就在有稻子的季节才有董鸡，收割了稻子，空空的稻田便装不下了董鸡的歌声，不知它到哪里去传播"懂"之事了。没有了董鸡的歌声，稻田似乎显得更加空洞，我就望着天空发呆。

在小学老师那里才晓得，董鸡原来还是夏候鸟，要到日本、马来西亚、婆罗洲等地去越冬，不过，却是在我们这儿谈情说爱、生儿育女。

欣慰之余，我的心情还是有一点点失落、不舍，就暗暗期待来年稻花香时。

期待董鸡鸣唱，把乡野唱成一片丰收景象。

四

江南粮仓，沃野千里，稻浪起伏，荡漾着一片灿然。望着黄澄澄、金灿灿的稻田，望着狗尾巴一样的稻穗，就想起母亲说过的话，稻穗之所以长得像狗尾巴是因为古时候粘过狗尾巴，那是母亲讲述的关于稻谷起源的神话故事，也是小时候听得最多的一个故事，远古的时候，人们吃不饱肚子，就派狗上天去偷谷种，狗在天上的谷仓里打了几个滚，粘得一身的谷子，返回人间经过天河时，身上的谷子全部被水冲走了，为了保住谷种，狗就高高扬起尾巴才把谷种带回人间。于是乎，长出来的稻子居然继承了狗尾巴的模样。每每这时，我就替稻子更是替人类暗自惋惜，假如不是天河，那稻谷就会粘满全身，产量都不知要高多少啊！

难怪在故乡有很多人家养狗，原来狗是人类的朋友，是狗帮助了人类，偷谷种交给人类耕种，狗又尽职尽忠看家护院，几乎有人的地方就有狗。

每次看到稻穗，我就想起可爱的狗尾巴，就想数一数一根稻穗上到底结了多少粒谷子。

曾举起一株稻子数过，大眼瞪小眼，数着数着就放弃了，我的耐心淹没在屋外树梢上一阵知了的叫声里，这样让人心不在焉的事随时上演。譬如货郎摇着小鼓走村串户，那诱惑抵挡不住，更有兑换米糖的来了，偷偷弄几捧家里的米去满足嘴馋也是偶尔有之的事，被大人知道了少不了挨顿打，想想痛在屁股上、甜在嘴上也值得，不过下次再也不敢了。

稻田带给我们的欢喜也像一株稻穗上结的谷子，数也数不清。村庄被稻田幸福地包围着，一年两季，满畈的稻黄细密地编织着丰收的地毯，农耕时代，哪怕时有旱涝施展淫威，吃饭还是基本不愁。

记忆里，洪灾水患确实如影相随，眼望着快要收割的稻子，脸上的喜悦还没来得及抹去，一夜之间圩堤决口或漫灌，稻田就成了汪洋大海，家园也成了泽国，小孩子的兴奋是可以在家门口戏水、划船、抓鱼，大人们则是满脸愁云叹息白忙乎了一季，在大地的亏欠中望水兴叹，却依然不顾安危，穿梭在没大腿的水里捞接近成熟的水稻，我们土话称之为"剿杪"，抢收一粒是一粒。湖边人不相信眼泪，他们脸上纵横的皱纹想必是坚毅表现出的符号，水一退却，立即抢栽二晚，夜以继日，沙场秋点兵，赶在立秋前将禾苗整饬到位，那就是布下了未来可期的"稻粱肥"捷报。

当然，那些年洪灾也不是年年光临，而今，农业水利设施更是安如磐石，老家传来的纷纭消息里，少了水患带来的提心吊胆的话题。

五

秋天的稻田最富有诗意了，看那立在稻田的禾兜，一排排一行行齐齐整整，像是在大地上的收获后遗落的一枚枚诗句。用禾斛脱粒的禾秆被农人扎成了一个个禾秆把，竖在稻田里，等待码叠成禾秆堆。

禾秆堆，有的地方也叫稻草堆，形状像圆锥又像圆塔，顶端是尖锥、腰部似鼓、下身犹如敦实的圆柱。村庄进入冬天，禾秆堆是稻田里的一座风景，老远回家，望见了散落在稻田周边的一座座禾秆堆，心就踏实起来，脚步也不由自主地飞快起来。

禾秆堆是孩子们的乐园，就地打个滚，好温软的稻床。躺在稻草上，稻草的香味扑鼻而来，那是熟悉的气息，仰望蓝天，觉得是那么的近，思绪也随着白云悠悠而去。

　　禾秆是个宝，可以编草鞋、搓绳子（菜园牵藤用等）、打草包、折雨棚；还是冬天里的天然保暖物资，铺床、填猪牛栏；也可储藏起来，用作耕牛的越冬饲料。禾秆的好处可多呢！逢年过节，家里杀了鸡、鸭，或买了猪蹄来，母亲总是吩咐，扯一把禾秆来烧，炭一炭皮上的毛，炭过的鸭子、猪蹄，烹饪后都弥散着一种特别的香味，至今想起来仍然流口水，却是再也难吃上了，谁还有那个耐心去弄禾秆炭毛。

　　码禾秆堆需要两个人，一个叠码，一个帮衬，以叠码者为主，帮衬者只负责递禾秆把，当堆叠得老高时，下面的人就将禾秆把抛上去，小时候我常常被那潇洒的动作迷住，那抛出的弧线多么像若干年后中学课本里的函数图形。听我大爷说过，衡量一个庄稼汉是不是好把式，就看他会不会码禾秆堆。码禾秆堆并不是一件容易的事情，看上去一层一层叠上去即可，可真堆起来，一旦脚没扎牢夯实，就起不稳，弄不好还会倾斜、倒塌，半途而废，就得重新来过，或时间长了会渗水烂禾秆。

　　禾秆堆里藏过我的一件难忘的糗事。有一次，我做错了事，不敢回家，居然藏身在村中的禾秆堆里睡到下半夜，幸亏被路过的村人发现。现在想起来好后怕，不知那天晚上，大人们寻找的焦虑心情。他们满屋弄、满田畈呼喊我的名字，黑夜被一声声刺破，祖母就责怪我父亲平日里对我管教时下手太重。我想，母亲那晚也一定没有睡好，生怕有个好歹。禾秆堆伴随着我一天天长大。现今，再次回到老家，田野里、村庄边，很少见到禾秆堆，总觉得少了些许味道，那多少悠悠往事就折叠在泛黄的禾秆堆里……

六

　　丰收的喜庆是要有仪式感的。

　　"吃酿饭"，一个特殊的动宾词组，散发着温软的糯香，属于我的童年特别有意义的一个秋收后的节日，就是那个年代我们老家简朴的农民丰收节，也是老家人用自己特有的方式庆祝颗粒归仓、感恩稻田、感恩稻子，期待来年风调雨顺、五谷丰登。

对"吃酿饭"的历史渊源，我还没找到确切答案，地方志书上也不见片言只语记载。但在小时候，吃酿饭是二晚收割后最隆重、最热闹的一个节庆活动，屋弄里都奔走着快活的脚步声、高分贝的说笑声。家家户户都会邀请亲朋好友来分享快乐，吃上一碗香喷喷的糯米饭，软糯弹牙，越嚼越香甜，越嚼越带劲，感觉日子也越嚼越有奔头，在"家家扶得醉人归"的夕阳里彼此挥手话别。

"吃酿饭"也是有讲究的，开饭前，家家户户都要先敬天地灶神，还要给小狗添碗饭，这个仪式过后，大家再端碗举筷，大快朵颐地吃上一碗香香黏黏的糯米饭，然后摸着饱饱的肚子，那才叫一个心满意足，想起来都是一串美美的回忆。

酿饭的材质就是糯米，也就是糯米饭。酿饭制作工序简单，烧大火用木甄蒸熟即可。还有人家是在锅里炒制糯米饭，差不多手炒酸了才大功告成。老远就能闻到那糯米饭的诱人浓香，口水都会不争气流下来。在那个年代，能吃上一碗雪白的米饭，那是多么的开胃、开心。讲究一点的人家，制作酿饭像扬州炒饭，会在糯米里面掺些肉末、芝麻、红豆、香菇、食盐等，拌匀后再蒸熟，当然还可以做成甜食，各自因口味而定。

做糯米饭，爱吃辣的还可多放点辣椒佐拌，简直是画龙点睛之笔，一碗下肚，畅快淋漓。

望着远远近近的村庄家家户户烟囱飘袅出浓淡相宜的炊烟，还有米饭的喷香，寂静的稻田怕是也欣慰了，在铁犁头的帮助下，翻转了下身子，便一心去养精蓄锐了。便有勤快的农民趁稻田蛰伏之际，悄悄播种了紫云英，等待它在繁花似锦的春天身披盛装醒过来。

七

八百多年前，南宋词人辛弃疾面朝鹅湖山下的稻田，看着眼前真实生动有趣的乡村生活场景，先生也暂将"收复失土大任"搁置一旁，沐浴乡风野景，乐在其中，流露出"最喜小儿亡赖"的儿女情长，诚然，这顽皮的小儿还不识稻田厚重，不懂人间疾苦，更不晓词人内心装着"抱负"。

相比之下，面对海海人生的一次次考验，我等偶尔遇到一点点困难就算不了什么，有时候正好可以做一些思考、规划。

静静地独处城市一隅，甚至可以一整天也懒得下楼，也不刷手机，伫立窗前，保持仰望的姿态，白天看云卷云舒，晚上看树梢新月弯弯。学会在一地鸡毛的生活中寻找乐趣，倘使也有"小儿"耍赖，那就切换频道启动幼稚模式陪着一起"游戏"。

更多的是看窗外的树叶，那密密纹路，多么像人生之路，不知哪一条通往彼岸，摇曳的树叶没有告诉我，它是传递太阳的光辉，还是折射根须的魅力。隐隐间，我觉得读懂了树叶，就算读懂了一棵树。稻田就是大地长出的树叶，读懂了稻田，就算读懂了大地。

遥望鄱阳湖的方向，那就是家的方向，忙过这一阵子后，我要去那里走一走，重温故土的气息，贴近稻田，说一些私密的、带着草木芬芳的话。

绿涨前湖水

一条东西走向的水泥主干道将小村一分为二，绿树掩映下，鳞次栉比的房屋有序坐落两旁，借地势呈南北纵深散开，西南边是开阔的湖泊——菱角塘。入夜，路灯温情守护着小村的恬淡静谧，聆听着六七十户人家的琐碎呢喃。

早在二十年前，这里是一片贫瘠的荒山连着开垦出来的薄地，两棵油桐树是高高飘扬的地标，儿时光屁股爬上爬下的情景常在梦里绽放。忽如一夜春风来，小村历经了1998年百年不遇水灾的痛楚，响应国家移民建镇号召，毅然决然地离开了"水窝"，迁徙至此大展宏图，在油桐树下从零开始，一个新村拔地而起。

这就是我的老家——前湖咀。

而我不再认识我的前湖咀了。原先杂乱无章的低矮的土房瓦屋、泥泞弯曲的村道皆无，碾屋、吃水塘等皆无；原先一到六七月份就高度紧张的日子一去不复返了。

记忆中，每每进入汛期，尤其是到了梅雨季节，滂沱大雨连续几天都没有歇一歇的意思，湖区的一些村庄就像稻田里的稗草开始提心吊胆，农人们只能望着乌黑的天空发呆，或上田畈放水排涝，但基本无济于事，村民们早早就要将重要的物品转移到高处去，比如阁楼、矮山丘上临时搭茅棚或亲戚家都是理想的场所，老家前湖咀也不能幸免，而对于灌浆的稻子只能在心里祈祷，也许一夜雨水足够浇灭一场盛大的丰收在望。但这都是

23

二十年前的事了。

四十多年前，我才七八岁，印象最深的是，每到下雨天，从家里穿过屋弄到中间堂、上边人家去，每每走过满香姆妈（堂奶奶）家门口那条弄堂时，都是两手提起裤边踮起脚慢慢走，常常一不小心就要滑一跤弄得一身泥水，而且不晴上个七八天，村里许多小弄小巷仍然是泥泞不堪，难以下脚择路。

在"平垸行洪退田还湖移民建镇"科学决策的指挥下，原则上湖口水位 22 米（吴淞高程）以下村庄全部撤离，择地规划，整体搬迁。村庄以敬畏湖水的虔诚，以稳步撤退的姿势，在 30 米（吴淞高程）以上的高地上平土开基，筚路蓝缕，一笔丹青晕染出一幅新家园的蓝图。

十五岁考上师范，我就离开了老家，只是偶尔回去。我没有经历洪灾的切肤之痛，没有经历前湖咀退守高地的抉择彷徨。二十年过去，老家沧海桑田。而今每次回老家，虽然再也找不到儿时的感觉，甚或找不到乡愁的寄托，但是，一张张真诚、纯朴的笑脸回答了对移民决策的由衷肯定，化解了我的几分担忧。

进入新世纪又恰逢新农村建设，村庄模样大变，舒适了、美了、醉了。整齐干净、村道宽阔、楼宇林立、硬化美化亮化……前湖咀，实现了从丑小鸭到白天鹅的华丽转身。家家用上了电、自来水、煤气灶等，碾屋被机械取代，吃水塘被井水、自来水"冲走"，煤油灯在电灯的映照下已无踪迹，生猪不再放养而是圈养。更为可喜的是，老家的祖居地已成一处天然的湿地公园，紧挨着湖水，走过几个朝代的老樟树、大栎树、苦槠树依然在，还有各类杂树郁郁葱葱，一年四季鸟语花香，白鹭栖枝筑巢，野兔、野鸡自由施展野性，那老村前的老山咀也成了野鸭、水鸟的乐园。闲时，父老乡亲也会去那里走一走，像城里人一样逛一逛没有雕饰的自然天成的"前湖咀湿地公园"。村里还修建了篮球场、安装了健身器材等公共设施，广场舞跳起了小村的甜美、幸福生活，腰鼓队、串堂班敲响了村民迈向美好未来的快乐节奏。回到老家，再也不用为走村串户而犯愁，再也不用为满地猪粪而掩鼻，再也不用为吃水而反胃……所有这一切，都是春风化雨润无声的改革开放惠民政策带来的。

正月初一，我特意从城里回了趟老家，在儿时玩伴爱华家喝茶聊天，都到了儿孙绕膝的年岁，见了面互道节日的祝福、久违的珍重，话语一如湖水的波纹随着袅袅茶烟荡漾开来。我注意观察到，爱华家是一座三层半小洋楼，外墙贴了面砖，楼顶是飞檐翘角彩色琉璃瓦，室内摆设和城市人家几乎没有差别，窗明几净，地面砖、木地板，彩电、冰箱、洗衣机、空调、太阳能热水器、油烟机、燃气灶等，还有城里人难以享受到的宽阔的院子、自家菜园、备用水井、清新的空气。鄱阳湖畔的天高云淡，不远处传来天籁般的鹅鸣雁叫，叩开内心的一缕惊喜，赞叹中甚至有点后悔当年千方百计挤进城市。当然，回老家少不了的压轴节目，就是到老宅基地上走一走，去寻觅先祖的印记，到菱角塘岸边转一圈，到老山咀感受湿地的润泽。

悠悠菱角塘，陪伴我成长，也陪伴前湖咀风风雨雨一路走来。回想当年，多少人面临"断舍离"的纠结，宁愿守住祖祖辈辈传下来的居住地，宁愿年年汛期在堂前屋弄撒网捉鱼，都不愿离去，在移民春风的吹拂下，2001年年初开始陆陆续续搬迁，当年开工奠基，当年竣工到位，在新村过了第一个崭新、祥和的壬辰马年春节，油桐树花开花落，三五年下来，新村打造得焕然一新，村容村貌已是像模像样，各种配套功能齐全，前湖咀人彻底告别落后、告别"水害"、告别行路难，在高高的平坦的丘陵上，看菱角塘波光潋滟、落霞孤鹜。

四十年经济发展的伟大历程，让偏僻渔村、小小前湖咀非常幸运地享受到丰收的成果，而在鄱阳湖畔，像前湖咀一样的移民村无以计数，阳光照耀下一派欣欣向荣，远远望去泛着鱼鳞般的暖人光泽。

春天来了，抽空当去老家走一走，我更愿意在前湖咀老宅基地上回望新村，春意弥漫，看桃花、梨花开出了满面喜悦，看燕子衔来了一缕吉祥，再到草滩上采摘一束藜蒿，炒出香喷喷的故乡情。

笔摇春风

方块字像个听话的孩子，每每笔与纸在耳鬓厮磨，便悄无声息地列队出来，露出恬静的笑脸，映照妙笔生花。

用笔无数，却难得一见怎么制作毛笔、钢笔、铅笔等。而如今，笔的种类五花八门，还有圆珠笔、中性笔、蜡笔、记号笔……举不胜举，大大为书写者提供了便利。

对传统制笔我有着浓厚的好奇心，听说哪里有制笔的，尤其是制作毛笔，就非常感兴趣。然而，每每扑空。在机械化、电气化的冲击下，手工制笔被挤到了面临淘汰的边缘，其市场空间越来越窄，成本大，价格低，一般手艺人坚守就意味着喝西北风。很多时候，坚守传统文化，是要付出代价的。因此听说哪里有制笔的，就油然而生敬意，跃跃欲试，想去一睹其状，去捕捉摇笔云飞的灵感，实现"点睛之笔"，抑或"笔走龙蛇"。

笔，是人类留下自己印记的一种古老的工具。显然，是为了书写的需要，才出现了笔。"笔，秦谓之笔。从竹从聿。"（《说文》）结构上"竹"下"聿"，筆，象形字也。六朝时，"筆"简化为"笔"，从竹从毛。

大凡读书写字人都知道华夏笔都——文港，中国毛笔之乡，晏殊故里，读一读"无可奈何花落去，似曾相识燕归来"，就会更喜欢这个"笔到心到，文笔生辉"的地方。

很长时间，误以为毛笔都来自进贤文港。其实不然，古时候，很多地方都有制毛笔的手艺人，雅称"笔工"。这项手艺在民间消失的时间应该不长，我听说，所寓居的城市上饶远郊一个叫作临湖的小地方，就有一制毛笔的老工匠，如今当地五十多岁的人还有印象。为了寻笔，我特意去过几次临湖踏访，最终告知制笔的老人已经去世多年，他儿子还在，和我的一名诗人朋友是小学同学，却没有从事制笔工作，很遗憾这项手艺没有传承下来。老师傅姓梁，不知为什么镇上人都喊他"老鼠老板"，或许是其以老鼠胡须制作过"鼠须笔"的缘故吧。

玉山自古就有生产毛笔的传统，可追溯到清咸丰九年（1859）。计划经济年代，上饶各地均有文具厂、乐器厂、毛笔厂、砚台厂等，玉山县也有两家毛笔厂，生产的箭竹牌毛笔很是走俏日本、东南亚等地，品类有紫毫（又称铁骨冰肌）、狼毫（又称极品纯净紫狼毫）等中、高档毛笔，最高年份出口30万支毛笔。一支毛笔，看起来不是很难制作，不就是在竹管里面塞一撮毛而已，似乎也没什么技术含量。其实不然，一支毛笔要做到写字灵活自如，经久耐用，如行家所说毛笔应有"四德"，即"尖、齐、圆、健"四点，笔尖如刀、整齐如线、笔肚浑圆、万毫齐力。我们常说的入木三分就源自毛笔，唐代的张怀瓘《书断·王羲之》曰："王羲之书祝版，工人削之，笔入木三分。"意思是说，相传晋朝皇帝要去郊外祭祀，令王羲之把祝辞写在一块木板上，再请雕刻工人摹刻，雕刻时，工匠惊呼，王羲之写的字，笔力雄健，竟然渗入木头三分多。入木三分，深入了中国的书法史，深入了中国的思想史，成为一个使用频率非常高的溢美之词。

小时候，能有一支笔那是非常高兴的事，羡慕家庭条件好的同学用上了钢笔。一直到上四年级，我才用上钢笔，当作宝贝一样经管，买一瓶蓝墨水要掺水当两瓶用，虽然有点淡，但是能看得清楚即可。同学之间借了一笔蓝墨水那是要还的，甚至一点一滴都锱铢必较。瓶子是玻璃做的，用完了墨水还舍不得扔掉，就自制成煤油灯，只要换个铁皮盖子、插根灯芯便大功告成，一盏小小煤油灯照亮我走过了那几年懵懂求学的岁月。印象中，碳素墨汁出现要晚几年，显得高档些。

曾几何时，在上衣口袋别一支钢笔，那都是时髦、有文化、有修养的象征。翻翻当时的老照片，的确良衬衣上，露出一支闪亮的钢笔帽挂，显得十分神气，甚至像军功章一样挂两支三支。这要让现在的年轻人看来，简直觉得不可思议，不就一支钢笔吧，至于吗？代沟，在笔的折射下一目了然。笔的珍贵还体现在修笔上。修笔，多年前也是一门手艺，读中学时，只要有修笔匠到校门口临时摆个摊，还兼带卖笔，生意十分好，下课后身边便叽叽喳喳围满了学生。

那次去皖南东至，这里森林植被繁茂，木材资源丰厚，闻听木塔乡加工中华牌铅笔，又一次勾起了我的兴致，坚持要去看一看，特意绕道黎痕古街，当地人不无遗憾地说，由于生意不景气，铅笔厂在前两年关停了。黎痕制作铅笔主要是来料加工，还属半成品，除了铅笔使用的木材是本地的，其他诸如笔芯、橡皮帽等则要到外地完成。当然，没有橡皮擦的简易铅笔也是铅笔，价格会便宜一点。可惜我来晚了，又一次与制笔擦肩而过。

听说广丰有圆珠笔生产企业，我倒不是很感兴趣，仍然耿耿于怀制作毛笔一事。与其说我是在乎制作毛笔，还不如说我是想去感受制笔过程弥散出的一种文化氛围，去体验中国文房四宝的独特艺术魅力，让思绪在"蒙恬造笔"的传说里徜徉，或许这是一个文人的毛笔情结吧。伐竹、选毫、扎毫、装套、镶嵌……一个个繁复而富有诗意的制笔工序，多么有意趣啊！

笔，还有衍生品，即笔挂、笔架、笔筒、笔插、笔洗、笔掭等文房器物，制作材质丰富多样，有竹、木、石、金属等，甚至还有玉、水晶、珐琅等物。杜甫《题柏大兄弟山居屋壁》有诗云："笔架沾窗雨，书签映隙曛。"外出旅游，有时候也会带点笔架、笔筒、镇纸、水滴（砚滴）等送人，送出的是文化符号，是秀才人情。

笔墨纸砚，被古人誉为"文房四宝"，笔酣墨饱、笔困纸穷、笔耕砚田……既然是笔打头，那么，究竟是先有笔，而后才有墨、纸、砚，还是反之，或同时应运而生的呢？没去考究，也难以考究，真要厘清，那是一场名副其实的笔墨官司。枉读了这么多年书，只是知道诗神、茶神、酒神、土地神……居然不知道原来还有笔神、墨神、纸神、砚神，《嫏嬛记》卷上引宋无名氏《致虚阁杂俎》有载："笔神曰佩阿，砚神曰淬妃，墨神曰回氏，纸神曰尚卿，笔神又曰昌化。"呜呼！虽然不知有笔神，从上小学算起，用笔四十多年了，却从来不敢潦草写字，有时候遇上选举，还会用笔投上神圣一票，从来未敢亵渎笔神。不可乱笔，当用在正途上，为心灵抒写，为人民抒写。

一笔一画间，文化得以传承，中华五千年文明史，笔功不可没。

而今，电脑普及，无纸化、大数据公然挑战"文房四宝"，首当其冲是书写开始慢慢边缘化。试问，一天下来，日常生活中动笔的概率究竟几何，提笔忘字已成普遍现象。键盘、触屏、语音输入代替了笔，书写将会成为少数人的事了。若干年后，书写也许将会变成一项奢侈的工作，趋向职业化的道路。用不了一百年，国民基础教育要不要学习写字，将会成为一项绕不开的研究课题。笔，与纸如胶似漆的美好时代日渐式微，但笔与纸的窃窃私语将变得更有仪式感、更加高贵、更加有品位。我坚信，穿梭于文明之间的笔不会消失，尤其是中国毛笔书写出的韵味，这是任何电脑、科技都无法取代的。无数"矫若游龙、飘若惊鸿"的书法珍品，不正是毛笔的杰作吗？！早在唐代，诗人李峤就以《笔》为题作诗抒怀：

握管门庭侧，含毫山水隈。霜辉简上发，锦字梦中开。

鹦鹉摛文至，麒麟绝句来。何当遇良史，左右振奇才。

一把小凳子，竹管、小刀、笔头、骨梳……这就可以动手制作毛笔了。不过，那毛笔的制作过程真不是几句话能说得清的。

倘能笔底春风，也不枉对笔的一往情深。

虹关何处落徽墨

在冬天，在春天……为了寻找一截久违的徽墨，我孑然一人踽踽在虹关墨染了一样的旧弄堂里，闯进一栋又一栋装满了故事的深宅老院，继志堂、留耕堂、礼和堂、棣芳堂……我安慰自己，哪怕是能遇见寸许徽墨，也心满意足。墨，虽然给人印象单一乏味，却可以站立成汉字百读不厌的颜色，中国书画靠的就是墨诠释出丰富的艺术内涵。墨，从有文字记载以来就润物细无声地植入了中国文化的骨髓。

其实，我对"墨"在很长一段时间都没什么好感，起因肇始于两个耳熟能详的成语：近墨者黑、墨守成规。其一是由于晋朝傅玄不经意的一句话以致"墨"几近成了坏人的代名词；其二是战国时的墨翟（即墨子）虽然善于守城，后世却将其衍变成了固执的"墨守"。行走在虹关，我彻底改变了对墨的偏见，一次又一次向墨的深处挺进，去追寻墨的风月身影。

婺源一文友善意地提醒我，虹关徽墨以及制作徽墨的人很难找了，你这样没有目的地寻找不啻于白费心神徒劳无功。我不甘心，相信在虹关的后人中一定还有人掌握着徽墨制作技艺，他们会告诉我很多关于徽墨的记忆。

欣慰的是，季节扯起的丹青屏风里，总有一棵需十余个大人合抱的千年古樟在村口等我，华盖如伞，累了，就在树下坐一坐，仰望绵延浙岭，聆听"吴楚分源"的回声，我又抖擞精神，起身迈步朝村中走去，龙门碣、龙门湖、通津桥、长生圳、万安水池、永济茶亭，我不放过任何一个细节。穿村而过的浙源水（鸿溪）、徽饶古道在炊烟袅袅里把日常、琐碎的生活串成一幅恬谧幽静的水墨画，人在画中，画在人中，昔日贩夫走卒、野老道者的身影渐行渐远在徽墨涂抹的山水间，一丝淡淡的忧伤悄然在心里泛浮，随着雨滴从瓦片上、树叶间滚落下来，把人带进梦里故园。

冬天住在虹关农家别有一番况味，早晨起来，地面上、田野里均匀地铺洒了薄薄一层白霜，在爬过东边山峦的阳光照射下，很快杳无踪迹，房顶上、水面上升起了茫茫雾气，缥缥缈缈，村庄的倒影若隐若现，忽闻哪家农舍飞出几声鸡鸣，溅起溪边浣衣的涟漪，唤醒一池的心思。

一堵堵布满青苔的墙壁上还隐约留存着经年的墨迹，一扇扇斑驳大门后的屋树上还隐约留存着古老的对联、壁画，那是徽墨的遗韵吗？石板路上，不时与村人擦肩而过，老宅门内，不时与老人目光相撞，在虹关，我拾掇了一串烙上徽墨温度的词语：质朴、慈祥、安然；小桥、流水、人家……虹关，允许我拾取半截残墨，记下一串与徽墨有关联的大街小巷地名。

虹关伫立，徽墨式微。近百年来，科技的迅猛发展带来了五花八门的书写工具，使得人们迅速地移情别恋，墨与砚台的耳鬓厮磨，也早已被墨汁横插一杠，固态墨便黯然失色，近年来渐渐被人遗忘。到后来，实现了从纸张到数字化的华丽转身，书写也已成为少数人的事情了，墨块更是被束之高阁，制墨传习几乎无人问津。

墨，松烟的精灵，千百年来忠实地在纸上履行职责，一撇一捺站立成墨黑的姿势，氤氲香气里传承着中国文字的博大精深。徽墨，制作滥觞于南唐，兴盛于明清，享有"落纸如漆，万古存真"之美誉。有权威人士言之凿凿指陈，北京故宫博物院还保存着数十块虹关徽墨，徽墨无声，虹关有幸，虹关人因此而自豪，水口、民居，显然还有徽墨等，不负众望终于为虹关换来了"中国历史文化名村"的金字招牌。詹姓南宋建炎年间在此建村，因"仰虹瑞紫气聚于阙里"而得名虹关，村中水系、布局同样令人惊叹，这些无一不与徽墨有关联，是徽墨研磨出的繁荣。徽墨名家詹方寰、詹振升、詹鸣岐、詹子云等就出自虹关，墨师宅第至今仍保存完好，八十余家明清墨铺书写了虹关历史的辉煌。

《食货志》将墨分为"文人自怡，好事精鉴，市斋名世"。虹关徽墨则属"市斋名世"墨，为市肆售卖，以满足社会底层市井、未及第书生日常使用。其选料精良，杵到刻精，所选原料主要有松烟、油烟、炭墨、骨胶、皮胶、广胶、麝香等，深得时人所爱。在浙源，我欣喜地在一本画册里读到一组墨石大师詹大有制作的"五老图集锦墨"，属虹关徽墨里的精品，款识图案集诗书画印于一体，其中诗句"醉游春圃烟霞暖，吟听秋潭水石寒"等耐人寻味，尤其是墨上的书法规整大方，特别养眼，思忖着如今写字已成为一种职业，这本是一件好事，而有些书家把汉字写得像"天书"似乎存心不让人读，反而成了汉字的悲哀，看看早先的人是怎么写字，值得人们深思。

虹关徽墨，不小心遗失在古村落、古驿道边，等待人们去擦亮这张泛着黑色光泽的名片——"徽墨名村"。在一栋民居内，我兴奋地发现，有人在挖掘、研发传统徽墨工艺，遗憾不见墨工，不知那一双手是怎样捣鼓着黑色的诗篇，不大的台面上摆放了刀、小锤、木槽、墨模等工具，还有一些看不懂的物品，想必都是与徽墨有关的器皿、墨料。壁板上挂有制墨工序图《一块墨的前世今生》（配有说明文字）：点烟、和料、烘蒸、杵捣、揉搓、入模、晾墨、描金。从采取数种原料到试磨鉴定墨质，一锭墨才得以面世，具体制作起来其工序之繁复岂是图解所能说得清楚的，想想真不容易。一锭墨，千杵万揉，浓缩的是民族文化的瑰宝。

不经意间，我瞥见阁楼上稳站着一个白髯飘飘、仙风道骨的先生，便主动打招呼，他问询了我的来意，邀请上楼喝茶座谈。我，一个找寻徽墨的陌生人，沿着屋内与厢房连成一体的木质楼梯，漫步走上阁楼，轻轻地踏在楼板上，咿呀作响，我生怕踩醒了乾隆年间经营徽墨的原始账本，生怕踩碎了岁月的痕迹，更生怕踩破了一截遗落的留着明代指纹的徽墨。

先生姓叶，一个隐者、居士、制笔者，放弃大城市的舒适，只身走进虹关，设立工作室，执刀执笔，刻刻写写画画。在文房四宝"老大"的庭院里，在各种毛笔的缭乱下，我忘记了初衷，倾听着毛笔的逸闻趣事。兴致来了，叶老师还挥毫泼墨，却正是徽墨磨出的浆液、芳香、光泽，正是新的徽墨传人制作出的徽墨。磨墨时，细润无声，我却听到了墨与砚台的喁喁细语。触摸着徽墨的韵律，我看到了，看到了徽墨沿着纸的纹理在翩翩起舞，"入纸不晕，书写流利，浓黑光洁"。真想只做一个书者，舀一瓢清清的湖水，每日轻柔磨墨，从容铺纸，蘸墨挥洒，过上一段墨落纸上荡云烟的幽静生活。曾听过一个关于墨的故事：老家县城鄱阳东湖岸边春天生长着一种鲜美的蔬菜，叫春不老，叶片墨绿墨绿的，独喜鄱阳，出城十里变种，据说是范仲淹任职饶州时在东湖磨墨洗砚染成的，不知范氏使用的是"李墨"还是"徽墨"。李墨始于南唐，"黄金易得，李墨难求"。我宁愿相信是虹关徽墨，当年绕村的徽饶古道拉动了物流营销，一锭徽墨就是沿着这条古道走上先生的案头，松烟的馥郁芳香缭绕出天下名篇《岳阳楼记》。

家里书桌内一角散落着几块早年留下的普通用墨，七厘米长，其侧分别有描金楷书"金不换""凝香"字样，背面还有莲荷、白鹤等图纹，虽谈不上金贵，但仍散发着幽幽暗香，还有儿时习书的悠悠往事。回想小时候上学时，练毛笔字要买描红本、砚台，还有长条形的墨块（墨身有暗字、黄色纹路）。印象深的是，磨墨时总是弄得满手漆黑，便到校外小水塘边去洗干净，再继续练字，与墨的亲密接触也就是二十世纪七十年代中期的那几年，以后偶尔再接触毛笔，已经是蘸着液态的墨汁了。我想，那时研磨的墨一定是虹关的徽墨吧。这样一想便感到一丝慰藉，回头再看黄灿灿油菜花簇拥的虹关，一身原生态的粉墙黛瓦着装，仿佛特别的亲切，烟雨蒙蒙中弥漫着老家的气息，一股乡愁莫名袭来。

在虹关寻墨，我不为藏墨之好，只是警醒自己要时刻保持一颗对文化敬畏的心。在寻找徽墨中，我领略到徽墨走过的千年历程，也感受到浓淡相宜的虹关凸显出的古村文化。这是墨润心灵的过程，这是沉醉馨香的过程，这也是国学照耀的过程。虹关，坐落在和风细雨敲开的绿茵茵帷幔里，是徽墨润开的一首唐诗，深入其中似穿越在一阕宋词里，时光铺陈，岁月静好。

蓦然间，发现村口一小店屋檐下旗幡招展，"有徽墨出售"，我加快脚步走去，带一截虹关徽墨，去描绘心中的故乡。

山村纸语

前前后后两千年，蔡伦的造纸术在铅山被不断地放大、继承、发扬，至明清时达到了纸的高峰，抄荡出纸的绝版——连四纸，至现代，古老的手工抄纸技法却因抵挡不住机械化的推进而弃纸槽归隐田园。欣慰的是，我们这一代还能有幸看到最后一拨传承人，怕是子孙就未必有那么好的运气了，也许他们只能在故纸堆里去阅读那曾经的一抹辉煌。

从武夷山镇往东拐进入一条通往温林关的绵延峡谷，弯弯曲曲，先是顺着河流走，过了下渠村，却发现河流是逆向的，路一直往前。这是怎么回事？水去了哪里？原来是哗啦啦的桐木水与温林关水在下渠汇合后，像一卷白纸转向北漂流而去。

每每讲起这河流的走向，当地上了年岁的老纸工就激动不已，那是太熟悉不过的河流啊，年轻时哪年不走个三五趟往返老家？早年从抚州东乡来到这里学徒，主要跟师傅做纸。转过一个弯又一个弯，当能够望见高山上一块和尚石，就知道不远了。后来，为了纸上的梦想，从老家把媳妇也带来了，嗷嗷待哺的儿女们也车推背驮跟来了。和尚石在多年前的某一个雷雨天，遭雷劈而断了头顶一截，基本轮廓仍在，站在村子横跨温林水的桥上看，山峦上的和尚石的形象还是那么逼真。这本是一自然现象，78岁的王子金老人乡音未改：那是一个预兆，暗示以纸为生的禾尚坪要面临一次产业大调整的阵痛。此后，手工制纸业越来越不景气，成本上涨，纸价下跌，年轻人纷纷转行，学其他手艺或者种田、养殖、外出谋生等。抄纸，多么熟悉的词语，在纸庄禾尚坪年轻一代中也变得陌生起来，明代宋应星的《天工开物·造竹纸》曰："凡抄纸槽，上合方斗，尺寸阔狭，槽视帘，帘视纸。"

人生是流动打拼的舞台，著名的有走西口、闯关东、下南洋。禾尚坪，这是一个纸张摊晾出来的村庄，以村头和尚石而取名，叫和尚坪，后改为禾尚坪。村民大都不是本地人，主要来自抚州、余江等地。在禾尚坪巷弄里行走，听着夹杂着铅山话的土语或普通话，我听出了浓郁的临川之音，村民之间可以不必用铅山方言交流，在年纪稍大的村民间，东乡话的使用频率则更高，完全能够取代铅山方言成为通用话语。

是铅山的竹子发酵了他们节节高的生计，他们也为铅山的造纸默默地做出了贡献，如今，掌握手工制作技术的人正在一个一个老去，我到达村里时，寻访了年岁最大的人——已经85岁的"老纸王"孙精唐，他耳聪目明，走路身板依然挺直，扳着指头数一数，说只剩下五六个人，都七老八十了。

个子不高、精神矍铄、身穿一袭蓝布上衣青色裤子的孙老回忆，每年立夏前后，曾是禾尚坪人最憧憬也最繁忙的季节，上山砍伐新竹，挖水塘沤烂，有一句家喻户晓的谚语"清明赛出，谷雨赛高，没过小满就要挨刀"就是生动的写照。采伐新竹，选择的是那开了两个（或三个）枝丫的竹子，再用石灰、药水（毛冬瓜）等沤烂，前后有蒸、漂、浸、舂、抄、焙、晒等七十二道繁复的工序，望着置妥在水塘的新竹，从腰间摸出自制的烟筒抽袋红烟，吐出一圈一圈的白雾，均匀地从纸上飘逸而去，这是一年中难得享受清闲的美好时光。

铅山大地上散落着很多做纸的山村，禾尚坪就是代表性村落之一。我觉得好奇的是，禾尚坪最早一批人居然是外来迁徙户，因纸而聚落成一个历史并不长的村庄，更让我大跌眼镜的是，沿山坜而上，鹅眉畈、炭坪、桃树坪等，居住着很多临川人，都是因纸而来、因纸而留，铅山当地人亲切地称之为"抚州帮"。在某一个秋阳高照的日子，我悄然走进了他们中间。

很遗憾，在禾尚坪，三十多岁的人，基本上就没有看过怎么做纸的。关于纸的话题，二代、三代禾尚坪人和我一样站在同一个起跑线上，对养育了祖祖辈辈的关山纸、毛边纸、土报纸一片茫然。老一辈人说，由于机器纸张的大量生产，惨淡经营的手工造纸在三十多年前彻底终结，技艺的传承也在叹息中中断。老纸工纷纷拿出当年做纸的帘皮等工具（大多是从石塘购置的，据说石塘镇还有一位六十多岁的手艺人缪珍水会打帘皮、帘床等），有村民还拿出悉心保存下来的当年村里造的关山纸以及纸壳装订的女红书包，小心地打开，每打开一层，透过纸上的帘皮纹路，仿佛打开的是二十世纪的一段山上忙山下忙的蹉跎岁月，还有折叠在岁月深处的乡愁，热心的老人还带我到田畈去看了长了芭茅、树木的纸槽，已遭无情废弃，只剩下墙垛。手机拍照过后，我黯然神伤，心想只有国家级非物质文化遗产代表性名录还远远不够。薄薄的一张纸，曾经承载了多少人的梦想和未来。

铅山因为有丰富的竹资源，因为有过硬的造纸技艺，而当仁不让被称为"江南纸都""中国纸都"，享誉全国乃至世界。我从来就没有怀疑过铅山的造纸技术，却没有想到原来做纸的师傅很多并非土生土长的铅山人，甚至连连四纸的最早制作者也因为是福建的连氏四兄弟而得名，据说翻过温林关的村庄就有许多姓连的人，然而，他们是不是与连四纸技艺有关，或者准确地说，他们是不是连氏四兄弟的后裔呢？唯见远处山谷风起岚涌。

是啊，铅山有很多个禾尚坪这样的山村，里洋源、石垅、英将、杨村、港东、陈坊……以一帘纸的姿势张贴在铅山的山山水水间，"纸工"是先祖的称谓，"纸庄"是他们的荣耀，"纸槽"是村庄的灵魂，一双双布满老茧的手常年在水中打捞，打捞出美丽幸福的蓝图。

千百年来，进铅山打工抄纸的外地人成为一道流动的风景，一如改革开放后内地去沿海地区的民工潮，汽车、火车、摩托车……车轮滚滚，人心几乎都朝着一个方向，即大海的方向奔涌，当年铅山纸工蔚为壮观的局面有文字记载，仅纸都石塘最多时就达到五六万。假如加上永平的铜矿，我无法想象当年铅山是一个怎样让人心动让人向往的地方，遍地是黄金，只要你有一双勤劳的手，随便一抓都是。

因此是不是可以这样理解，一直以来，追逐着茶、铜、纸的足音，"进铅山"一定是一个充满梦想的动宾词组。我想，老一辈禾尚坪人体验最深切。晋商在走西口的路上，携带着武夷山的岩茶，泡出了一条举世闻名的"万里茶道"，其实，晋商也一定携带着珍贵的铅山纸，恰克图一定飘扬着连四纸的华丽身影，却没有铺开永不变色的"万里纸路"，身体娇嫩的铅山纸放平、放低单薄的身躯，与瓷器、丝绸一道悄悄融入"丝绸之路"。丝路长歌，铅山纸是一组必不可少的音符。

清澈的温林关水日夜从禾尚坪村流过，再也听不到清脆的纸语沿着指尖在禾尚坪唱响。静静地伫立在坍塌的纸槽小屋旁，茅草在疯长，我在倾听、捕捉一张纸语的呢喃。

回望禾尚坪，我蓦然发现，带我到处观看的"老纸王"孙精唐瘦小而矍铄的身影依然站在村口桥头，目送我离去，那左右挥动的双手像是在抄一张纸的动作。我暗暗自责，是我的一次不经意的寻访，牵扯了一个耄耋老人一份不变的抄纸情怀和淡淡的伤感。

怀玉砚歌

走在大山深处，虽是气喘吁吁，汗水渗背，我还是会大口大口呼吸，生怕错过了一缕清新，空气是如此的让人放心、舒心。菊花比往年要来得晚一些，节气都过了立冬，田园竹篱边、山野丛林里，还是未见芳迹摇曳，不闻菊香，但闻石响，在怀玉山鸡公岭下穿行，一路石头如歌，大大小小采石矿、青石加工作坊依山而建，简易工棚内弥漫着比漫山枫叶还要火热的气氛。

往上，往上，转过一个山弯，继续往上，路面崎岖不平，机耕道被来来往往拉石头的大卡车压出了深深的车辙，终于眼前出现一个山洞。到了我们要寻访的砚石洞，茅草丛生，树木横斜。怀玉山脉山麓下的樟村、童坊、临湖、妣姆、南山等地叠翠峰峦都是砚石坚硬刚健的身姿，起起伏伏都唱着古老的歌谣。当地人自豪地说，这一片绵延数十里都出产青石，即砚石，史载从唐大历元年（766）就开始开采，千年不衰。

这是一个人工开凿的山洞，坐落在玉山县临湖镇岭山大山村深山里。"滋、滋、滋"……粉尘曼舞，机器在有节奏地工作，切割出一块块整齐的建筑石砖码放在山边；起重机在洞口高昂着头，踌躇满志地随时准备从洞内掠夺以吨位计算重量的庞然大物——带着地气的青石。像这样的山洞，大山村周边有许多个，还有一些废弃的山洞不少是历朝历代留下的，无人问津，也许当年寓居玉山的大画家阎立本寻访过、文学家王安石到过、理学大家朱熹踏问过，大山有情。

往下，往下，转过一个弯又一个弯，继续往下，岩壁上不时有渗透出的水珠滴在头上、身上，路面潮湿打滑，借助架设好的电灯发出的灯光，沿着凿开出的简易采石梯形通道，像进入地下迷宫一样，深入到第五层，才看到工人们在紧张作业。地洞内还算开阔，离地面估计有二十余米，光线昏暗，四周皆石，明显有一种压迫感，昏暗里甚或还有一种莫名的恐惧感，依稀可辨岩壁上残存一条条开凿的纹路，那是电钻的杰作，正是其冲击声成为洞里最生动的声音，一块块砚石就是这样裁割问世的。"天帝遗玉于此，山神藏焉"，然而，现代化手段催生出的采石速度多少叫人有些担忧，贮存量总归是有限的，山神怕是也束手无策。面对逶迤群山，我的忧虑未必是杞人忧天。

老实说，采石环境并不是太好，我不得不感叹，一块青石开采出来真不容易。当再次面对青石制作出的砚台时，我显然多了一份珍惜。因地而名曰怀玉砚，又因为有纹路，人们便将怀玉山出产的砚台称作罗纹砚，虽未跻身"四大名砚"之列，却也不失为一代名砚，宋代朱熹就有文字记载《怀玉砚铭》："墨尔毫端，毋俾元白。""怀玉南溪，近出此石……"同治版《玉山县志》载："石之属有体青而带白，纹直而理精者，出沙溪岭，可研。朱子（熹）称怀玉研盖歙砚之佳者……"

从临湖岭山清石制品厂李老板那里了解到，这些开采的青石不仅可以做砚台，还可以制作台球青石板、蘑菇石、文化石等。难怪近几年世界台球顶级大赛钟情玉山这个小城，我总算明白了个中原因之一。原来是怀玉砚石铺平了"世界斯诺克台球赛"走进玉山的大道。怀玉砚石质地圆润、细腻，是制作台球桌面的天然上优材质。走进砚台作坊，工棚内各种形状、各种规格的罗纹砚等整齐摆放着，成品则叠在一堆装备打包装运出去，还有不同图案、花纹的罗纹砚石边角料制作的镇纸，只见女工们在进行上色、抹油、晾干、包装等最后几道工序。这些文房四宝，就是从山旮旯里走向外面精彩的世界，走到莘莘学子案头的。随着墨汁的广泛应用，虽然砚台的功能越来越弱化，但是文人学子的笔墨纸砚情怀并没有因此而弱化，砚台依然深受青睐，能得一方砚石是每一个文人的喜好，这就是中国文字的魅力，一砚通古今，能磨出多少珠玑文字，这也是多少人的毕生追求。

山里人的质朴、大方，从李老板及其女儿女婿身上充分显现了出来，当我们提出买几块砚台回去时，李家人落落大方地送给我们一行每人一块上好学生砚台做纪念，出于对文化的热爱，连几个平时不怎么写毛笔字的也满心欢喜地接过了砚台，爱不释手。那个下午，我们见证了从山洞中采石、切割、打磨到怎么变成砚台的全过程。手持一方砚台，温润如玉，呵气抚摸，一层细密水珠泛浮，漫漶出一个大大的"砚"字。

欣喜的是，怀玉青石加工已经成为临湖的一个传统产业，与隔壁的樟村、童坊、姒姆远近呼应，成为怀玉山脉一道独特的文化风景线，从业者众多且大都是本地农民，亦工亦农亦商。一路走过去，满地都是废弃的砚石材质，还有成堆的青褐色砚粉泥巴，历朝历代堆积，触目皆是，也许每踩一步，都是一次不经意抵达唐朝的叩问，都是一次不经意走向考古勘探的求证。

砚石遍地，品质自是有良有莠，在临湖大山人看来乃平常之物，我还是忍不住捡了几块放在兜里，不管是否能派上用场，我觉得我捡回的是对砚台的一截怀念，年少时，多么想拥有一块砚台，可惜家境贫困，一直未能如愿，最后与写不写毛笔字一样不了了之。我想，有空的时候，依石形挖个槽，边上刻画几条简单线条，打磨打磨就是一方质朴的砚台，也算是对"石君"的敬重。在砚台面前，总觉得矮一截，惭愧的是，我的毛笔字远远抵不上硬笔字那么漂亮、自如、洒脱、流畅，一次一次面对罗纹砚，我总是立下决心，要写一手好毛笔字，却总是一次一次食言，问题是总有机会走近怀玉山、走进罗纹砚，樟村、童坊、临湖、姒姆、南山，一年总要去个几次，掐指一算，我就脸红自己"常立志常无志"。虽然毛笔字不好，在当今或许算不上一个写作之人的瑕疵，也很少遭人不齿，但在古代却是一个学子的硬伤，一笔好字是考取功名的敲门砖，写不好毛笔字基本上意味着中举无门。倘能做到"身外无余事，唯应笔砚劳"（唐朝诗人张籍句），那离书法应该不远了。

一个出产砚台的地方，应该走出了许多文化名人、学者、大贤等，否则怎么对得起"中国怀玉砚之乡"这个称谓？历史上，怀玉山脉留下了葛洪、阎立本、王安石、朱熹、赵佑，还有北宋状元汪应辰等人的足迹、诗文、摩崖题刻、传说。二十世纪，方志敏、粟裕领导的北上抗日先遣队浴血奋战怀玉山，可歌可泣，"清贫园"折射出的"爱国、创造、清贫、奉献"精神永存。尤其是当代，恢复高考后，怀玉山里走出了许许多多的博士、博士后，被誉为"博士之乡"（玉山县迄今出了四百多名博士，有"才子之乡""博士县"美名）。还走出了一位省部级乡望，岭山村坐落的仿古建筑门匾"孙氏宗祠"四个大字就出自这位贤德的手笔。所列举的这些，难道不得益于怀玉砚文脉的深远影响、代代传承吗？！难道不得益于怀玉砚千年磨研出的悠长耕读学风吗？！

砚石长歌，大山起舞。蓦然间，我想起每年元宵前后，临湖、樟村等地人都要上演传统好戏——舞板灯，桥一样连接起来足有两三百节板凳（两千余米），最壮观的场面是板灯快速旋转变化阵法终成射击的靶子状，潮水一般的人纷纷抢占有利地形爬上大树，站在屋顶上、楼房上观看，焰火璀璨，鼓乐齐鸣，群情激奋，欢呼声山响。舞板灯，是祈福，是对美好生活的向往，更是对大地的礼赞，那长长的板灯照亮了整个大山，沿着挺拔的山脊直抵云霄，远处传来砚石亿万年的回音，似是山体的崩裂，火光四溅，涅槃成玉一样的山。

行走怀玉山，路遇行人，看似山村莽夫，说不定就有可能是一位制砚的能工巧匠。我就看到，一位姓孙的年轻师傅，用刀劈石像切豆腐一样，轻而易举，刀刀精准，石头一片一片分开，看得我目瞪口呆，莫不是砚石纹路的密码就控制在孙师傅的指纹下，还是熟能生巧，力度、方向掌握得恰到好处。"高手在民间"这句话不假，我敢断言，山村中一定藏有没有证书的制砚大师，他们的技艺并不逊色于持有国家某个级别证书的大师。

在临湖，在樟村，在童坊，我接触过一些制砚工匠，他们操刀创作，反复推敲，一丝不苟，"雕刻初谁料，纤毫欲自矜"。当一方方带着他们智慧、汗水的作品呈现出来时，那种成功的喜悦是别人难以体会的。因此，在怀玉山，别以为自己很有学问，那刻写在砚台上的文化究竟知多少？究竟喝了多少墨水？面对砚台，我心虚。浅浅砚台，也许我一辈子难以用毛笔蘸尽其万千气象。

雕版刷梦到浒湾

一本古老的线装书也许还束之在某个图书馆的高阁上，甚或被冠上了"珍本""善本"等字样，而它的原产地估计鲜有人去过问。也许它就来自那不起眼的浒湾，抚河岸边金溪的浒湾。

浒湾，在中国版图上可以忽略不计，原名金冠里，于南宋早期形成集市；浒湾，曾经用力在一块木板上雕刻了好几百年，还是没能让人刻骨铭心记住"浒湾"；浒湾，也是一个很容易读错的地名，不能读作妇孺皆知《水浒传》的"浒"，在这里，"浒"字可以大胆"读半边"。

车子行驶在 G316 国道上，路边竖着一截粉墙黛瓦宣传墙，上书：浒湾，雕版小镇……拐进去，就是折叠在线装书里的明清版浒湾了。在一个大暑将至的炎热夏季，我走入浒湾去书屋里寻找久违的凉爽，去接受雕版印刷术的洗礼。我不能确定说是否看过一本完整的雕版印刷图书，从开始识字读书起，雕版就已经尘封多年了，课本都是铅字印刷的。偶尔看到几本农村的谱牒，想必那就是（活字）雕版印刷的。但多年来在我个人构建起的知识体系中，一定有浒湾版图书所播撒的养分。当年，外公外婆避战乱从庐陵一路北上至饶州以北油墩街，辗转抚州时途次浒湾，爱读书写字的外公喜得半套《四书集注》和一本《三字经》，靠染布谋生的外公闲暇时就戴副眼镜阅读，并讲些里面的典故给我听，也许就是在儿时的似懂非懂中种植下了读书的梦想，也许后来走上写作之路就有来自浒湾雕版图书潜移默化的影响。

伴随着洋务运动兴起，浒湾，在近代石印、铅印技术面前变得束手无策，雕版印刷开始走向式微，少数业主坚守了几年十几年，至民国初，再也难以为继，不得不改弦易辙，更多的是远走他乡寻求更大发展空间。如此一算，怎么也有百年了，浒湾的书铺街不再有书香袅袅，不再有埋首中国汉字雕刻的芸芸身影。百年来，浒湾仍伫立在抚河岸边，挺直成雕版的姿势，这里面一定饱含着人们对它的敬畏，岂不更是对中华文化的敬畏。

如今保存还算完好的有三条互相平行又相通的前书铺街、后书铺街、礼家巷，清一色的秦砖汉瓦，走进去，就很难拔腿走出来，面对坍墙残壁、废弃老屋、杂草疯长的深宅大院、青苔蔓延的门庭，我在脑海中一次次彩排当年是何等的繁忙，那绵恒、醇和的书墨香是何等的醉人，刘五云、彩云栈、京兆世家、藻丽娜嬛、旧学山房、余大文堂、协盛厂、忠信堂、籍著中华、恒门、"颜色纸张"、大夫第、漱石山房……一长串铺栈、书店、作坊、牌楼的名号是何等的壮观，排列成强大的中国"四大发明"半壁江山，其中印刷术、造纸术，在浒湾就演绎了数百年辉煌。走进这个古色古香的浒湾镇，甘愿深陷在某个虚掩的老屋内，多么想贪婪地呼吸绕梁不绝的明朝空气，那空气中曾弥散着从这里走向全国的经史子集、话文小说、书法碑帖等线装书的气味，甘愿深陷在中华历史文明的浩繁卷帙里。

在"刘五云"老字号门前，我端详了许久，挂在门前的一块小木板上记载：堂主刘五云生于明永乐二年（1404），世代以造纸为业，纸张优良，每张均盖有"劉五雲"印章……中午明晃晃的太阳下，我仍然踟蹰了很久，还是决定进去看一看，一个人怯生生迈过门槛，步履缓慢，小心绕过一些杂乱堆放的物什，停驻在庭院内屋檐下，高大的墙壁上爬满了藤蔓，没心没肺的蜘蛛布下了天罗地网，西边小院落里树木繁茂，我都没来得及察看是哪些树种，更没有去触摸是否还有明朝纸张的气息，却感觉高大墙壁内的一股窒息，也孤寂得有些瘆人，居然叶公好龙般地落荒而逃。

而礼家巷北端观音阁后、忠靖王庙正对的那个为了助推旅游兴建的"书铺街"石牌坊，远远望去，正反两面均布满了当代人的所谓书法，凹进去的字迹均描了金，挥毫着浅薄的狂欢，在盛夏的强光下十分滑稽，究竟是彰显雕版印刷，还是竖一片高大的碑林？我想到了"本末倒置""喧宾夺主""集体标榜"等词，真想去捡半截朽烂的木刻雕版，给这些书者当头棒喝，在这千百年浸润书香的圣地，岂能任人弄斧？

观音阁拱门下，一位奔七十的老者在歇凉，我主动靠近问询，攀谈中得知他随父母来自东乡，还进一步得知在浒湾古镇上，已经没有雕版印刷界的后人了，他们早就撤离了浒湾，所谓印书基地的现居民几乎都是从周边县、乡迁徙而来的，不少老房子是在土改时分给了贫苦老百姓的，大都住了人，一幅没有修饰的锅碗瓢盆敲打的烟火场景，相对来说保护难度更大。走在书铺街，却也欣喜地发现，一些房屋上悬挂了"金溪县国有不动产"标识牌，紫色的底板给风雨飘摇的老屋带来了一丝暖色。

有几个问题一直萦绕心头：为什么当年选择在浒湾木刻印书？为什么到后来几近一个不留集体撤离而去？走在浒湾的巷弄里，沿着石板路上一条条深深浅浅的凹槽，那是岁月碾过的车辙，那是时光留存的记忆，耳畔回响着当年川流不息的车轮碾过的"咿咿呀呀"声，我在叩问，试图找到答案。

古镇至今还保留着几条巷道通往抚河码头。浒湾，紧傍抚河北岸，直入鄱阳湖，通江达海，至今仍有三个码头、四个漕仓等。抚河日日夜夜流向远方，却再也看不到那满船飘着书香的帆影了，历史选择了浒湾，历史又遗弃了浒湾，终归于沉寂。

早年阅读中，知晓福建连城四堡村是明清时期印书中心之一，与北京、汉口、浒湾齐名，并列为中国四大雕版印刷基地。在浒湾寻走，终于也知晓，其实，浒湾印书之前已有商贾在福建建阳贩书卖，到了明代中后期，建阳书业渐渐不景气，浒湾书业的兴起折射出建阳书业的衰败，建阳熊氏宗谱对此有所记载：入清后将"书板数部俱出售浒湾"。

当然，临川是才子之乡，自唐以降，似大雁横空排阵，王安石、汤显祖、曾巩、晏殊、晏几道、陆九渊……耀眼东南半壁江山，"金溪书"与"临川才子"相映相衬，霞光万丈。浒湾版图书被誉为"金溪书"，有辖地原因，我更愿意理解成那是"书中自有黄金屋"的修辞。"金溪书"自明中期横空出世，无声地给了"才子之乡"锦上添花的注脚，有力地印证了"才子之乡"读书之风蔚然。

那么，为什么后来像在地球上蒸发了一样，雕版印刷商的后人居然没有留在当地？浒湾的雕版印刷基地似乎是一夜之间人去楼空。战争？科技进步的冲击？另有隐情？留下一个千古之谜。而今，住在里面的人几乎与雕版印刷没有什么直接关系。我细心耐心地问了多个当地人，他们都言之凿凿地声称，自己是随祖辈、父母搬迁至此的，上辈人都说那些印书老板早就远走高飞，转行做其他生意了，所谓书二代、三代……也早就离开了浒湾，何处是故乡？浒湾，对雕版印刷人来说，也许只是一个符号、一声轻叹。而曾经所谓"男女皆善于刻字印书"，也已成为远去的一道风景线。

浒湾，被人遗忘的"雕版印刷之乡"。说白了，浒湾就是中国明清时期的大型出版印刷集团，鼎盛时期印书、卖书等从业人员高达三千多人，据说北京琉璃厂就因金溪书而名扬天下。我想，当时他们一定分工明细，一部分人专门选上好木料制版（以梨、樟、荷木为主），一部分人从事刻版，一部分人造纸或外出采购纸张、墨料，一部分人刷印、套色、校对、装订，实际上，也许分工合作比我的想象还要复杂很多。

遥想当年，浒湾的书版一定是堆积如山，估计许多印书人家要专辟一屋几屋来分类放置，笨重的贮存墨的石缸以及刷子、毛笔等工具比比皆是。是浒湾，以它的"汗牛充栋"成就了"一卷在手"。而今，浒湾古老的书版怕是已散佚无存，我试图找了找，当地人说，在"文革"期间"破四旧"烧毁了很多，好不容易逃过厄运的也在八十年代兴起的古玩大潮中被一些"水暖先知"的商家廉价收入囊中，当地建"雕版印刷博物馆"时不得不花钱从古玩贩子手中收购些许作为镇馆之宝（也有从民间收集上来的）。那些丢弃在老屋里的一组一组书版、一捆一捆木刻，在百年流淌的岁月河床上，还有多少能幸存下来呢？套用一句俗话"崽卖爷田不心疼"，后来入住的人面对成批的雕版、不会说话的雕版，或烧或丢弃或挪作他用，压根也不知道谁在哭泣，谁的心在流泪？那吃了多年油墨的雕版，燃烧起来火苗特旺，想必那饭香里也氤氲着文字的芳香，可是，在那个仅能解决温饱的年代，能烧醒多少糊涂人呢？

我坚信，一定还有见证了昔日书铺街流光溢彩的雕版藏在某个阁楼深处、某处墙缝隙间，或者被有心人悉心呵护着，等待真正懂它的人出现；我坚信，在浒湾在金溪，一定还有某个上了岁数的老人见证过书铺街在最后的时光里"夕阳无限好"；我还坚信，只要书铺街不夷为平地，作为中国印刷术的"活化石"，作为浒湾雕版印书的历史见证，它的存在价值将远远超过其本身。再借汤翁一梦，丝丝扣扣嵌入浒湾雕版，梦里雕版刷"金"书，继续从这里起航，棹歌远去，去与世界书商对话，去告诉他们一个崛起在中世纪的"浒湾梦"。

站在"旧学山房"改建成的浒湾雕版印刷博物馆门楼前良久，我终是没有进去，肤浅地体验刻书印刷、装订线装书等流程，只会留下更多的伤感，我甚至想，可否恢复"雕版印刷"这一非物质文化记忆，再现浒湾版图书辉煌，有选择性地印刷一些古籍善本，或当代名家名作，作为藏品，应当是有市场前景的。

沿着书铺街，漫无目的地走一走，心已足矣，踩着凹凸不平的石板路，一如踩着线装书里的平平仄仄，去倾听历史的回音，去捕捉那老房子里飘出的一抹淡淡的书香墨香。不经意抬头仰望，总有一缕柔和的阳光洒照在这片清寂的古老建筑群上，泛着温暖的光泽。

丹霞涂抹的温暖

一

　　山上的石阶小路弯弯曲曲，两旁是茂密的树木，我深一脚浅一脚走在静谧的山路上，清澄的蓝天下，丹霞相伴，风很知趣地滑过衣袂飘飘而去，不想充当第三者的角色。

　　这是日记里我记录下在龟峰的片段。那天下午，龟峰的游人很少，我以山为倚靠随性而坐，数龟峰究竟有多少只龟，天边飞过一朵红云。传说九十九座山峰九十九只龟，我算得眼花缭乱。究竟是多少只龟，其实龟峰人自己也数不清。

　　到龟峰的次数已经记不清楚了，参加笔会、陪远方的客人、出席联谊会……每次去都有新的感受，却很少留下点文字。"大地文章集龟峰"，我想，龟峰并不缺我一篇小文。明代旅行家徐霞客关于龟峰的笔墨，使得龟峰更是声名远播，"盖龟峰峦嶂之奇，雁宕所无……"三百多年了，龟峰接纳了络绎不绝的文人墨客、芸芸众生，它依然以一面展旗的姿势挺立在赣东北摇篮里，任凭乾坤流转轮回，映山红谢了，桂花又飘香了。

　　在家的日子里，我是电脑书本陪伴，在游戏和文字间游弋，生活平静如水。因此，偶尔选择近处的山水散散心，风景像一枚石子击起内心的层层波澜，倒不失为一件怡然之事。

正好有弋阳的朋友邀请去玩，我很愉快地就答应了。龟峰坐落离家60来公里的弋阳境内。吃过朋友安排的午饭后，从从容容向龟峰进发，去过多次的我已经不需要导游的按部就班解说，就好比进了自家的后花园，绝对是不会迷路的。

红色是江南丘陵特有的颜色，以红壤、红石的形式呈现给家乡的山水，人生数十春秋，辗转南北，几易单位，我从来就没有走出过丹霞地貌构织成的经纬网，它是我们赣东北随处可见的颜色。值得自豪的是，龟峰，正是以这样的颜色，在世界自然遗产保护名录里涂抹上了浓墨重彩的一笔，它的丹岩则以龟的形式呈现给了艺术，千姿百态，留下了一个又一个美丽动人的传说，丰富了世界的精彩宝库。以"中国丹霞"的提名一同列入世界自然遗产名录的有湖南崀山、广东丹霞山、贵州赤水、福建泰宁、江西龙虎山（含龟峰）、浙江江郎山等地。沿着山间的小道，渐渐到达山顶，放眼触摸，远远近近裸露出的红色掩映在绿色的海洋里，对世界来说，这是珍稀的资源，这是独一无二的资源。关于红色，和我是有着与生俱来的亲情，取我的名字时，父母力排众议，拒绝不按宗谱的排行，用一个"红"字赋予了对这片土地的深情厚意，"问石哪得红如许，为有龟峰诠释来"，在灵感的指挥下，我篡改了朱熹老先生的一句古诗，丹霞做证。

对红，我是情有独钟的。红色，是鲜艳的、庄重的；红，也是古典的，如中国红。丹霞，是红的另一种呈现形式。龟峰，挥动着丹霞，涂抹着温暖的色泽，展示着丹霞的无穷魅力。

攀登龟峰的山道，不是很困难，偶尔有个坎坎缺缺，我就以身旁的枝条藤蔓挽扶一把，经过岁月的磨蚀，我越来越感觉自己诸多器官老化，摸一摸日渐稀少的前额天顶，鬓发苍苍，一个十足走进人生中年的男子，"感吾生之行休"，万事该歇了，激情不再，揣着不多的几份责任像眼前的龟一样忍辱负重，对世事的变化已经不那么敏感了，不平坦的一路走过的是平平淡淡，如同山上的龟岩，相依相偎是一辈子，咫尺守望是一辈子，老人峰形单影吊也是一辈子。我想，现实社会里平民生活不过如此吧。

感谢自然的造化，让我的眼睛盛满了美景，盛满了温暖，盛满了思索，此时，任何语言都是多余的。在丹霞的映衬下，我以山为倚靠随性而坐，数龟峰究竟有多少只龟……那个温情的剪影，永远定格在龟峰的骆驼峰上。

二

风景是一把锁，龟峰亦然。

一次一次走进龟峰，走过锁春洞，走进桂花园。

锁春洞，天然丹霞石洞，一年四季如春，气温适宜，不知锁住了谁的春心，锁住了谁的脚步。

桂花园，等待一场秋风的召唤，在八月的某个清晨，擎举一枝枝嫩黄的"小喇叭"，吹开满园芳香。

在没有桂花纷纷的初夏，步入桂花园，环视四周，指点龟峰，有着怎样的款款情怀？却在进山的路上，闻到了弋阳年糕的芳香。驻足观看，一群汉子撸起袖子，挥动手臂，抡起木槌反反复复捶打刚蒸出锅的大米，石臼上白烟、香气飘绕，"三蒸两百锤"，终于成形，即得年糕。弋阳年糕用米不是一般的大米，而是弋阳大禾谷米，不黏不稠不松散，才有了它独特的风味，能在展旗峰下锁春洞口吃上一口年糕，心也被龟峰的秀美景色锁住，那漫山的竹子、漫山千姿百态的龟形石，还有那一个个神秘的有趣的传说，我都愿意停下脚步揣摩、倾听。我愿意让这片风景锁住自己，沐浴其中。

翻阅徐霞客笔下的龟峰，所记所述几乎都已开发成旅游景点，他上山的线路如今倒鲜有人复原，几次想试一试，却从来没有做过详细规划、勘探，关键是找不到要重走的理由，似乎好奇心被一路的老人峰、一线天、三叠龟、四声谷、画屏峰、龟背石、大地史书给锁住了。而面对一幅幅惟妙惟肖的象形画面，我再也找不出超越前人的想象空间，就像面对龟峰满山的摩崖题刻，风化还是很厉害的，似乎不能辨识出一首完整的诗词来，走过唯有沮丧。一首落款为李开芳的碑刻诗词，想必作者是那个太平天国靖王、五虎上将之一，史书没有记载李开芳亲临弋阳指挥战役，石刻当是其部下所为。"壁立万仞"款已剥落，徐霞客游记叙述或为朱晦庵也。

在"通玄"门前，横亘眼前的是一座古城堡遗址，太平天国在此战斗留下的防御工事，垒石齐整，岿然屹立，我选择了长久的停步、思考。隐隐约约间，我听到了太平天国将士与清军的拼杀声。"通玄"石门，险隘之门。一个依赖拜上帝教的农民政权，为何提出富有浓郁道教色彩的"通玄"一词？也许是遮人眼目，迷惑敌人，以龟峰为屏障，清军久攻不下，太平军封锁了敌人的一次次猛烈进攻、迂回偷袭，得以养兵牧马、挥戈驰骋。从咸丰七年（1857）至同治四年（1865）间，太平天国部队辗转往返先后数次攻打弋阳县城，或绕道弋阳入闽，每次都有很长一段时间驻扎龟峰。龟峰毕竟是弹丸之地，不宜久留。最后一次是同治四年，太平军撤退后就再也没在弋阳出没过，真所谓一支"通玄"之师，划过弋阳的天空，留下玄机重重。

半山腰的"将军楼"带着硝烟的烙印，与太平天国的古城堡遗址都是战争留下的符号。将军楼建于民国二十四年（1935），为一栋两层楼的红石墙体木质结构欧式别墅，抗战爆发后，那个国民党将军匆忙离去。我每次去龟峰，在将军楼庭院稍息，总要透过门缝朝里探望，却飘散出一股经年的霉味，紧闭的大门锁住了一段鲜为人知的历史，我不想打听。

在龟峰栈道行走，身旁伫立多株竹柏，本没有在意。竹柏，叶子像竹子，树干像柏树，不是林业部门挂牌标识，或许我永远不晓得其学名。龟峰保护区内竹柏成片，植物多姿多彩，这一园锁住了多少珍稀物种，锁住了远古的身影，冠以"世界自然遗产地"是人类保护地球的庄严承诺。我们能否借助竹柏的经脉去触摸遥远的中生代白垩纪？

双龟迎宾前面的那一湖清水，翠绿得给人不真实的感觉。"是经过了漂洗吗？"面对质疑声，龟峰人笑了起来，蓝天、山色、微量元素的水质映衬下，这才是原原本本的湖光山色锁住的一泓梦幻。

夜宿龟峰山麓一家"农家院"，翌日一早步入龟峰，经过一夜的融合净化，晨曦下，湖面氤氲缥缈，野鸭划过一道道水痕，叩开了一湖翠衾，龟峰整装待发又开始了新的一天。

四时野趣

一

天气恰恰好，不冷不热，朗朗爽爽，春风徐徐撩拨人，去野外踏青正是合乎时宜的选择。

田埂、山边、湖畔开满了许多叫不上名的野花，它们摇曳着姹紫嫣红的小手臂，想必是欢迎陌生客人的造访。

无目的地走一程是一程，有风雨兼程，岁月静好，且行且停。

藠头、马兰头、鼠曲草、野苦荬、藜蒿、野蕹菜……我是认得的，一直以来，它们都是春天里忠实的伙伴，点缀着江南春日的景致，也点缀着我庸常日子的一抹盎然生机。

走在野外，一边呼吸清新空气、享受春光洒照，一边也可择点野菜丰富餐桌，采藠头、拔小竹笋、掐蕨萁、摘马兰头……

那天，我信马由缰地走进了城郊尊桥乡一个叫作源塘村中家源的小山村，只有百余户人家，村容整洁，村貌欣欣，小楼房鳞次栉比，大都是郑姓人家，村路边竖立着一块石刻的扶贫项目公示牌，项目名称是"中家源村内道路硬化"，落款时间 2018 年 6 月。走在村中，看得出，这里的栖居环境大有改观，不经意就能感受到，真的是秀美乡村建设如春天一般花开大江南北。

村里的人不欺生,笑问客从何来,还大大方方招呼进屋喝茶;也有很讶异的,在他们看来,这静僻甚至有些偏僻的山旮旯儿,怎么会有城里的人开车来?我却发现,田埂上一簇簇绿油油的马兰头煞是惹人喜爱,边上一条小溪流像是在汩汩地吟唱着春的序曲,马兰头展露出嫩嫩的紫茎,大概也就两三寸,带齿边的叶瓣挤挤挨挨,它们在默默地迎接春天,在默默地等待春风,接纳春雨的馈赠。这个时候,也会不小心遇上刚刚从冬天苏醒过来的小动物,抬头看看我,它们退却了,或隐身离去,便暗暗自责,应该是我侵犯了它们的领地,打扰了它们的平静。而一阵风吹过,蒲公英就开始调皮地洒落一地,惹得蝴蝶展翅惊飞。

　　春天的雨是从来不吝啬的,说来就来,像是孩童的眼眸,纯净、干脆,不做作,不娇柔,流过梦里家园,流出一片熠熠春晖来。伴随着春雨,马兰头悄悄然吐丫展枝,夹杂在草丛里,毫不起眼,不仔细辨认很容易被淹没被忽视。马兰头是春天擎举的旗幡,飘摇着烟雨江南的野趣。对马兰头,我情有独钟,特喜欢这名字,诗意绵绵,似有暗香浮动。当然,马兰头与那洋溢着熟悉旋律的马兰花并不是同一物,不可混为一谈。每到春天,我都要去山野寻访不怎么高调的马兰头。

　　马兰头,开在春天里,也是开在我的心头的一朵春色。我要把春天带回家,让齿留春香,在我看来,马兰头就是春天的味道,就是一味与春天同行的良方。《本草纲目》记载:"马兰头能散血消肿,利筋滑胎,解毒通麻。"马兰头不但可入药,还可食用。小心翼翼地,我像采茶一样只掐梢上的三两叶一芽,不消半个时辰,就有了满满一堆,足够炒一盘了。回到家后,再洗、切、漂、炒,不一会满室飘香,便可大快朵颐,满足味蕾的刺激,人也已醉在弥漫的春意里。

　　一缕春香牵乡情,春天里,我还常常想起在老家鄱阳湖畔采摘藜蒿的情景。藜蒿没膝深,在草洲上迎风招展,香气馥郁,一大片一大片蔓延开来,似有铺天盖地之势。和着风的节奏,踩着温暖的阳光,我走向鄱阳湖深处,那些年踏春嬉闹采藜蒿的剪影,漂洗在岁月的河滩上。

　　如今,回想起来都是满满的美好,耳畔响起幽远恬美的春之跫音……

二

五一节后，差不多就是采摘金银花的时令了。

江南的气候更加温和，虽说人间四月芳菲尽，然而，金银花却以柔曼的身姿装扮着大地，以细小精致的"喇叭"传递着生命的气息，吹响了夏季到来的美妙哨音。

所居住的城市上饶坐落在信江上游，一派水村山郭之胜景，很多地方的山边都生长着金银花，枝叶葳蕤，一发就是一大块，俗话说贱得很，意思就是金银花不择土壤，容易成活。

在城郊北面广信区通往煌固镇黄塘村的路边矮山丘上，长着成片的金银花，平时经过倒不见得怎么显山露水，到季节了，伴随着满山金樱子绽放芬芳的白花，嫩白的金银花早已不甘寂寞地迎风招展。藤蔓青青萼已开，过不了一二天，金银花就由嫩白转成黄色的了，估摸是由此而得名的吧。坐在城里的我也耐不住寂寞了，择好风晴日驱车前往，以采摘的名义给心情一次放飞的理由。

这里还是广信历史上唯一一名状元徐元杰的故里，也许这些金银花就是从宋朝一直生生不息绵延而来的，也许状元曾经喝过这里的金银花。如此想着，我竟然不知道自己究竟是来采摘金银花，还是来拜谒状元故里的，会不由自主地往东行走，过一座桥跨过灵溪就到了黄塘，已不见那开满黄花的池塘，也不见那高大气派的"御书院"，但走在村里，能听听正正宗宗的上饶方言，虽说听不大懂也是欣然的，也算是另一种收获，毕竟这样的话语当年徐元杰出口成章过。

除了黄塘那里是我不经意间发现的一处金银花采摘点外，信州灵溪睦洲山、朝阳盘石、茅家岭周田村以及罗桥文家等地都留下了我采摘的身影。有村民告诉我，采摘金银花最好选择在清晨和上午，这个时候花蕾还未完全开放，养分足、气味香、颜色佳，条状的金银花品相更好，药效也更高。令人欣喜的是，金银花一年可以采摘四茬，一直延续到10月份。

"雷王药吏锦裆答，野藤络树金银花。"金银花是结在藤上的，花蕾对生，一蒂二花，然一根金银花藤究竟有多长，倒真没有去丈量过。感觉那青藤爬满山岗，不但藤与藤之间缠缠绵绵，而且还缠绕在其他树上，一丛一丛的，放眼望去，有点浩大，却从来没去关心它的根部在哪里。这时，我只专心致志那密密匝匝的花骨朵，一手拉着藤蔓，一手采撷花朵，只要有足够的耐心，别学花儿去招蜂惹蝶，小半个上午就能满载而归。

采摘回来后，挑拣、晒干、储藏起来，偶尔可以泡泡茶，或者有个头痛脑热的，抓一小撮泡水喝，似乎也管用。《神农本草经》载："金银花性寒味甘，具有清热解毒、凉血化淤之功效，主治外感风热、瘟病初起、疮疡疔毒、红肿热痛、便脓血等。"我对金银花的直接好感来自庚子年初的一场蔓延全国、蔓延世界的新冠疫情。家住城北灵山山麓严家湾的徐军先生送了我一大包旧年上山自采的金银花，真乃"岂曰无衣，与子同袍"。一段时间，我几乎每天都要用金银花泡水喝，似乎喝下去的是祛瘟疫的灵丹妙药，似乎这样做了才百毒不侵，才妥妥帖帖，才心安理得。

我还注意到，很多中成药都含有金银花成分，诸如银黄颗粒、双黄连口服液、小儿清热宁颗粒、银翘片、五味消毒饮……有中医告诉，将金银花与菊花、桔梗和甘草加水煮沸后饮用，可治疗咽喉炎、扁桃体炎；金银花还可以减肥。

对金银花，我是越来越刮目相看。虽说很多超市、药店不乏金银花的身影，甚或品相也超过我采摘的，但敝帚自珍，孩子还是自家的好。

仍然会每年安排时间，去野外采摘，觉得这是一件很有些趣味的事情，是一件不可替代的事情，还是一件具有某种仪式感的事情，去亲近自然、亲近家园、亲近人文……乐此不疲，美不胜美，金银花摘得多时，我也会分享一些给好友，快乐便在茶杯里氤氲开来。

三

每个季节都有每个季节的趣味，山野也会呈现出不一样的风华、韵致。

秋天的村庄显得更加清静，更加从容，一切都变得散散漫漫起来，溪流也开始渐渐放慢节奏，似乎刻意按下了减速键，它是要细水长流，流入冬季去赏小河结冰，去看霜染残荷。

悠悠菊香，是秋天涂抹的一帧诗情画意；悠悠菊香，是秋天演绎的一段轻歌曼舞。

"秋丛绕舍似陶家，遍绕篱边日渐斜。"踏上黄沙道中，时序深秋，不见稻花香田畴，也不见山路人影，我却遇见了满山菊花，那莫不是陶家遗落在古道边的吧，沿着辛弃疾当年行走的山道，拐过见证了几百年风雨的半爿凉亭，伫立黄沙岭，鸟瞰苍茫大地，路边、山坡、峡谷尽是一株株野菊花，黄灿灿，圆滚滚，蜂飞蝶绕，一丛丛一簇簇地跳跃，与远远近近的红叶相映成景，是大自然赋予的美色亮彩，秋天的山林更加迷人，菊花是这个季节的使者，吹面不醉幽香来，沁人心脾。

菊花，乃养生之物，晒干后泡茶喝，清火明目，清热解毒，况室有菊香，袅袅弥漫，夹杂着书卷味，心情也一片清朗，人淡如菊。

一朵朵野菊花，在绿叶的衬托下，欣欣向荣，多么像浓缩版的向日葵，蓬勃着生命的朝气，给人一种向上的力量。采摘野菊花，是每年秋季的规定动作，去享受秋高气爽，去体验秋收喜悦，之前大都是在附近山边、田头地尾作业，自从发现黄沙道中的采摘点后，我都会尽量择时机前往，一举多得，得山得水得菊香。黄沙道中的野菊花，花蕾看上去更厚实、紧凑、精致、色泽更黄，香气浓郁，当数上品，让我喜不胜喜，摘起来更加带劲，轻轻一掐就是一朵，要不了一个时辰就能弄上大半袋，够喝的分量了便歇手，起身远眺，层峦叠嶂，绵延起伏，心旷天地间，神怡菊花香。

有时候，我还会把在黄沙岭活动的范围适当扩大，隔山相望的上泸便可顺道而往。去五府山下泸溪河畔上泸摘野生菊花也留下了些许不错的记忆，上泸是泸溪河上游的一个山乡小镇，故名上泸。

泸溪河是信江支流，溯水而上，源头就是五府岗，广信最高峰也，海拔1891.6米，与武夷山下铅山县分峰而立。

当水路让位于陆路后，伴随着赶集的日渐萧条，上泸便也走向了旁落，地处大山深处，养在深闺人未识。然而，它曾经的辉煌，曾经的熙来攘往，尤其是良好的生态环境孕育了良好品质的野菊花，均勾起了我的冲动和兴致。

"清溪奔快，不管青山碍。千里盘盘平世界，更著溪山襟带。古今陵谷茫茫，市朝往往耕桑。此地居然形胜，似曾小小兴亡。"轻轻默念辛弃疾的《清平乐·题上泸桥》，去上泸采摘野菊花有诗词相伴，情致倍增。

走过泸溪河、上泸桥、余氏宗祠……我忘记了是来采摘菊花的，居然与一居住在清泉街上的余姓老夫攀谈起来，得知上泸曾出过两个不大不小的历史文化名人：一个是陈文蔚，另一个是余尧弼，都是载入史册的南宋名儒大吏。真是意外收获，窃喜！抽空再去探寻、考究，看看能不能翻出点以古鉴今的干货来。于是，觉得上泸的菊花也散发着文化的气味了。

采过菊花，天气就真要寒冷下来了。冬天也就不紧不慢地随着雪花飘落人间。

天冷了，捧一杯热气腾腾的菊花茶，想一想秋天的温情，心不会冷。

四

雪花的纷飞是漫天洒落的音符，点缀着岁月深处银光闪闪。

二十世纪八十年代中后期，父母的家还是安在赣北鄱阳油墩街镇上，土墙围起了一家人简朴的温暖，逢年过节欢聚在一起，笑声总是将瓦房掀得哗啦哗啦响，惊起家雀翩翩飞。

七亲八戚也大都散居在周边十几公里范围内，逢年过节走一走更亲，那年春节，还去了很少去的龙尾蔡家表姐家拜年。因为一场雪，记忆尤深，常常泛出玉洁的温情，常常勾起对悠悠往事的回忆。

其实，一入冬，我们就盼望着下雪，耳畔回响着优美的旋律《我爱你，塞北的雪》。却常常是暖冬霸屏天气预报，有些年份是无有雪中，更无须送炭。而且，江南的雪大都很吝啬，薄薄地洒上一层就鸣金收兵，山山水水间稀稀疏疏的，倒像是一幅水墨画。所谓白雪皑皑，辽阔无边，几近与江南无干。

那年的雪却下得特别大，不啻于鹅毛大雪，我忘记了表姐年轻时的模样，忘记了那天吃了一桌什么好菜，忘记了弥漫人间烟火味的细节，但那场雪一直在心空飘飘洒洒，映照着我走向生命的圣洁。

龙尾是一个普普通通的村庄，在西河中下游南岸，也许是蜿蜒西河像龙尾在这里拐了个弯而得村名的吧，这里散落着王姓、蔡姓、吴姓等自然村，家家户户大都是秦砖汉瓦柴门半掩，过着唐诗宋词里炊烟袅袅的日子。那时楼房在农村可谓凤毛麟角，万元户都是令人羡慕的新名词。

记忆中那天本不大愿去，心情和天空一样呈灰色调。表姐家离镇上也就几里路远，走在风雪里，呼吸急促，脚步也越来沉重，走着走着，心胸和广袤的茫茫白雪下的田野一样渐渐开阔起来。雪越下越大，几里路上也没遇见三五个人，田畈高低错落的禾苑披上了白色外衣，银装素裹，别有一番风情，有些路段也许是年久失修，坑坑洼洼，有点担心掉下路边沟渠，而且寒气刺骨，但我还是玩了一场迎风斗雪的游戏，在飘飘洒洒的雪花间找回那份童趣，或捏个雪球抛向远方，或堆一个小雪人，或摇一摇树上的积雪，摇得一片画屏开。

那天，借助纷纷扬扬的雪朵引路，我还去河畔看大片芦荻，去寻找大雁、天鹅、白鹤、野鸭子等候鸟的身影。天空很低，风雪中的西河冷峻、沉寂，像一位智者在思考，我隐隐听到一个遥远的声音低吟着："北风其凉，雨雪其雱。惠而好我，携手同行……"

雪花是写在寒冬大地上的诗歌，我们爱雪，那是洁白精灵的化身，雪把世界染得崭崭新新，有一种大开眼界的冲击感。然而，匍匐地里的冬小麦、油菜，还有飞鸟、树木等，以及破屋里的人们如何承受之重？比如雪后低温凝冻，对冬季农作物简直是毁灭性的破坏。想到这，心里便有些矛盾起来。转而一想，没有瑞雪，哪来兆丰年？心便雪霁天朗起来。

下雪天，也模仿过小学课本里学到的捕鸟办法，就地取材，用小木棒支起一个筲箕或一个鸡罩，撒点碎米，再用细长的绳子绑在木棒上，远远地等待好吃的鸟雀自投罗网，纵是守株待兔般一无所获，仍然捕捉到一篓筐没心没肺的快乐。还计划着翌日一早敲打屋檐下、树干上悬挂着的一排长长短短的冰凌、冰柱，那晶莹剔透里闪烁着天真无邪，那玉树琼枝上闪烁着童话世界的精彩。

雪落无声，氤氲着生命萌动的灵气；雪落无声，也轻柔地敲开了大地回春的前奏。

西门风吹

去永平，大都会想到去看铜矿，其实，去看西门也是挺不错的选择。与"西"有关的地名、诗句都是叫人陡生柔情的，还有沧桑、清越的厚重感，西门、西山、西口、西河、西陇、西江月、西出阳关无故人……

西门，背倚骆驼山，面朝桐木江，西门人坐山拥水，山清水秀得天独厚。打开西门，也就打开了一幅山水画卷。

西门，我总以为是一个渡口摇来的乡村。西门，确是有一个踏着桐木江波浪从历史深处摇来的渡口——石盘渡，而今已是野渡无人亦无舟。古老的西门傍着故县，河岸一排垂柳，石盘渡桨声远去，还能摇碎宋时的月影吗？

西门，我还以为是一个胆水浸铜浸泡出的乡村。西门山背即是偌大的露天铜矿，千百年来，裹挟着闪闪发亮铜元素的溪流淙淙，吸引了多少追梦人前往淘金，终繁衍生息成一个村落。谁说西门人的先祖在此驻扎下来，不是因为聆听到那动人的采矿冶炼声之故呢？

也许，这些仅仅是我的臆测而已。

西门，坐落永平镇西，作为城门已毁，而作为一个村庄，世世代代用风调雨顺、吉祥平安诠释着"永平"二字。推开西门，拔地而起的一座铜城正熠熠生辉。与第一次到永平的外地人还得耐心解释几句，永平镇是老铅山县城，那个"铅"字在这里是读"yan"，因骆驼山后面有山历史上产铅，县名故而取名铅山。

去看西门，最好提前做足关于蒋士铨的功课，这个清代大戏曲家就是西门人，也说石盘渡人。不了解蒋士铨，去看西门，只能是外行看热闹。

走在鹅卵石铺就的石盘渡岸边，轻轻踩过，当年蒋士铨老先生风风雨雨来来回回，这里是不可忽略的渡口，不再见那泊靠的武夷茶船。石盘渡，在岁月的河滩上守望，千万回冲刷而今仅留下一个古老的符号，见证了昔日的繁华景象："水中千条船，山上万盏灯。"

缓缓走出渡口，岸上是西门文化广场，立有三尊塑像，乃辛弃疾、笪继良、蒋士铨。辛公当年客居铅山终老铅山，词坛飞将，"醉里挑灯看剑"气贯长虹；笪公是明代铅山县令，"白菜碑"传为千古佳话。三人中，唯有蒋士铨是土生土长的西门人，"江右三大家"之一，被誉为中国戏曲史上的殿军，其《藏园九种曲》等一时传唱甚广，西门无比荣耀。西门，因为走出了一个蒋士铨而显得特别高大。城之西门不存，蒋士铨背影犹在。蒋士铨故居就在前面"情义路"上，老四合院式的天井砖木平房，前后两进，前厅空阔，我眼前幻化出"长跪拜慈母，有泪不敢垂"那一幕，"鸣机夜课"，里屋似乎传来古老的织布机声，绕梁不绝，不觉间也双眼湿润。

走在西门村，巷弄里整整齐齐，街道干干净净，房子墙壁洁洁白白，给人焕然一新的感觉，公共体育设施布局合理，我却在咀嚼"情义路"，人情和义理在西门以路的形式在延伸，越走心里越敞亮，想必邻里之间和和睦睦，亲如一家，陈家大院是否典藏了关于情义方面的佳话。西门风吹，情义漫漫。一座报本坊足以令人动容，南宋时申家儿子甘愿上前代父而死，身中三刀面不改色，其忠其孝、其情其义感人肺腑，难怪连理学大家朱熹都亲书"报本坊"横匾，辛弃疾也吟诗《赠申孝子世宁》赞叹。

窗推西门翠影，月落松下清风。廉政文化是西门的一大亮点，浓缩在清园。"清园"二字，乃当代书法家范增所书。一座依托当地历史精心打造的主题园林，楼台亭榭错落有致，群贤堂、报本坊、白菜碑、文化长廊、人行道、莲花池等无不折射出清廉文化，尤以园内立有一块白菜碑而彰显了地方特色，原碑在县博物馆，原碑址则在永平街上，此碑是按同等比例仿制而移于此的，走过石碑，一句"为民父母不可不知此味，为吾赤子不可令有此色"，古老而有温度的声音仍在回响，振聋发聩。

夏天，西门的风吹来都是凉爽的，那风来自翁郁的骆驼山。骆驼山是西门的温情靠山，骆驼山主峰酷似骆驼，一座名副其实的森林公园，公园内建有牌坊、游步道、观景亭、休憩平台，绕一圈大概半个小时。登上骆驼峰，北望书声琅琅的鹅湖山，不亦快哉？去西门，不能不上骆驼山，在漫步休闲中去感受西门的温厚，去感受骆驼的美名。骆驼，沙漠之舟；走在骆驼山，很自然就会联想起骆驼"吃苦耐劳、迎难而上、不怕艰辛万苦"的品质，西门人时时以此警醒自己，负重前行，走向幸福、永平的田园。

西门，亮点纷呈，"名镇历史文化展览馆""农耕文化博览院""红色文化收藏馆"也是值得去看的几个地方，虽说简陋了些，却也原汁原味，走进去，凝固的是一段记忆，放大了对往昔的无限追寻。人啊，有时候，看一看来时的路，也许前面的路会走得更稳健。西门"三馆"，都是一些村民自发筹建的，自费征集、收购藏品，每一件展品的背后都蕴含着一段鲜为人知的故事，看得出西门人的情怀、情义一脉传承了蒋士铨推崇的做人、为文都要有"忠孝节义之心，温柔敦厚之旨"。

西门的风，掠过桐木江波光潋滟的江面，在骆驼峰的山头看云卷云舒，看"铜铅置县""文昌永平""商贸鼎盛""抗战文化"排阵而来，看玉虚观的袅袅香烟，听山下永福寺的清丽佛音，再听一曲赣剧版的《红雪楼》。那一夜，我醉倒在西门"名园"，不为铅山曼妙的"女子"，也不是西门酿制的高粱，而是西门的风情万种、西门的绵绵情义、西门的郁郁葱葱。

西门风吹诗意浓，我早已迷失在西门，迷失在西门丰厚的人文里。

大地孤影

有一种坚韧在大地生长，蓬蓬勃勃 2500 多年，依然葳蕤盎然；

有一种遇见早已注定，孑然守望 2500 多年，定格在蓦然回首间。

乃我之幸运也。冥冥中有人捎来春秋的讯息，曾梦里几度徘徊古木阴中。

这是一棵古老的银杏，孤影苍穹，从"下古时期"一路踽踽走来，穿越历史的烟尘，阅尽风云变幻，见证沧海桑田，耸峙在武夷山深处。

似乎积蓄了一生的力气，我揣着一颗朝圣的心缓缓朝它走去。望着银杏，耳畔回响起"念天地之悠悠，独怆然而涕下"，眼角流下了温热的泪水，似乎见到了我两三千年前的亲人一样，假如生命有轮回，也许我必须用数十次轮回才能换来与银杏的一次相见。

这里是武夷山北麓，地名叫南湖，踏遍周边青山，却没有看到湖泊。南湖下辖一个村，乃方柿源。据说早年此地生长着一种结方形果实的柿子树，因而得名方柿源，遗憾方柿子已无踪迹。

村庄面朝银杏，相看两不厌，高高低低的房屋依次散落开来，二十来户人家，每天用袅袅炊烟涂抹"暧暧远人村"的山乡画图，一幅绵延千百年的绝版长卷，高大的银杏做证。

树木崇拜是古老而质朴的习俗，闻听武夷山有这样一棵银杏，多少人跋山涉水远道而来。银杏树离地面近处的枝丫间挂满了红绸缎、红灯笼，与绿叶相映，特别醒目、祥瑞、喜气。那是虔诚的慕名前往者，求子求福，求风调雨顺。古老的银杏树，一定领略了吴、越、楚三国纷争江右版图的鼓角争鸣，想必也亲耳聆听过孔夫子的《论语》，还目睹了分封制下的生灵涂炭。那是中国春秋时期，鲁、晋、秦、楚、宋、卫、蔡、郑、燕、吴、越等东周列国各霸一方，这时，没有谁会在意一粒白果种子正顽强地拱破土地，一天一天向上生长，伸向苍穹，去接近太阳的光辉。

年年岁岁，伫立在不为人知的大山里，风月相伴，历经了多少磨难，走过了多少险阻，一把山火、一通砍伐，乃至虫蛀、兵燹、灾害……都有可能致其遭受毁灭，幸运的是，银杏一次次化险为夷，终于长成参天大树，终于长成一个枝繁叶茂的故事，每天清晨、傍晚，总会飞来无数只鸟雀叽叽喳喳地复述古老的传说。

林业部门的资料显示：十大"江西树王"之银杏树王，树龄约2500年，树高约32米，胸围约8.5米，平均冠幅约22米。当地有诗为证："银杏高耸方柿源，谁识南湖隐大贤？"

银杏还曰白果树，也称公孙树，公孙就像是银杏树的姓氏了，难道是春秋时期哪个好事的诸侯子孙命名的？还是与公孙氏有什么其他典故？怕是已无法考证。

"山无陵，江水为竭……乃敢与君绝。"方柿源银杏遗世独立，像是深藏在武夷山皱褶里的一个心事，在等待、在守望……我试图去拥抱树干、去抚摸树枝，沿着叶脉的纹理去打听、交谈，风儿却笑我自作多情。我还看到，银杏树身上，排列着一个一个突兀的树结疤，那正是银杏生长的节奏，日夜拍打着深情动人的旋律。

与银杏对望，多么想获得一些快乐和智慧。传说人类最早的家园是在树上，思想启蒙也是从树上衍生出来的，《诗经·小雅》曰："乐彼之园，爰有树檀。"看来，这方柿源银杏树最是懂得人类的喜怒哀乐。我想，也许正是树的挺拔，让从远古而来擅长匍匐攀爬的人类跃跃欲试，要想站得高、看得远，便模仿树的姿势，渐渐掌握了"直立行走"，从此成为地球上的主宰者，在大地上昂首挺胸、自信前行，一直走到今天。

银杏树的卓然神态，如一串屹立的暗喻，给了方柿源人启示，和足够的勇气。一代一代方柿源人不封闭、不气馁，神闲气定，用坚毅的双脚走出大山，走向山外。对于方柿源人来说，银杏树是永远的乡愁、是高耸的明灯。在银杏树前，村里一位姓吴的老者说，他们相信银杏是有灵气的，它默默地护佑子民，守望是不变的情怀，村里人无论是走出去还是回归桑梓，再忙再累，都会第一时间来到银杏树前，点香烧纸，系红布条、挂红灯笼祈福，作揖叩拜，请安道别，或浅言在外的际遇、分享趣闻轶事，像个孩子与长辈促膝谈心。一阵风吹过，银杏树叶哗啦啦作响，这时方柿源人面露微笑，欣然快慰，安心离去。

我相信大树都是有灵性的，方柿源的银杏让我充满了敬畏之心。小时候，村头有棵樟树，每每放学回家，或者外出做客返回，老远望见大树，心就安定了，知道那里是家，不由得脚步也加快了。可惜，老家的大樟树后来遭人为砍伐，再回去，远远地就望不见了樟树，心底不免有几分失落。还记得，在老家时，看到别人家有酸酸甜甜的桃子吃，春天就想在房前屋后空地上，挖坑、栽种桃树，却总令人懊恼，虽说天天浇水、查看，盼望小桃树快快长高，想着来年桃红宿雨就会露出满脸欢欣，但那看不见的破坏还是逃过了我警觉的目光，不是被鸡猫猪狗糟蹋，就是被邻家顽皮小孩顺手拔掉。直到少年后离开老家，也没有栽活过一株桃树，至今想来依然感叹栽树不易。

愈加羡慕方柿源人，拥有一棵如此古老的银杏，矗立成一道绝世风景，银杏长在村前土坡边上，下面是田园、小溪流，为方柿源人耕作的舞台。环绕银杏一圈有点小难度，并不妨碍目光环视，当地人在银杏树下搭了一条低矮的长凳，那个夜晚，我一个人久久地坐在那里，偶尔有一两片树叶飘落头顶，像是落在琴弦间的音符，静谧的夜里，分明听见了一段天籁般的旋律在耳畔掠过。一片片叶子飘摇，一枚枚白果悬挂，我就想：谁说树木不能走动？树木深深扎根大地，最懂大地的心跳；树木临风高天，最知银河的深邃。

银杏树并不孤独，周边散散落落生长着一些三角枫、红豆杉，树龄都在三位数以上，虽然没有始终相随，却也相生相伴数百年，不知看着一些树木渐渐衰老逝去，银杏树会是什么感觉。我不懂树语，不知它是不是以落叶的方式释放哀伤？还是不惜外表粗粝仍以树皮裂开的方式哭泣？没有人告诉我。

甚至我还想成为一棵小树，就站在方柿源银杏树的近旁，无论清朗明丽的早晨，还是暮气凝烟的黄昏，每天抬头都能望着它，望着伟岸的它郁郁葱葱的样子，凝神听它讲漫长的前世今生。在银杏面前，我就是个懵懂而又淘气的孩子，愿意接受银杏的点化。

在方柿源，如今村里住的大都是上了年岁的老人，年轻人出去打工谋生了，适龄孩儿们都在山外读书学习了，只有逢年过节才会回到银杏树下欢聚一堂，久违的笑声惹得树叶也婆娑摇曳作响。站在银杏树下，村里的老吴叔指着枝丫繁芜的树身说，这棵银杏树带给了他们年少时光的诸多美好回忆，捉迷藏、玩游戏、爬高爬低、摘白果，银杏带来的快乐在这里代代传递。吴叔还翻出保管好的吴氏宗谱出来，上面记载了方柿源的吴氏人家来自明朝中后期，之前的主人是谁？谱上没有记载。吴叔也不无伤感地说，多么熟悉的银杏树，一直是不变的模样，春天来了，枝叶繁茂，深秋过后，叶落沙沙，岁月嬗变，而村里一个个老人看着银杏渐渐老去，像一片片银杏叶离开枝头回归大地。

银杏无疑是方柿源小村的记忆库。哪家小儿夜半哭闹？哪家孩童溪流击水？哪家嫁女儿娶新妇？哪家舂米推磨？哪家浣纱捣衣？这一幕幕日常生活的原色，银杏尽收眼底。

在银杏树不远处，我发现一块布满青苔的残破老石碑"合约禁碑"，还有两块近年仿制的新石碑，立村道旁，内容关乎封山育林。老石碑作于清代，经过风吹雨打，字迹模糊，大致看得出刻于光绪年间，那岁月积淀下的包浆折射出当地人自古以来就有山林保护意识。

方柿源银杏，一座生命的丰碑。方柿源银杏，一位智者的化身，风霜雨雪，天文地理，了然于胸，树身上每一道褶皱，是日月打磨的痕迹，蕴藏着大自然的隐语。择一日，我选择留宿方柿源，与其说是向往过上不知今夕何夕的山中日子，还不如说是心念贴近银杏的博大温情去触摸它的千年风骨。

那个夜晚，我与银杏无语相望到天明，思索已如滚滚潮水，在历史的河滩上奔涌……往事历历可数，它走过了中国所有轮回更迭的封建王朝，走进了"可爱的中国"，到处红旗漫卷，正迎风飘洒走向伟大复兴的荣光与风雅。

那个夜晚，我一遍一遍想象着银杏树的秋天风姿，慢慢地，目光如一支执着的画笔，为银杏树涂抹上了一层金色，满身流光溢彩，心满意足地觉得那才是银杏树应有的样子，映衬得整个山村烟霞灿烂，眼眸里盛满了祥和、盛满了感恩，亦真亦幻间，晨曦洒照树梢，我才深一脚浅一脚返回下榻的民宿。

俯身拾起一片不小心跌落的银杏叶，捂在胸间，我在揣听时光深处的回音。

穿越百丈漈

百丈漈其实就是一帘瀑布，悬挂在人迹罕至的武夷山脉深处。

初听百丈漈，不明白"漈"为何意，属不常见的生僻字，经查询有三层意思：岸边；海底深陷处；方言，瀑布。在铅山，当取意"瀑布"，百丈显然是个概数，一如"千里江陵一日还"的"千里"，这里的数量词并不是确指。

一座山、一条河，我们往往轻描淡写用越过、蹚过一笔带过，铅山百丈漈飞溅的水珠告诉我，真正走进、感知一座山或一条河流不是那么轻而易举的。

竹笋漫山遍野破土而出的季节，沿着英将乡汉阳村一条南北走向的峡谷，我们自北向南逆溪流而上，一条多年前开铅锌矿修筑的山路时有时无，竹笋都长到路面上了，我在好奇的同时，又暗暗嘀咕路没人修。估摸三年五载修路还不会提上乡里的议事日程，除了附近上山的人走一走，毕竟里面没有人烟。好在每个人都准备了套靴，还散发着橡胶的特殊气味，却能逢山开山、逢水涉水，所向披靡。

起始还有一段正儿八经的路，虽然不平，基本能行走，到达一个废弃的矿洞后，就完全没有路了，而行程至多过半。要命的是，后面根本就无路可走，全凭爬山蹚水，披荆斩棘，借助树枝、藤蔓之势，或弓背弯腰手扶石头，个别地方差点儿就接近匍匐前行。领头的村干部背了一把柴刀，遇见有挡道的枝蔓、芒刺就顺手砍掉。纵然如此疏通，我还是跟不上队伍。

前面的人走一程，就要停下来等一等。我总是面露歉意，报以微笑。

　　并不是累，而是要不停地择路而行，要不停地拨开枝丫，又要担心脚底踩空。在溪流中的一段，最是难行，左冲右突，也最有意趣。幸亏水浅，水的清澈，石头的各异，长在石头上的翠绿水草，一道道水中风景，都令人眼前为之一亮。两岸是夹山，难过万重山。走一程，就有人发问"到了吗"，回答"快了""就在前面"，无数次下来，我们对"快了"已不抱多大希望，只有埋头把路走好。接踵而至的是，手机进入了盲区，我们处于失联状态，这还不算有什么危险。而脚底打滑却是非常危险的事，我的手臂严重警告我，绝对不能再给第二次摔跤的机会。同行的诗人建军仗着年轻力壮，健步如飞，也算经得起摔打，至少我看到他摔了三次，每一次都摔得我的心有种吊在半空中的感觉，有一次似乎特别重，手腕都肿了紫了。"慢点。"我时不时地大声说道，为他们，也是为自己提醒。

　　河道中大大小小的石头上生长了一簇簇茂密的水草，可谓天然盆景，倘若搬运一块带走，该艳羡多少玩石者。近年，一些文玩市场兴起在吸水石上种花养草，价格比百丈漈的海拔还高，动辄几百上千。然而，水草在山野的石头上郁郁葱葱，而离开了这里的环境，估计难以成活，毕竟水草无法接受城市的喧嚣、城市的生态。

　　百丈漈，大山瀑布，气势雄伟，水量大，落差高，凭目测，至少超过十几层高楼，宽幅数丈，下有深潭，深不见底，碧水如镜。我们去的时候，只有一股水流飘飘洒洒，还未形成布匹状，但丝毫不影响我们的兴致。蹲在潭边，戏水、唱歌、听真真假假的传说，环顾四周高山，古木参天，百丈漈三面环山，陡峭的悬崖上，一道水突然从天而降，势不可当，顺着崖壁飞流直下，闭着眼睛想象一下，丰水季节，那是何等的壮观，万马奔腾，激荡人心。

　　百丈漈，是一道景观，但绝不是一处景点，我不是在绕口令。景点也叫旅游景区、旅游景点，这正是百丈漈所不具备的关键要素"旅游功能"。看着一些景区大把大把的门票收入、买卖收入，当地人望着不知要胜多少倍的百丈漈有些无奈，有些黯然神伤。当然，百丈漈的水流不会因为人为因素而放弃纵身飞跃的绝美身姿，不舍昼夜，无忧无虑，冲破山涧奔向远方。

蓦然间，想着回去还要历经艰险，我几乎崩溃，再望百丈漈，我开始心不在焉了。带路的村干部自告奋勇沿着百丈漈边上的山崖丛林去探寻一条路，过了一会下来了，叹气道，路况险峻，不大好走。只得先原路返回一小段，然后选择一条近道斜插登岭，去附近小村乘车。假如不是路不好，我会选择不同季节亲近百丈漈。假如不是那天突然下雨，我会把更多的时间留给百丈漈。真的很想再去感受百丈漈，我还没有看够。但是，回想挺进百丈漈的一路磨砺，我不由得倒吸一口冷气，至少目前去百丈漈不是那么简简单单的事。

在汉阳村午饭后商议去百丈漈时，当地老百姓拍胸说只要一个多小时，在高度信任的支配下，加上我对新鲜事物有着近乎偏执的冲动，一拍即合，一干人立马就出发了。事实上，我们足足花了将近三个小时。严格地说，是我花了三个小时，凭他们的速度，提前一个多小时应该没有悬念。

百丈漈的流水声渐渐远去。翻越山岭，斜插成功，顺利到达滴水排（地名），偶遇竹林里挖竹笋的老人，就地挖坑搭灶煮竹笋，再晒成干笋卖，据介绍说一个春季下来，收成也有小好几千。真想带点回去，那是百丈漈滋养的春笋。我们主动和老人打招呼，老人一脸的皱纹舒展开来，笑容里汗水滑落，我的心微微一颤，油然而生敬意，面对勤劳质朴的山里人，我在山林中穿越所忍受的一点艰辛，又算得了什么。由于体力消耗大，一路未及时补给水分，实在口渴了，就摘几片茶树上长出的"猫耳朵"吃，皮厚肉脆，水分还算足，甜甜涩涩的。所谓"猫耳朵"，就是油茶树上那并不多见的淡黄色树叶，属于变异物态，形似"猫耳朵"而得名。"猫耳朵"高挂树上，像个仙桃，看上去十分可爱，靠山吃山，山里人教我们怎么吃的，大可放心。还有，满山的映山红开得正盛，嚼几朵，把春天一同含在嘴里，心花怒放。这个时候，倘若能泡上一杯英将的小种红茶（河红茶），或者高山绿茶，那是多么惬意的享受啊！

百丈漈，一幅藏在大山深处的画卷，真想做一次策展；百丈漈，一首大地怀揣的诗篇，还没来得及发表。我序言都写好了，然百丈漈，一一谢绝。在铅山，像百丈漈一样的瀑布，遍布山川，哪个都不逊色我曾到过的雁荡山大龙湫、庐山瀑布、井冈山龙潭等。

在北武夷十万山水中行走，与百丈漈的短暂相聚，我情有独钟，再回眸，怕是要等亿万年，遂作《百丈漈序言》记之：

深山关绝景，玉水巉岩飘。

百丈谁言是，千杯且问樵。

龙腾风雪舞，虎跃雨云潇。

北武夷寻美，君来把酒聊。

向春啜茶

一

黄岗山下石垅，几乎相生相伴着"华东屋脊"黄岗山的高耸入云而一起扬名，桐木江裹挟着河红茶的风韵穿境而过。

石垅，早年不仅是一级乡镇建制所在地即黄岗山镇治所，还是县级武夷山垦殖场所在地，武夷山共大也在这里诞生。回首那段峥嵘岁月，石垅，承载了几许风华，承载了多少辉煌。

黄岗山镇已经并入武夷山镇，如今这里虽说只是一个行政村驻地，却保持着一个建制乡镇的体量，依然还有银行、卫生院、林业站等县直单位派出（或下辖）机构，冠名上仍赫然写着"黄岗山"三字。

三月三上巳节那天，清明裹挟着茶香已在招手，茶友们受当地"君子如茶"女主人周君之邀前往石垅，采明前茶，感受春天的拥抱，去体验河红茶制作技艺的传统文化，探秘藏在大山里的古老茶道，它蜿蜒于云岫深处，时隐时现，石垅是绕不开的重要驿站。

冥冥中，又像是去赴一场神秘而叫人心跳的约会，车当竹马，踏歌而行。走上石垅小镇西北边西源村茶园，放眼望去，青山拱翠，远处烟岚缠绵，近旁一枝枝嫩绿的新芽在迎风招手致意。春日的阳光下，我在寻找心中的风景，最是低头的一瞬，朵朵千娇百媚，令人顿生怜爱。喜看这一片武夷山水，孕育了醇香温润的河红茶，走出了悠悠绵长的万里茶道，自豪感油然而生。

正所谓"节近清明已摘茶"。西源这片茶园坐落山麓，向阳生长，齐齐整整，层层叠叠，穿红披绿的采茶女戴着帽子、系着围兜、背着竹篓，点缀其间，像一道徐徐飘忽的风景在山间轻舞。她们灵巧的双手在茶树间起起落落，像拨动春日的琴弦，弹奏起一曲曼妙的绿色旋律。采茶时，有的人表现出一丝不苟的神情，生怕指缝间漏掉一片芽尖；有的脸上绽放着春风一样的微笑。蜜蜂、蝴蝶忽高忽低，扇动着翅膀，莫名其妙地看着忙碌的人群，似乎是一副不屑的表情，却又在纳闷为何没有花朵，人类还要如此执着地学习它们的辛勤。

学着采茶女的样子采摘那露出尖尖角的茶叶芽，但不知是它们害羞，还是我不得要领，慢如龟速，半个小时下来，茶篓羞涩，也就二三两吧。更惭愧的是采摘的茶青还不大符合要求，或是茶梗长了，或是采老了叶子，甚或伤了茶树。索性坐在地埂上休息，远远近近的采茶女在重复简单的动作，算是现场见习再次领悟那个朴素的道理：把简单的事情做好就是不简单。

周君说，请来的采茶女就住在附近村庄，她们都是熟练工，采摘令人放心。采茶女一天多的能够采摘二十来斤，少的也能采摘十多斤，清明、谷雨期间，正是采茶黄金季，她们中午一般都不回去吃饭，早晨就带饭上山来，节省了往返时间。一位采茶女笑吟吟地说，绿色产业帮她们在家门口就能实现赚钱补贴日用，如今条件也好多了，饭菜都可以保温。

山风吹过，一株株茶树瘦出骨感，后了解到，西源这一片茶园除了松土、除草，是不施化肥、农药的，一年四季，喝着露水，沐浴山风，靠吸收天地灵气，自然生长。虽然产量低，却从源头保证了红茶品质。

二

在石垅，茶青是如何变成新茶的？从一片嫩绿的树叶，到一杯琥珀色茶汤的路究竟有多长？

午饭后，茶友们迫不及待地参观了制茶流程。快走近厂房，远远地就闻到一股茶的清香，且愈来愈浓，像花香、像奶香，还是草木馨香？香气袅袅，不容分辨就扑鼻而来，一个个心甘情愿沉醉在茶香里，沉醉在春日的美妙里。

而今制茶基本上是半手工、半机械化，一个偌大的车间，摆放了各类制茶机器以及相关工具。

制作河红茶，工序并不复杂。首先是萎凋，茶青摊在竹编簸箕里，一层一层放进一个封闭的器皿内，里面有一格一格的槽，关闭后适当补加热风，让新鲜茶叶变得柔软起来。然后从槽内将萎凋好的茶青端出来，采用机械揉捻。旋转的磨盘下，一片片茶叶乖顺地任凭揉捻，至条索状即可，七八分钟便成型了。再将揉捻后的茶叶打散，然后就是发酵，需五六个小时不等，因气温、湿度等而掌控，叶色转红即大功告成。我想，河红茶制作技艺的关键点也许就在此吧。这也因人而异，毕竟制茶师各有各的手法，哪怕是某些细微的区别，都会呈现出不同的茶叶口感味道，这是匠心独具，茶道岂能简单悟透？

接下来就是烘干、分拣、包装等。望着一堆正在发酵的茶里面掺入了自己采摘的茶青，感到劳作带来的成就，内心充满期待。

这眼前的一幕，使我回想起小时候妈妈纯手工做茶，记忆早已模糊，只记得是放在锅里炒，那时炒茶远没有制作爆米糖让我感兴趣。再想回到乡下，重温妈妈做茶，已成为奢望；再想喝那条索上沾染了母亲的指纹、带着母亲的体温的粗茶，也已成为梦里当年。母亲年岁已高，离开了老家迁至城里生活，不会再摘茶、炒茶了。岁月不居，那粗茶淡饭的日子已远去，但那灰头土脸黛青色的茶却依然浮在乡愁的茶杯里历久弥香。

由于时间关系，终是等不及喝上自己亲手采摘的新茶叶。

周君好像看出了大家跃跃欲试的心思和蠢蠢欲动的味蕾，于是邀请大家上她在石坑街头的门店品新茶去。

口舌生津，向茶而行。

三

周君，大山养育的茶姑娘，武夷山下土生土长的茶艺师，因了河红茶，早几年就认识。后来，在几次省市农优产品展销会上再度见面，因茶续缘，也算是一枚正版的茶友了。

这是一个爱思考、爱琢磨的茶人，长着一副值得信任的姣好面容，气质优雅，一如她创制的几款红茶新品，"冰雪美人""粽子茶"，一听名字就恍然大悟茶如其人。

这两款红茶就是周君的独创，是她精心配制的红茶新宠，爱茶人自是喜不胜喜，甚至当作臻品私藏。

周君的笑容像明前茶，清新明丽；周君的语调像谷雨茶，醇厚绵长。

茶美人美，她一边泡茶，一边娓娓道来情有独钟的河红茶。茶叶因不同品种而制作不同的茶，青茶、绿茶、白茶、红茶、黑茶……各有适合自己的茶树，河红茶也有自己的茶树，譬如，西源茶园种植的土茶就很适合制作河红茶，是从山那边打茶坞采野茶的茶籽来育苗的，这是在实践中摸索出的经验。经过几代茶人的研发、生产，被人渐渐遗忘的"红茶鼻祖"河红茶终于走出了深山，落落大方地展现在世人面前，不禁让人惊呼"河红茶又回来了"。

君子为媒，将携带春韵的河红茶裹入武夷山的粽叶里，于是就有了"粽子茶"。无论何时取出，泡上一杯，茶汤里演绎着青青粽叶与小种红茶的美丽邂逅，粽叶的鲜香与红茶的甘醇彼此交融，口感鲜爽甘润，富有层次感。或将春的盎然气息借助红茶予以冷藏，"冰雪美人"由此而生，啜上一口，似初恋的味道，甜中带涩，回甘绵长。

品新茗，话新品，茶话愈浓。那一日，在清明节气飘来的茶香里，一壶河红茶泡开了周君的话匣子，我还听到了花枞里（花香小种）、黄金蜜、高山兰韵等河红茶新品类，都是周君的扛鼎之作，在开水的冲泡下展露芳容，各有千秋。

总有人问我：喝茶，你喝到了花香的味道吗？正是周君提示我怎样去寻找答案。

眼前浮现一幅郁郁葱葱的茶山画卷正徐徐展开，那茶园旁长出了一株芙蓉、几株兰花，不时向茶树传递着秋波，远远近近的紫云英形成包抄之势，鲜花簇拥，茶树摇曳。

在石垅，在桐木江畔，我感受到一抹幽香袭来。

四

雨后春笋，唱着拔节的歌谣走向山村，摇身变成了笋干，是这个季节的另一道风景，在石垅房前屋后随处可遇见，而我眼里只有款款走来的河红茶。模仿春风造访柴门的节奏，啜一口春茶，又一次温习茶语、温习河红茶文化。

坐在"君子如茶"茶室，围绕新茶闹春的话题，大家倾情抒怀，此时心情比泡开的茶叶还要舒坦，这是周君辟出自家临街一楼设计的一爿茶室，以博古架为背景，摆了些奇石花草，墙角还摆了一台包装机，墙壁上挂着几幅与"茶"有关的字画，更衬托出茶室的简约雅致，面朝青山，品茶交流，分享茶事，品如茶人生。

诚然，人生无常，且行且珍惜。疫情下，我们揣着"绿码"逃离城市，钻进深山问茶，深知这是大自然的恩赐，贪婪地呼吸清新的空气，举杯畅饮新绿，畅想春天。

为大家泡茶的周君，其茶艺像从宋词里走来，散发着婉约之美，先取茶具，烧水烫杯、投茶、闻茶、冲泡、滤茶、筛茶，再一一送至茶友前，动作娴熟，面对一缕氤氲一盏茶，茶友们品饮起来的姿态也是各有千秋，有的一饮而尽，有的慢慢品尝，有的先闻再饮，有的浅尝辄止……每盏茶都映照着每个人的心境。长长的茶桌上，还配上了丰富的地方风味的小吃点心，有芋头糖、猫耳朵、兰花根、寸香、咸条等，足见主人的用心、好客。

端起一盏茶，香味是如此的熟悉，山边保存完好的一截古道上似有岁月深处的马蹄声传来，侧耳倾听，还没有从明朝的传说中抽身出来，十七世纪开启的万里茶道早已在绵延铺展，我却迷醉在新韵河红茶的色泽里。

尤物天生

推开斑驳老旧的木门，尘封的流年扑面而来，废弃的房梁破壁，仍有往事缠绕。山风吹拂，满目青翠，花草的香气肆意荡漾。在打茶坞，这种置身深山的沉浸式体验尤深。

小村坐落在武夷山脉葛仙山深处，海拔在六七百米。

其实，这个村已经不是村了，没有了鸡犬相闻，没有了烟火气息，徒留下一个折叠在大山皱褶里的地名符号"打茶坞"。打茶坞，静静地偏居一隅，没有了人间嘈杂之音，仍然张扬着植物们拔节的天籁，山间鸟语似乎更加清脆。

打茶坞原本是有人家的，也不知什么原因，早些年，村里人陆陆续续搬迁到山下杨村、紫溪等中心乡镇了。之所以叫打茶坞，估摸是与茶有关系的。《江西省铅山县地名志》（1985年版）这样记载打茶坞："以村建于白石岗北侧山坞中，以出产茶叶得名。清福建肖姓建村。第二次国内革命战争时期，周姓迁此定居。"人来人往，没有人再去考证，为什么要走，为什么要来，反正一条路去往紫溪，一条路去往杨村，人迹罕至，没有熙攘，便没有名利。只有一条向上的路朝圣葛仙山。

打茶坞，当年是通往香火缭绕的葛仙山的重要驿站之一。这就与词典释义"打茶"的意思"供应茶水"是吻合的。打茶坞，曾经是人声鼎沸、茶语声声，而今，打茶坞人去屋空，已无人打茶。寂静与这一片茶山迎风而生，一株株携手相映，举翠飘摇，等待懂茶的人回心转意，相信总会有深情的人不远跋涉心系打茶坞的。

山色沉寂，春去秋来，多少年后，打茶坞有幸迎来了一位新茶客，春季采茶时节总会入驻一段时日，他是茶商王碧辉，四十出头，却在茶界摸爬滚打了十多年。说起这片茶园，王碧辉如数家珍，哪里有几株老枞，哪里的茶树边上长着野生猕猴桃，哪里的茶树去年没有采摘……他都了如指掌。身为铅山人，他是一个偶然机会听说了葛仙山深处有一片野生茶园，遂实地踏访，决心重新擦亮"打茶坞"品牌，续写河红新"茶经"。平日里，这片散落山间的茶园就交给山下村民来打理，无非是除除草、理理枝，茶树几近自然天养，用诗意的话语来说，就是"采天地之灵气，汲日月之精华"。

我用攀爬的姿势寻找那一片茶树，去表达真诚的致敬。初夏时节，沿着项源溪而上，像是踏上了一段令人期待的旅程，车子抵达不能再前行的地方，终于到达打茶坞山下，也就是山坳一小块平整草地，仅容得下三五辆车。

察看地理环境，这是一个四面环山的山旮旯，彻头彻尾的深山坞，连一块像样的开阔地带都无处寻觅，一条无名山溪淙淙穿过，不问时光清浅，不舍昼夜，给静谧的山中增添了几分生机。

经过多年风吹雨打，留存下来的房子仅剩下三五栋，也已破败不堪，灌风漏雨，叫人唏嘘，青砖灰瓦掩映在林木丛中，房前屋后的棕榈树、桂花树、樟树涂抹着当年一地鸡毛的痕迹；拨开茅草，走进砖木结构的民居，藤蔓缠绕，蜘蛛、野蜂俨然成了这里的主人，结网布阵，飞舞其间。屋内家具、日常生活用具一应俱全，想必房主不愿意搬来搬去，全部留给了大山，也许他们在潜意识里想着终有一日还会回来的，如那些归巢的旧燕。

虽说人都走了，但是这些茶树依然忠实地守护着空落落的老屋，守护着这片人迹罕至的山场，挺立在各个山头，不论贫瘠，栉风沐雨，岁岁年年肆意生长，葳蕤着从明代走来的河红茶的基因。是它们，延续着打茶坞曾经的荣光和芬芳；是它们，负责地记忆着人类在这片土地上的生活密码。

面对这样一个与尘世隔绝的地方，半山腰长着竹子，山麓下是成片的茶树，据说是清代原居民留下的，也有说是更早的年代留下的，看那一株株老枞，枝干上布满苔藓，有人分析认为至少是明代的。我问王碧辉，他笑了笑，不置可否。

打茶坞原住民为什么辞别了这样纯净的一方山水？我在心里纳闷。试图问询，却没有找到一个原住民的后裔。独对青山，我猜测，也许是上葛仙山的古道改路以至于村庄陷入偏僻、闭塞的境地，也许是源于一场不可名状的天灾人祸，还也许是响应政府号召移民封山，修复生态，还大山一片绿。这一切，使得打茶坞更是名副其实，使得打茶坞的茶更似尤物天生。

思考间，我还在打茶坞采摘了一袋茶青，带回城里烤制成不绿不红、不青不黑的茶叶，也不成条索，色泽暗淡，有些羞于示人，好在是自己喝，就无所谓了。当时面对一堆茶青，没有任何制茶经验的我无所适从，突然看到桌子上的电热暖暖杯，便抱着试试看的心态，将一小把茶青放进杯子里恒温慢烤，过一会儿就轻轻搅拌一下，茶青的颜色慢慢变成了灰黄，也夹杂着原本的绿色，待干燥后，茶的独特香味已从杯子里飘了出来，满屋弥漫，我是闻了又闻，喜不胜喜，于是如法炮制继续烤茶，一个上午下来，终于将茶青烤制成了干茶，大功告成，悉心收纳，装进了一个不大的玻璃罐，蓬蓬松松足足有一瓶，估计有一二两吧。

打茶坞，不经意间，让我获得了劳作后带来的收获和喜悦。欣赏着自己歪打正着弄出来的茶叶，有一种成就感，真想逢人就自我表扬一番。最好的炫耀就是，每天泡一盏茶，泡开了寻常日子的芬芳，感觉生活也充满了情趣。来了客人就一起分享，甚至还会骄傲地宣布，这是我亲自采摘并烤制的茶叶，曰乃私家臻品茶。有懂茶的喝后，点头称是，说有一股特别的香气，味道不错，也许人家只是说些客套话而已，但我敝帚自珍，就这一小罐自制茶，只有省着喝，差不多喝了一月有余，那些有打茶坞的茶萦绕的日子，每天都在茶香中回味打茶坞的云雾空蒙。

也算明白了，毕竟深山出好茶，原本并不是我的手艺有多高多好，而是茶山海拔高茶青品质好。好比在鄱阳湖里打鱼，简单质朴的湖水煮湖鱼，那是一道挥之不去的湖鲜，那是刻在一方水土一方人舌尖上的美味记忆。

休对故人思故国，且将新火试新茶，或许也是打开深藏在血脉里的嗅觉寻根问祖。

芳华荏苒，茶韵相随，诗意相伴。皈依葛仙山的打茶坞，茶树年年长新芽，摇曳着一枚茶叶涅槃的故事，不知是先有打茶坞再有茶叶，还是先有茶叶再有打茶坞，反正在武夷山支脉沿着漫漫茶路吟诵传奇一直至今。

打茶坞，缭绕一缕氤氲茶香经久不绝，在盏中，在眼前，在流连过的人的记忆中。

古道遗珠

从鄱阳去景德镇（老家人往往把景德镇叫"镇上"，把鄱阳叫"饶州府里"），三间庙是绕不开的驿站。一路要经过柘港、碧山、田畈街、金盘岭、洪源……跋山涉水，一百多里路下来，终于到达三间庙，镇上就算到了。

三间庙在景德镇的名气很大，家喻户晓，正是因为瓷器。古时候，浮梁、景德镇人要下饶州，运瓷器茶叶出去，三间庙是起始点，是转运站，是重要的商埠口岸。

三间庙，顾名思义，是有一座庙，叫作"忠洁侯庙"。不知香火如何？但愿时时节节香客盈门，香火繁盛。

三间庙还是一条明清古街，分明街和清街。因为亲戚家住在那里，使我有机会多次深入其中探秘，生思古之幽情。从景德镇西客站下车后，沿着弯弯曲曲的饶徽古道，转过一所小学就进入古民居群，墙是青砖砌成的，路面是青石板、麻石条铺就的，那凹凸不平的车辙碾出了一路欢歌、坎坷和悲壮，是曾经繁华的见证，烙上了深深的明、清、民国三朝印记，两旁是民宅和商铺，褪色的春联历经风吹雨打有的已残缺不全，纸飘字摇，依然忠实地替主人守护着家门，我极力透过商铺门板张望屋内陈设，却不能。街不长，十来分钟就到了江边，那缓缓流动的是昌江水，那追逐跳跃的浪花吟唱着岁月变迁的歌谣。

前面有座高高的拱门，上书"三间古栅""光绪三十四年六月"等字样，残存的门闩依稀可辨，千年时光曾在此驻留片刻，抚摸了多少人世沧桑。看到"三闾"二字，细细琢磨，我恍然大悟，一位伟大的浪漫主义爱国诗人跳出脑海，他乃楚国三闾大夫屈原啊！那么，这里的三闾庙与屈大夫有关联吗？是奉祀屈原的庙宇吗？带着疑问，我继续前行。拱门右边不远处有一座古民宅，像个大户人家，徽派建筑，高高的马头墙，门楼上书有石刻的牌匾"忠洁侯庙"，用青石板刻制而成，镶嵌其上，虽历经风雨剥蚀，依然牢固完好。经询问当地人，告知这些的确是为了纪念著名爱国主义诗人屈原而建造的，始于唐。只可惜庭院荒草萋萋，屋内蛛网层层，怕是有些时日无人问津，那屋里面还摆放着龙舟，它在等待五月，再用积攒了一年的气力驰骋江面去与一个人交谈，带去了一个民族的敬仰和问候，年年岁岁，就等这一天，被人们命名为端午节（或端阳节），并列为世界文化遗产。这个人就是屈原，跳进汨罗江，以身殉国，其精神不灭。那轻轻一跳，跳出了凛然气概的豪情；那轻轻一跳，跳出了视死如归的壮志。

而今，年年端午，屈原踏江在水一方含笑，望着龙舟在跃水越浪，欣慰国家走向复兴，日益强大。

我没有去过屈原的故乡湖北秭归，也没有去过屈原殉国处湖南汨罗江；我很想去屈原的故乡湖北秭归，也很想去屈原殉国处湖南汨罗江。我想，选择在五月是最适宜的季节，那时，万物勃勃，山花烂漫，江水滔滔。秭归、汨罗江是让我充满敬意的地方，那里有一个高大的身影，永远闪耀在中华民族的猎猎风旗上，忠诚、高洁、爱国是不朽的诗篇。

为什么在江西景德镇居然有关于屈原的纪念遗迹，景德镇是饶州文化的一个缩影，饶州自古乃吴头楚尾，难道楚大夫屈原曾经来过这里？交谈中，当地民间文化人振振有辞地说，屈原流放期间曾泛舟到过江西饶州、鄱阳湖、南丰等地。但这只是一个传说，并没有得到史学界、文化界的认可，两千多年的水涨水落，怕是已然无从考证，只能过过嘴瘾而已。不过，我仍然非常相信屈原确实到过饶河流域，三闾庙在无声地为我的坚信佐证，在那时间的河床深处打捞，一定有屈夫子的痕迹。有据可查的是，宋时，神宗下诏封屈原为忠洁侯，因此推断至少忠洁侯庙的建造可以追溯到宋朝。

中国不少地方建有三闾庙，尤以长沙汨罗市境内的三闾庙最有名，唐朝著名诗人戴叔伦以《三闾庙》为题写下了一首诗："沅湘流不尽，屈子怨何深！日暮秋风起，萧萧枫树林。"堪称凭吊屈夫子的名篇。

屈原本是遥远的记忆、精神的朝圣，怎么也想不到他会与身边的事物直接联系起来。在饶河流域有了关于他的纪念物，我由诧异到欣喜。从此，凭吊屈原远方有秭归、汨罗江，近在咫尺则有景德镇的三闾庙。我一遍一遍地仰望忠洁侯庙，叩问三闾庙街的石板，它与瓷器有关，装运起航的码头，它还与屈原有关，多么珍贵啊！

江边码头不见昔日的人来人往、车水马龙情景，有爆竹屑、焚香烧纸留下的灰烬痕迹，一个彰显灵气的地方，附近居民常常来此祭祀天地祈求福祉，虽然码头杂草丛生，透过其清冷的场面仍然可联想当年商贾云集、舟楫林立、帆影连天的风采，数百块几米长的条石砌成的台阶，直入河底，我脱鞋挽起裤脚试沿着台阶蹚水，或许不经意中能踩出大明的一片青瓷来。

扯一把蒿草垫座，独倚江畔。以三闾庙古街为背景，邀白云遮阳挡阴，我喃喃而语，与屈夫子作一番对话，那个高大清瘦的身影吟着《九歌》踏着碧波而来，美髯逸逸，衣袂飘飘，其文辞靡靡，豪情满怀，《天问》敢于指陈时弊。"长太息以掩涕兮，哀民生之多艰。"屈原，中华民族的灵魂式人物，倘能同君一席话，必然胜读十年书，请听："何方圆之能周兮，夫孰异道而相安？屈心而抑志兮，忍尤而攘诟。伏清白以死直兮，固前圣之所厚。……"

在中国传统节日中，春节是欢庆的、清明是断魂的、中秋是团圆的、重阳节是孝道的。唯独端午，给我的感觉是难以言说的情怀，与其他几个节日比，端午是湿润的、心酸的、高洁的、挺拔的，在每年的锣鼓敲打中唤醒人们被尘世俗务湮灭的理想抱负，那粽子里包裹的谁说不是一个民族的精神脊梁，国家兴亡，匹夫有责。

想想自己，沉沦在个人恩怨、儿女情长、庸常琐碎、患得患失里，面目可憎，几乎丧失高蹈的追求，精神家园久未打理，一片荒芜，实在惭愧，辜负了多少期望的眼神。"咚、咚、咚……"一声一声，我从遐思中回到现实，似乎听到铿锵的龙舟鼓点从江面上掠过，想必每年农历五月五这里人声鼎沸，热闹非凡。昌江，因了屈原而赋予了又一层意义。赛龙舟显然是江南各地人在端午节举行的一场盛典，千百年来不变的习俗，"万户家中缠米粽，三闾庙外吟君赋"，纪念已经融入生活的细节，粽子、盐蛋、大蒜、雄黄酒等元素是属于五月属于端午的，是寄托思念的符号，家家户户门前挂艾叶、菖蒲提神辟邪驱瘴，所有这些都是在纪念屈原。

在三闾庙，我看到了刘家弄明代建筑天井内精美的砖雕，巷子里散落的历代瓷片，我更触摸到了屈原《离骚》的韵味。每次进入三闾庙街，我似乎都闻到空气中飘散着粽子、艾叶、菖蒲的芳香，那芳香里弥漫着远古的思念和淡淡的愁绪。恰逢秋天的时候，昌江畔杂草堆里结满了圆圆的牵牛花种子，我采摘了几颗带回去，埋放在花钵里，春天发芽，夏秋开花，于是我年年如此，我一厢情愿地以为，那盛开的牵牛花牵住的是古都的瓷韵，牵住的是对屈原的怀念。

屈原，挺拔的精神，不屈的象征，我用我的方式纪念这个伟大的灵魂。我会静静地伫立江边等待，等待一个人，最好那天有点微雨。

三闾庙街，从此成为我人生之路上不可多得的一个情结，不仅仅是因为瓷器，尤其是因为有了屈原，我更愿意去祭拜、去感受、去寻觅。

紫薇摇曳

有人说，人生重要的是一个过程，不在乎结果。在这里，我要说，这句话存在自欺欺人的漏洞。

其实，没有过程的结局和没有结局的过程都是不可能的，结果显然是终极追求。这也特别吻合我和老家的关系。有一种守望，是不言过程的等待，是寻找温暖的结局。这就是老家。不能给她过程，但我会还她一个结局。

我多么想告诉女儿或者女儿的儿子，前湖咀是你的老家，那里是你的根。那里有大片的水面，有新鲜的空气，有珍贵的斑鸠、天鹅、丹顶鹤等，还有满湖的荷花、满山的紫薇等等。

紫薇尤其值得一提。紫薇是老家树林里、小山丘上、篱笆边最不起眼的植物，圆圆的花蕾、圆圆的果实，开着细碎的花朵，花瓣小且呈皱纹纸状，花朵有粉红色、紫红色，一簇簇一丛丛，显得很有气势，只有在这时，紫薇才会引人注目。紫薇混迹在茅草、灌木中，稍微长高一些就被勤劳的村民当作茅柴砍去当柴火了，没有谁觉得它有多高贵，也很少有人去理会它散发着诗意的气息，我是在前几年才知道它有这么好听的一个名字。老家也生生息息着许多如紫薇一样的女子，静悄悄地花开花落，静悄悄地蘸水溅开我年少的情窦。

记忆中，女儿到前湖咀的次数屈指可数。

我22岁就有了女儿，那个年代乡村人家的标配，在奶奶"早生贵子"的念叨中，我没有再接再厉。响应"只生一个好"，唯有盼望女儿长大，感觉总也长不大，后来由于工作关系我从鄱阳来到了上饶，一天回去，忽如一夜春风来，我突然发现，女儿出落得亭亭玉立，女儿长大了，漂亮了，女儿有思想了，有知识了。

在女儿成长的路上，作为父亲，我有过"恨铁不成钢"的焦虑，有过简单粗暴的训斥，也有过余光中"假想敌"的感喟。更多的，我是无为而治，决不以家长意志去强加在她头上，人生的路由她自己去选择。我只有一个女儿，我是把她当男孩一样对待的。遗憾我没能给女儿提供优质的学习环境，一路跌跌撞撞，女儿16岁就去了南昌读大学，从此，离我越来越远，老余家潜伏了一个叫"余波"的优秀、英俊男孩在洪都古郡，来到女儿身边。两个孩子恋爱了，从地下转入地面开始谈婚论嫁，这是他们的缘分，相信上苍一定会眷顾、呵护两个孩子。蓦然回首，似乎女儿还在我膝前撒娇。而今，突然间女儿就成了两个孩子的母亲。

关于女儿，总忘记不了那三幕：

第一幕，我会永远记得在那个只有蜡烛、煤油灯驱散夜晚寂寞的乡村，1990年4月3日（阴天，农历三月初八）晚上，女儿高烧不退，大哭不止，撕人心肺，我居然莫名其妙地哭了，摸黑把她抱到附近诊所去，那深一脚浅一脚里分明踩着"父亲"二字的责任。事实上，在这张以培养为内容的试卷上，我是没有及格的，与女儿聚少离多，套用一句官方文本就是"责任落实不到位"。

第二幕是，女儿满5岁了，我安排她进老家附近的油墩街集镇去读幼儿园，女儿生性胆小，不敢一人留在班上，坚决要大人陪同，大人一走就大哭，老师怎么哄都哄不住，没有办法，只得让她回家，从此就再也没有踏进过幼儿园的大门。当年下半年，女儿直接进了鄱阳县五一小学读一年级。从此，一直跟不上班，成绩总是在中游徘徊。至今依然后悔我揠苗助长的做法，是不是读书早了？我为了工作，没有太多管过女儿的学习，深深自责没有尽到一个父亲的责任，甚至还以"子不教父之过"为由，粗暴地打过女儿几次。

第三是女儿出嫁。我有选择性地邀请了三百多人见证女儿的婚礼。那天，幸福、温暖、激动、喜庆、责任等一大串词语在我胸中反复、交织涌动。我还没有喝酒，但是，我醉了，醉在大家的祝福里，醉在欢快热闹的氛围里，醉在窗外紫薇花的盛开里。女儿出嫁的季节，正是紫薇吐露芬芳的季节，我想，这时老家的原野上，一定盛开着漫山的紫薇，在遥远的地方祝福女儿幸福永远。在婚庆仪式上，作为父亲，我有个致辞。我一向不善于口头表达，尤其是面对那么多的人，为了不出洋相，提前做了功课，拟写了个精短的发言稿《在女儿婚礼上的祝辞》"……希望大家今天吃好、喝好、玩好，套用范仲淹《岳阳楼记》里的一句话'把酒临风，其喜气洋洋者矣'，祝大家开开心心、鸿运当头，把喜气洋洋带回去。"

好面子的我背得滚瓜烂熟，以达到现场侃侃而谈的效果。女儿的婚礼日子正值农历七月初七，我还特意自己执刀刻制了一方印"结秦晋之好"以示纪念。

回想女儿的出生，好像就在昨天。

二十多年前的一个初春季节，那日天气阴沉沉的，间或飘散些许小雨，在学校食堂用过午餐后，虽然一大堆作业等着我批改，也懒得去理会，干脆睡个午觉，刚刚躺下，门口就传来一阵号叫声，说是让我回家去，要做爸爸了。

胡乱抹洗了把脸，我急匆匆推出自行车，冒着霏霏细雨赶往二十里路外的油墩街集镇，全是沙子路，得小心过往车辆经过溅一身泥水。

然而，女儿的出生并没有为全家带来多少欣慰，毕竟是在农村，重男轻女的思想总是存在的。那天父亲从中学下班回家，听说是女儿，表示了祝贺，并极力表现出极大的高兴，而语气里似乎掩饰了一些情绪。事后父亲坦言，那天晚上，一向喜欢看电视的父亲并没有看电视，早早洗澡就上床睡觉了，每天必关窗户睡觉防小偷，那天居然也忘记了关窗户。看来，受过新学教育的父亲内心还是逃不了传统思想的束缚。

《诗经·采薇》曰："昔我往矣，杨柳依依。今我来思，雨雪霏霏。"女儿出生时乃农历二月，正值春雨霏霏季节，我就在她的名字中嵌入一个谐音字"菲"，名为"晔菲"，希望她像草木一样茂盛，健健康康。随着女儿咿咿呀呀学语，蹒蹒跚跚学步，她越来越可爱，笑声也越来越多，像村后座背山上的紫薇在默默地一天天成长。

如今外孙都开始会叫"外公""爷爷"了，抚摸被岁月打磨的痕迹——光脑门及日益稀疏的白发，我感慨万千。

除了这点收获，似乎其他的都与我无缘。从老家走出来的我，虽已知天命，却早生华发并呈全面蔓延趋势，更要命的是"无发无天"，总感觉无脸回去见父老乡亲。事业上差强人意，人生则失意无南北，我的生活我的身体也时有红灯亮起，需要打扫一地鸡毛，梳理几分狼藉。厄运接踵而至，2013年，生命中两个最重要的男人——父亲、舅舅——一年内先后离去。慌乱、惶恐、忧郁、揪心、迷惘、失重感常常莫名袭来。是沉沦，是挣扎，还是自强不息？

内心回到了一个人独闯上饶时的状态。深夜，我在街头彷徨。这是一个普通的周末：星期五晚上花1.5元买了两个馒头，泡了一碗葛粉；星期六早晨，吃拌粉，4元钱；中午应邀在武夷山下铅山紫溪一农家吃饭，喝了半杯42度的四特酒，外带两瓶啤酒，晚餐后返回上饶；星期天早晨煮稀饭吃，就咸榨菜；中午在信江中路附近吃了一碗炒粉，6元钱，下午三点钟肚子就饿了；晚上鸡蛋煮米粉，总算饱了……不怨不尤不恨，奉"诸葛一生唯谨慎"为做人圭臬，像一架老破车，拖着疲惫一步一步走在回家的路上，这就是我唯一可以向老家做出的无声的交代。

这时，感觉有一株静静生长在老家山坡上的紫薇在注视我，在鼓励我，紫薇传给我正能量的启示，纵然一无所有，还要挺直腰杆支撑需要支撑的牵挂。

睡梦中，我在老家的山坡上折了一枝紫薇，走向湖畔，一艘搁浅在鄱阳湖岸深处的渡船不经意地闯入视野，连同条条通向船底的纹路像一张网，那是螺蛳、蚌壳来来去去的途径，我的目光便深陷其中。

山的姿势

潘冰之墨，可否涂抹出山的姿势？

站立、伫立、挺立、耸立、矗立……我都不知道怎么用词语来形容莲花山的姿势，反复推敲、琢磨，眼前挥之不去那棵红豆杉、那株桂花树、那片森林，甚至连使用量词我都是以第一次写情书的谨慎去对待着。

莲花山是"千湖之县"鄱阳的绿色山峦，山势逶迤，像莲花一样盛开在鄱东北，她是潼津河源头。黄山山脉西南端余脉从东北方向进入鄱阳，一直绵延至鄱阳湖。莲花山以山的郑重告诉世人，水乡不是没有山脉，千年红豆杉是她遥远的呼唤，千年桂花树是她弥久的芳香，而千万颗高悬的柿子则是她张灯结彩的热情。鄱阳，一个"湖因城得名，城因湖扬名"的千年古邑，正因为有山有水，才刚柔并济，才名满天下，从秦朝诏曰的郡县制一路走来，从"番"演绎为"鄱"，我还听到了莲花山"潘村"的呢喃，"所谓伊人，在水之湄"，多年来她一直在莲花山上守望泱泱之水，低调定格成"潘"的姿势。

沿着蜿蜒的山乡柏油公路，一次次深入莲花山，不仅仅是为了饱览莲花一样的山，也不仅仅是冲着秋天的柿子而去的。莲花山的珍稀、名贵等林林总总的动植物在申报"国家森林公园"时，经过专家地毯式的踏勘、辨识、梳理，已一一登记在册，幅员125平方公里，是没有围墙的江南绿色生态宝库，是闲庭信步的天然氧吧，也是采集动植物标本的好去处。

莲花山，入诗入画，"白云回望合，青霭入看无"。我一次次走进莲花山，走近白云寺的红豆杉、鲁村的桂花树，还有清溪古老的紫薇（俗称痒痒树）、饶北第一村新屋下村口的那片枫树林……莲花山的一棵棵树像唐诗宋词一样排列在我的个人收藏夹里，在如数家珍时，多么希望自己的大脑一如大数据库能够实现精准查询快速报出，每次去莲花山，我都会去叩访她们，在她们近旁静静站立，看树影婆娑，听天籁幽幽，听古老的回音，听大地的歌声。

雷打石，莲花山主峰，鄱阳的最高海拔，745.5 米！我以为，雷打石，雷打不动石也。也许大山里的人会笑喷，海拔 745.5 米就堪称一个县的最高峰。鄱阳人不以为然，鄱阳人拥有的淡定也许正来自唐人早就说过的"山不在高，有仙则名"。红豆杉就是莲花山的仙子。在雷打石下，海拔 600 多米的一块开阔平地上有古刹白云寺建筑群，飞檐翘角，香烟缭绕，其周边有多棵红豆杉豪华簇拥。而其间有一棵红豆杉，树干粗壮无比，需四名男子合抱，林业部门挂牌标记树龄约为 1200 年，与白云寺始建时间基本吻合。这棵红豆杉仙人一样立在白云寺旁，长年云遮雾罩，仙气氤氲，甚至炎热夏季在树底下歇息，都感觉有毛毛细雨飘飘而下，滋润肌肤，凉爽顿生，沁人心脾，不得不相信树是有灵魂的。

树是大地的精灵。红豆杉，地球上的孤独者，从天地玄黄走来，还有谁与她同行？日月可鉴，红豆杉"是世界上公认濒临灭绝的天然珍稀抗癌植物，是经过了第四纪冰川遗留下来的古老孑遗树种，在地球上已有 250 万年的历史"。走过多地，看到越是古老的红豆杉，树皮越是容易被人为扒掉，白云寺的这棵红豆杉也难逃厄运，树身光溜溜的，人性的贪婪在这里也被彻头彻尾扒光了，可敬的是，红豆杉依然顽强生长着，用盘曲丰富的根系牢牢深入大地，守望白云寺，守望莲花山。

中秋将至，清风习习，一轮明月高悬，照见五蕴。那天晚上在莲花山用餐，主人筛上了一杯用白云寺红豆杉籽泡制的白酒，颜色橙红透明，我轻轻地抿了一口，醇和中一股微辣在胸中涌动，似乎还感觉到"紫杉醇"在一丝一扣慢慢渗入血脉，心生安宁，一杯下来，微醉的我看到杯中飘出一朵白云，是莲花山的白云吗？还是白云寺上空那朵若隐若现的白云？

　　每次去莲花山，我还会去鲁村转转，总以为不去鲁村就不算真正到了莲花山，看看那漫山遍野的野生柿子树，看她们默默相安荣辱与共接受风雨的洗礼，无论有没有挂果，似乎看一看心里就踏实了，像是去看了一群老家的旧友，不一定要促膝而谈，静立片刻足矣。而村中一株桂花树往往被我所忽视，她气度不凡，雍容华贵，树龄在350年左右，很是少见。终于有一次，我有点难为情自己居然多年目中无"树"，她就在身边，就在柿子树包围下，于是向桂花树深深地鞠了一躬，表达了深深的歉意。我不能把责任全部推卸给无辜的柿子树，推卸给满足了我口福的柿子树，只可惜一次次在眼花缭乱中错过了浓香馥郁的桂花。

　　桂花树就在村中半坡上，在一农户大门前院，远远望去，浓荫茂密，华盖如伞；近观，仪态万方，枝干繁盛，互为缠绕，估计树冠覆盖面积超过半亩，这么大的桂花树，堪称桂花树王，莲花山之幸也。多么想在来年春季，采得一粒种子或一株幼苗，种在小区，那就不啻是把莲花山桂花的芳香带回了身边嘛！然后看着她一天天长大，开花吐蕊，我会告诉她一个关于莲花山的美丽温馨传说，关于鲁村满山满树高举小小红灯笼的秋韵。

　　而莲花山秋天的风景的确美不胜收，尤其白云生处新屋下的枫树林蔚为壮观，待到红枫叶烂漫时，枫树林似一团燃烧的火焰，映衬得莲花山绚丽夺目，映衬得人们心花怒放。枫树林下开阔地带，因地制宜已合理辟为一个不小的广场，有休闲石凳石椅，有文化墙，一块巨石上刻写着"饶北第一村"，这里是新屋下村的水口，山边流淌着一条溪流。"停车坐爱枫林晚，霜叶红于二月花。"我对这片枫树林情有独钟，一棵棵枫树高耸挺立，集结在山谷的一块平地上，阳光每天升起，便试图穿透密密枝叶探望这一方飞扬欢声笑语之地，却总是不得要领，一片片三角叶层层叠叠，像在有意给阳光出难题，若想漏点光线涂抹斑驳，也许还要等待风的神来之笔。

　　莲花山的姿势，是原生态的，是绿色的，是挺拔的；莲花山的姿势，是高大的红豆杉，是飘香的桂花树，是红彤彤的柿子树，是一片森林……

走在莲花山，我总是有所获得，她像是老家的一口井，可以不断从里面汲出甘甜的水来，温润着我保持莲花山的姿势继续行走。

我要刻一组赞美莲花山的印章，饱蘸鲁村红红的黏稠的柿子汁，把白云寺的红豆杉、鲁村的桂花树，还有很多珍贵名木都印在高高的雷打石上。

叩土问土

　　土，大地的别称。土，国家的疆域。土也，乃地。对土，我是充满敬畏的。

　　在福建永定，我感受到土的厚重、土的温暖、土的魅力，那"土得掉渣"的楼群散落在闽西深山密林里，令多少人不远千万里纷纷沿着蜿蜒的山路赶来拜访，从此，我的个人词典里添上了一个被岁月擦亮的名词——土楼。

　　那一堵堵泥土筑造的高大墙壁，一扇扇镶嵌其上的窗户排列齐整，像历史老人从宋元一路走来慈祥地注视南来北往的客人，远远望去，灰墙黛瓦，呈圆形、方形或八角形等，气势恢宏。这就是我在永定目睹的土楼，依山就势，青岫环抱，溪流淙淙，苍翠掩映。

　　"土"，往往让人与落后、蛮荒联系在一起。穿行在振成楼、福裕楼、奎聚楼、如升楼、景阳楼等之间，我惊叹土楼的奇特造型，惊叹客家人的伟大创举，更惊叹灿烂的中华文明成为世界遗产的绝唱，对"土"也有了一个比较全面的认知，至少我不再对"土"抱有成见。其实，土鸡蛋、土菜馆等，早已扯起旗幡招展"土"的宣言。

　　土，原来也可以创造潮流。

　　客家人逃离战乱灾荒从中原迁徙南移上溯于唐，千百年来，在闽、粤、赣边界筚路蓝缕繁衍生息，他们的血脉里想必流淌着"抟土作人"的基因，竟然能把土运用得如此有声有色，甚至令某个超级大国虚惊一场，令各种肤色的人纷至沓来。客家人随遇而安，以土楼的姿势站立成了主人的身份，敞开胸怀迎接八方来客。龙岩龙工集团卢明万先生驱车热情地把我们一行领进土楼，虽然无数次出入土楼，他仍然不厌其烦地甘当"导游"，不时与熟悉的当地人打招呼，面对每一座土楼，他都能说出个一二三来，带有客家方言的普通话里洋溢着自豪和骄傲。尤其在被誉为"土楼王子"的振成楼，卢先生把我们介绍给楼主林日耕，并亲切地称其"阿耕"。坐在楼中的小院内，我们一边饮茶，一边聆听土楼的故事。靠烟叶发家的土楼人秉承耕读家风，墙缝里依然浸润着烟草的气息，山林间荡漾着琅琅读书声。淡淡的铁观音芳香在小院里弥漫，阿耕的妻子在娴熟地筛水泡茶，再一一用夹子将盛了茶汤的小杯递送到每个客人面前，身旁是川流不息的游人，他们因土而来，仰望土楼，为土而醉。阿耕为许多来土楼参观的政要、名人做过讲解，光环闪耀，仅凭这一点也让我们望尘羡慕，因此与阿耕坐在一起喝茶、拍照，备感兴奋，沾光的喜悦不言而喻。

阿耕六十多岁，我应该称他阿耕大哥了。多年的讲解积累形成文字，阿耕编著了《阿耕与土楼》一书，放在土楼内杂货店签名销售，不仅仅是补贴日常生活的开支，更是传播客家文化。抚摸书籍，阿耕一副很知足的表情，毕竟只有小学毕业的他能出书得感恩土楼。他是土生土长的土楼文化守望者，说起土楼阿耕脸部的每一条皱纹都跳动起来，听他如数家珍："振成楼外环是按八卦方位设计，建造成辐射八等分，卦与卦之间设有防火墙，概设门户，户闭自成院落，门开连成整体……"由此看来土楼建造者当年一定请人看过风水，我不大懂堪舆、易经，但走在楼内，经过小商品、土特产摊位，还有长廊、天井、对联、书画等，除了感受到这里浓郁的旅游氛围外，还感受到那建筑艺术、那巧妙布局融入了传统文化的精髓，这正是客家文化的魅力所在。

站在振成楼前，山风呼呼吹来远古的声音："普天之下，莫非王土，率土之滨，莫非王臣。"土楼幻化成一幅经典的画面：在《诗经》那个时代，坐拥北山的君王万人颂戴，身后是如同土楼一样用泥土夯得结结实实的坚固城堡，狼烟滚滚，烈焰熊熊，进可攻退可守，谁人能敌？与另一幅画面交叠重置：坐落西北边陲的楼兰古国遗存已是一片墙垣土堆，风沙万里长，成为不朽的丰碑，土在这里透露出苍凉、悲壮。绕圆形土楼低头寻觅、思考，我总觉得，它最初的设计、建造一定和战争有关，围起的土楼显然更安全。"防"是土楼的一大特征，它具有防御、防火、防震、防寒、防暑功能。"排"是土楼的又一特征，它具有排风、排烟、排水功能。"聚"是土楼的另一特征，它具有聚贤、聚财、聚精气功能。

土，原来可以如此壮丽。

在城市，我们走的是水泥路、柏油路，皮鞋常常打理得一尘不染，曾经非常懊恼的土路如今在城里已不多见，怕是只有去农村才能沿着一条土路踏踏实实走上一走。在城市，倘若要为花钵换点新土，得走上好长一段路远离城市才能找到，这个时候，觉得不起眼的土竟是如此的亲切、珍贵。我们总以为土可以尽情挥霍任意消受，看来不是这样。曾读过一则以土作为礼物的新闻，2005年陕西秦兵马俑博物馆向连战赠送"秦土"，真可谓"一抔古秦土，殷殷故乡情"。因此不难理解神州大地似乎村村设有社公庙，社公乃土地之神，对社公的祭祀，就是老百姓对乡土、国土的一种深厚感情，用最淳朴的方式拜土、祭土、谢土。没有土就没有社，他们深知。早在唐朝，诗人王驾写了一首脍炙人口的诗篇《社日》："鹅湖山下稻粱肥，豚栅鸡栖半掩扉。桑柘影斜春社散，家家扶得醉人归。"描绘了一幅丰收在望的社日欢聚图。

土，牵扯着每一个中国人的魂魄。"入土为安""落叶归根""故土难离""缅怀故土"是炎黄子孙割不断的情怀、解不开的情结。当一个漂泊的游子回到阔别多年的故园，掬一捧土，跪拜大地，会情不自禁泪流满面。每次回老家，我总会到田地里虔诚地包上一小把土带回城市，放进阳台上的花盆里，默默地侍弄，那四季茂盛的花卉无不向我低吟浅唱故乡的消息。

很想亲历土楼破土动工的仪式，我认为，除了欢庆的场面，它一定比普通民房的奠基来得更庄严些。既然是破土，从情感上来说，我的理解是：不破不立，破裂与修复是相对的。破土是要有诚意的，是要感恩的，应该在严格甚或刻意繁复的程序下进行。土是我们赖以生存的根基，试想，好端端的土，人们为了自身的利益肆意去破坏它，打搅它的平静，不说点感谢之类的甜言蜜语，怎么也过意不去。

土是土楼的总导演，以灰黄的色泽把土楼梳妆打扮成展示地方文化的主角，将一方山水演绎得异常灵秀，耐人寻味。土是古代八音之一，难怪著名作家陈世旭说："土楼则是放大的埙，是土的艺术的又一极致。土楼是凝固的土的古歌。像埙一样，古老、神秘、悠远、深邃。"

土，原来还是一首歌。

在永定，很多土楼都在通往二楼的楼梯口悬挂着"游客止步""谢绝参观"之类的温馨提示牌，出于好奇和探究，我躲避护卫有些疲惫的眼光悄悄登上洪坑村的一座四层土楼，一层一层漫步，顺手摸一摸土墙、拍一拍木质扶栏，深深呼吸土楼散发的古老气息，仿佛有哪一间小土房是为我设置的，一直在那里等我斯斯文文走进去。我觉得，这样才算真正贴近了土楼，贴近了古老的文化，却是以一个不文明的游客为代价换取了"知其所亡"的涉猎，不免有些脸红。在土楼的回廊上，我的脚步尽量迈得很轻很轻，生怕不小心弄痛了她的肌肤，她的每一块泥土、木条，我明白，假如每日承受蜂拥而至，土楼将不堪重负，毕竟是泥土、砖木结构，历经数百年风风雨雨，能不为她捏一把汗吗？长此以往，年复一年，我担心游客大声喧哗的冲击波，也会使土楼墙体因振动而受损。但愿我的顾虑是多余的。

我又想，不晓得在土楼睡一宿是什么感觉，土楼的日常生活是什么滋味，听说"土楼的夜晚特别短"，是真的吗？

我相信，至今仍然生活起居在土楼里的人，是一群幸福的人。土是辽阔的地平线，在这里，它一改常态，挺立腰杆，呵护子民。住在四面环土的屋檐下，与土为邻，与自然融于一体，接地气通天脉，人一定觉得很踏实、舒适、安逸、清净、宁静。在土楼，我做了一番细致的观察，每个房间都是天衣无缝的，老鼠、蚊子、苍蝇欲想进去无处插足，而且很多细节设计都显示出人性化特点，比如楼梯踏板、楼道标识、下水道、卧坎、通风、采光、天井等，便捷、美观、实用、坚固。

　　面对土楼，我对土的理解，如绵绵松软的土壤经过时光的过滤，在慢慢升华。

药香萦绕

沿着信江（古称余水）之东大河，我俨然像个汉代亭长，在干越旧地巡游，寻找玉亭，寻找药铺李家。

玉亭，一个玉立亭亭的地名，古老的余干县治所在地。早在秦始皇统一中国时，余干就赫然排列在首批郡县名单里，疆域辽阔，以境处余水之干而得县名。

多次走过余干，想当然地以为，一定有一个玉一样的亭榭在那里守候羁旅行者，是东山岭的干越亭、乘风亭吗？还是隋唐大英雄林士弘白云城里的白云亭？亭子是从远古游弋而来的一首诗，竹、木、石、砖、茅草……都是抒写这首诗的基本构件。余水岸边，那个玉一样的亭子千百年来一直温馨地照耀着一方黎民，成为一代一代余干人牵绊乡愁的心灵灯塔。玉亭何处在？环绕药铺李家而北去的信江也许最有发言权。

村口标志性的半截残墙断壁、一座药碾、一组药柜画龙点睛地暗示过往行人，这里有中草药世家，有五味杂陈的几间药铺。药铺李家就这样不经意间悄然进入我的视野。

李家人开药铺，给人的感觉是实至名归，是值得信赖的，毕竟人家祖上出了个中国历史上鼎鼎有名的大医学家。玉亭镇的这个村庄大胆打出"药铺村"的响亮名片也不是空穴来风，村头古老的"药泉"就是明证，据说是李家人祖上药师漂洗、炮制药材时的主要用水。还有神乎其神的传闻曰，患无名肿毒者，以药泉洗之，不日即可痊愈。药泉乃一汪泉水，围着修葺一新的护栏，也围着药铺村人生生不息的清澈甜润生活，从这里荡漾开来。

在药铺李家村中央的小型广场上，竖立着一尊铜像，长髯飘飘，头戴四方平顶帽，身穿右衽服饰，腰扎束带，背挎竹篓，右手持一把小锄头，远远看去，相信学过小学历史的大都能猜出这个上山采药的经典形象是谁了。是的，正是李时珍，大凡受过基本国民教育的人并不陌生的名字，他用一套190多万字的《本草纲目》守护着一个民族的日常健康。玉亭药铺李家的建村历史其实比李时珍出生还要早，可追根求源至南宋，为抗金名将李显忠后裔。

说起李时珍，其先祖可以上溯到明初，是从鄱阳湖畔瓦屑坝移民迁徙至湖北蕲春蕲州镇，李氏家谱有明确记载，连当地地名如今还深深地烙上了"洪武驱赶"的印记，那东长街瓦屑坝（今博士街）绝不是巧合，却正是口口相传下来的对鄱阳湖故乡的最初记忆！也就是说，李时珍是饶州（鄱阳）瓦屑坝移民后裔，这是铁板钉钉的有据可查的事实。而药铺李家真正从事药业第一人为元末李正芳，李氏谱牒有文字记载，"有若正芳者，避乱红巾，偕鄱邑刘润芳市药隆兴，子孙因世其业"。刘润芳乃鄱阳古代名医，时两人躲避战乱一同在南昌从事药业，直到国朝太平，李正芳才回归故里余干，继续卖药，子孙后代世传此家业。瓦屑坝是南方移民圣地，明初江西各地移民正是集中此码头再沿鄱阳湖、长江水道散至皖、鄂、湘、川等省。在此，我不敢妄加揣测，李时珍究竟是不是与药铺李家有直系宗亲关系，矗立药铺村中的李时珍塑像但微颔之慈目不语。

穿行在药铺李家弄堂里，已被点点秋雨打湿了心扉，怀揣对中医的敬畏之情，我放慢脚步，深入村中去聆听古老的传说，哪怕是墙根斜躺的一个陶制破药罐，也能勾起我思接千载，家家户户小院落，柴门半掩，围墙边上种植着三五棵树，或一丛竹子，令人想进去分享他们的温馨、静谧、祥和，尤其是不少人家橙黄的柑橘、柚子挂满枝头，也有主人热情招呼喝茶，或摘几个橘柚下来招待。

药铺村，中药文化元素在"秀美乡村"的指挥棒下被诠释得更加淋漓尽致，伴随着似有似无的缕缕草药芳香，让人温习了一回博大的传统经典。

在一堵文化墙上绘制的《中药材炮制流程图》前驻留了许久，老实说，我不识几味中草药，哪怕是名贵中草药与我脉脉含情对视，也只能是无辜地熟视无睹，但这不影响我对中医的虔诚之心。

百草治百病，药与人的生活息息相关，中药是融入了中国人血脉的文化元素、保健佳品。走过的人，想起药的诸多好处，想起药到病除，便会对药铺李家心存几分好感。

徜徉药铺村，得知村里仍然有一些人从事中草药行当，不过大都是去不远处的余干县城开药铺，那里人气旺，而药铺李家也就成了他们守望乡愁的老家。欣喜的是，近些年，当地政府每年都会引进各类中药材，指导药铺村民种植，并负责收购。蓦然间，我闻到了一股熟悉的中药材味道，那是连通华夏子孙血脉的药草味。"江皋岁暮相逢地，黄叶霜前半夏枝。子夜吟诗向松桂，心中万事喜君知。"借用唐朝诗人张籍的《答鄱阳客药名诗》送给药铺李家人，相信药铺李家一定会代代秉承家风，光大祖业。

辣椒是李家人的又一点睛之笔，像鄱阳湖藜蒿一样从"舌尖上的中国"出发享誉天下。辣椒还可以入药，却与《本草纲目》擦肩而过，缘于辣椒传入中国比李时珍著述时间略晚。《中国药典》载：辣椒功能与主治是，"温中散寒，开胃消食。用于寒滞腹痛，呕吐，泻痢，冻疮"。此辣椒李氏非药铺李氏，却同在信江畔。辣椒李氏世居洪家咀枫树下，这里的土壤含沙量偏高，气候适宜，水润地养，才培育出那么好吃的辣椒，俗称枫树辣椒，皮薄、无渣、微辣、鲜美。传说枫树辣椒种植有一百多年的历史，清朝末年李氏一位先祖做生意从安徽返回余干途中，在路边顺带了一串辣椒回来，取出辣椒籽，像药铺李家人精心炮制中草药一样用布包好呵护，哪怕寒冬腊月，也是天天焐在胸口，直到次年春季播种，才孕育出了这个"贴心牌"的辣椒。故事是感人的，是有温度的，真假已不重要，重要的是余干人用心于辣椒，我宁愿相信这个故事是真实的，吃着枫树辣椒小炒肉，品味着温暖的传说，心也随着辣椒一起化开了。

以辣椒的名义邀请天下名士，玉亭，当有一次像模像样的雅集，借鉴兰亭、爱晚亭、陶然亭的做法，何尝不可以将"辣椒炒肉"嫁接"文期酒会", 将辣椒炒得更红? 我锲而不舍地在余干大地上继续寻找那玉一样的亭子, 还有那轻轻触碰灵魂的中草药香气。

想起小时候生病时, 妈妈细心熬煎出来的中药汤汁色泽给人的感觉是那么甘醇、质朴、纯正, 总不明白大人为什么要把煎过的中药渣抛撒在路面上供行人践踏, 还有一个不明白, 就是药罐借给邻里了为什么不能要回来。现在想起来, 觉得那时因为要回药罐而遭顿打实在是莫名其妙的冤枉, 渐渐地才懂得这就是中国文化渗透到了生活中的每一个细节里。

登上玉亭镇上冕山的千年白云城, "孤城上与白云齐, 万古荒凉楚水西", 拨开历史的烟云, 一幕幕从眼前掠过。上冕山, 一个接纳了一个草莽王朝的村庄, 一个承载了一段鲜为人知历史的村庄, 城头变换大王旗, 多少个林士弘远去, 也远去了鼓角争鸣、硝烟弥漫, 士弘楼外楼连楼, 阡陌田园在村外延伸, 铺展出一幅秀美乡村画卷, 一派安居乐业景象。上冕山, 在白云的故乡描绘心中的玉亭。上冕山, 无论怎么阅读都给人一种美意绵延的感觉, 还有一种心想事成的喜悦感。上冕山, 恰是采药的上佳选择。走进上冕山村口古色古香的门楼, "上冕山" 三个大字特别醒目, 很多人都会情不自禁驻足留影, 也希望留住一份吉祥如意。雨点断断续续, 我已迷醉在上冕山的云烟中, 不知白云亭今安在? 旌旗猎猎, "楚" 旗飘摇, 却再也招展不出千年前的那种豪迈气概, 毕竟英雄远去, 在尘世的喧嚣里, 却也能满足一种穿越时空的古典情怀。

夜宿东山岭, 一湖清水弹起了心爱的琵琶, 枕着丝丝入心的药香, 我酣然入睡。今日玉亭, 早已诗意地耸立在人们心中, 玉树临风, 长亭新韵, "晚来一雨洗新秋, 身在江东画图里"。

玉亭, 以挺拔的仪态昭示着人们的美好未来; 玉亭, 那玉一样的亭子就在山水间, 就在信江的涛声里, 正乘着秦风汉月踏浪而来, 犹有一丝淡淡药香贴着湖面飘荡, 也贴着心萦绕, 给人一种实实在在的安宁感。

其实, 我也已在寻寻觅觅中, 看到了天边升起的灯塔照耀心间, 和那一抹令人安然放心的药香, 悠悠扬扬氤氲人间。

黑夜漫过心底

　　玉米、山楂树、老梨树……每天忠实地陪伴我们，在兴隆雾灵山的日子里，看着它们一天天长高长大，默默地走过，内心油然而生一丝柔情，傍晚时分，来自全国各地在此创作休闲的作家，像是商议好了似的不约而同坐在山庄口的老梨树下聊天、划拉手机（山庄唯一有 Wi-Fi 处），稍微远离点就没了信号，这棵老梨树因此被我们亲切地誉为"村头"，时光就这样幸福、恬静地从指尖滑走。诗人贺敬之为之题名"上庄"，并刻在一块大石头上，竖在显要位置。

　　山庄背靠大山，我们也尝试着攀爬，走着走着就没了路，也没了散落草丛里的颗粒状羊粪，我选择了放弃，只在半山逗留，倾听挂满果实的山楂树、梨树借助风的抚弄在悄然对话。还遭遇过一条青花色的蛇，彼此都吓一大跳，我俯身迅速拾起一块石头自卫，足足对视了几秒，它确认我不会构成威胁，扭着腰肢迈着弯弯曲曲的步伐钻入树下杂草堆里，并不满地回望了我一眼。我将石头轻轻地抛向远处，算是向花蛇表示歉意。潜意识里总以为蛇是南方专利，北方人看蛇需到南方来，原来却不是这样，我喃喃而语，若有所思。

　　仰望大山，白天，一群年轻的"歌手"在大山深处歌唱，蹁跹枝头，展翅蓝天，那是全身乌黑的老鸹，给山庄增添了几许生机，我奇怪自己第一次改变了对老鸹的看法，并不觉得它们不讨人喜欢。入夜，则总是有一只孤独的寒号鸟在寂寞地吟唱，不断地重复几个简单的音调，不知道它在为谁坚守，为谁呼唤。换件长袖衬衣一个人走出房间，漫步山庄小径，只有微弱的月光洒照，却并不觉得凄凉、恐怖、毛骨悚然，心是如此的沉静，我庆幸置身于一种禅的境界。

入住的山庄清一色的红瓦粉墙，呈四合院结构，绿树掩映，去的季节正值硕果累累，梨子、山楂、山杏、核桃等各类果实竞相展露，黄的、红的、紫的、青的，异彩缤纷，奋力在枝头吮吸一个夏季的阳光雨露，等待秋天的深情召唤，漫山高举着红红的小灯笼，像披上了节日的盛装。没有什么安排的话，下午三四点以后是喝茶时光，泉州的蔡老师带了一套茶具来，无须邀请，愿者围坐在四合院的另一棵老梨树下，备有石桌石凳，一边泡茶一边细细品呷，茶香袅袅，氤氲弥漫，惹得树上的果实纷纷探出小脑袋，也有调皮地跌落下来提前回到大地的怀抱，或恰好飞进茶杯里，溅起树下一片爽朗的笑声。午后的阳光透过树叶筛在清茶一杯里，见证了一撮茶叶最辉煌的一刻，我们喝茶人收获的是一段平淡的流年。

在城市待久了，到处都是光明一片，路灯、霓虹、装饰灯带、广告招牌、车灯……对黑夜的反映已经变得迟钝了。大概是第二天晚上，我想出来透透气，发现整个山庄漆黑一片，居然自作聪明将所有走廊的灯全部按开，突然间，正在卧槽的黑夜被这一道道光线撕扯得支离破碎，显得有些惊慌失措，光线在枝丫、树叶、菜地里肆无忌惮游窜，我为自己的举动而不安起来，悄悄地又关闭了一些。长期被城市灯光包围，看多了嘈杂的虚伪的白昼，能拥有这份干干净净自自然然的黑夜，让心灵浸润，轻柔地用黑色擦拭，这是一种多么难得的洗礼。我不想再说"黑夜给了我一双黑色的眼睛，而我却用它来寻找光明"，在雾灵山的黑夜里，我同样有着光明一样的眼睛去感受美好时光，一如雾灵山那绝版的仙人塔在无声修炼。对这样的黑夜，我倍加呵护。

山下是高楼栉比、灯火辉煌的兴隆小城，有时候也沿山庄正门对着的一条土路去县城超市买点水果、日用品，说是县城，实际上就是山谷中间的河流冲积出的狭长地带，只有一条主街，街道两旁各类店铺林立，商业气息、促销音响远远超过了北方白天的热度，其城镇建设、风貌几乎是华夏大地任何一个县城的翻版，实在没有什么好玩。还是山庄安静、凉爽、与世无争，很珍惜能在这样的地方小住些日子，作为南方人，在北方那是完全不一样的感觉，饮食、起居、气候等都有很大的区别，比如说，每天凌晨阳光早早地就来轻拍窗户，比叽叽喳喳的鸟鸣更影响赖床，这在江南简直是不可思议的事情。

饮食是每天必须面对的大事。兴隆坐落北京、天津、承德、唐山的中心位置，菜肴兼容并蓄冀菜三大流派（保定冀中南菜、承德塞外宫廷菜和唐山冀东沿海菜），以熘炒菜为主，凉拌菜占有很大比例，大都以大蒜、葱、酱做调料，特点是香酥咸鲜，口味清淡，主打食料是小麦、玉米、高粱、粟米等，不像江西、湖南等地以爆炒为主，味重好辣，主食大米。在雾灵山的日子里，入乡随俗，天天这样吃也就习惯了，觉得很是营养，皮带似乎要放一放才行，看来腰又粗了一圈，有点乐不思"赣"了。

离开后，在回味菜肴的同时，更多的是常常回味雾灵山上庄的黑夜，是那样的高远、清澈、柔软、甜润。人生不仅仅只受光明的牵引，黑夜也需要努力去追寻，无法想象缺失黑夜的日子，不会享受黑夜同样是愚蠢的。在黑暗的包裹下去静静地蛰伏、思考，忍辱负重，卧薪尝胆，自己的内心会变得更加坚定、强大，向经过了漫漫黑夜过滤的心灵致敬。我想，再听一曲经典的二胡独奏《夜深沉》，一定能听出不同的况味来。

雾灵山的山山水水、上庄的点点滴滴，尤其是上庄的黑夜给了我很多启示。可以载入个人编年史的是，乙未年夏季，我在燕山山脉的某个皱褶里小住了一段日子，以上庄为圆心，在雾灵山、金山岭长城、清东陵、承德避暑山庄、兴隆等地留下了一些微不足道的足迹，有的将铭刻一生。

桐花飘飘

　　一条溪流从赣东北横峰、德兴交界处的米头尖向西北奔突，一路放低姿态相邀大山皱褶里的泉、涓、涧水加入，声势越来越浩荡。新篁河顺势而生，裁风剪雾在蜿蜒溪畔镶嵌起一个个错落有致的烟火人家，娘娘坞、白果园、崇山、乌石头、山田、平港、新篁……流向张村水、建节水，注入乐安河、饶河，归隐鄱阳湖。

　　五月的新篁，漫山桐花如雪，远远望去，山林间覆盖着一大片一大片白花；走近一看，树下飘落一地皑皑雪白，俯身拾起一朵桐花细观，五枚白色花瓣衬托着粉红色花蕊，精巧可人。山中的季节比山外晚来了些许，桐花以压倒性的优势为绿色大山披上了层层叠叠的雪白，万绿丛中那一团团白，摇曳身姿，成为新篁一道绝美的风景——五月雪。

　　好一场桐花的盛宴，纷纷扬扬洒下山里人的热情。那天中午，在山田村"五月雪驿站"用餐，架起的吊锅烹饪了一锅山珍美味，竹笋、香菇、木耳、干豆角、芋头、豆腐、黄花菜、排骨以及时鲜蔬果等，一层一层叠放，欢快的筷子夹得惊喜不断。吊锅，就是吊起来的火锅，锅下面放炭火，热气腾腾，香气喷喷。

　　我对桐花、桐籽的好感由来已久。望着桐花，蓦然记起在老家流传着一联逸趣横生的上联："童子渡童子背桐籽同过渡"，巧妙嵌入了地名童子渡，以及同音字"童、桐、同"和"子、籽"等，至今无令人叹服的下联。小时候，物质贫乏，桐籽是学生勤工俭学的主要依靠，上山采摘桐籽交给学校，有时候也会采摘一点卖给收购站。桐油的功效为制漆、刷木器等，还是外用药。桐籽，擦亮了少年时代贫瘠的生活，每每行走中只要看到油桐树，我都会驻足注视。这满山的桐花，开得我心里亮堂堂、痒酥酥，开得我心旌荡漾。

小时候，我特别喜欢桐油的气味。每每隔壁村的船匠师傅造船修船，远远地闻到那气味，我就会不由自主地加快脚步走过去，桐油味弥漫，我陶然其中。第一次看到漫山遍野的桐花，觉得特别亲切，似乎又闻到了家乡新船下水仪式上浓郁的桐油香。黏稠橙黄的桐油，涂抹的是湖边人家出入水上的安全色。眼前浮现出这样一段动漫：一粒花粉从桐花纤纤花蕊上滑落下来，携带着油桐的气质沿山中溪流百转千回，流向我家乡的大湖——鄱阳湖。看浪里飞舟，那里有一抹跳跃的桐花之光。

涓涓溪流从深山逶迤而来，流至平港突然变得四平八稳、波澜不惊，也便有了平港的得名。平港月夜，波光潋滟，流水的哗哗声完全被夜的寂静稀释，绕过一片古树林时，响声更加清晰、清脆、清灵，却没有丝毫的乱耳。

城里人看中的就是平港的恬静、秀美，嗅觉灵敏的农户便办起了民宿、农家乐，周末生意特好，常常是爆满。我入住的那户人家递给我一张彩色名片，背景图正是五月桐花雪。主人是位热心的大姐，吃过晚饭，很快给我们送来了蚊香，烧好了茶水，茶是当地的特产甜茶，泡上一杯，还没喝心已甜。闲聊中，大姐告诉我，油桐是本地人一项不可忽视的收入来源，家家户户都分有一些桐树，秋天采摘桐籽，勤快的每年能榨两百来斤桐油，少的也有一二十斤，收购价一百元左右一斤。大姐还说，前人栽树，后人享福，这里漫山遍野的油桐树大部分是林场种的，二十世纪六七十年代知青们补种了不少，而今，正常年份桐油产量达到十万多斤。

夜深，我独自一人走出户外，明明暗暗的路灯给人一种朦胧感，山朦胧月也朦胧，而河对岸平港水电站不温不火的机器声却给了我几分安全感，虽说夜深山村路上无人，我依然迈着淡定、从容的步子沿着溪流逆行，想去聆听油桐花秘不示人的爱情宣言。偶尔从民房里飘出一串酣畅淋漓的鼾声，或某个窗户的几束灯光透露出甜蜜致富的喁喁私语，灯火阑珊处，折射山间静美，我已醉在温馨的花语里。

桐花从岁月的河滩飘摇而至，落满崇山关。坐在崇山村叠山书院遗址前一块废弃的条石上，面朝溪流，侧耳倾听，山谷是否还回荡叠山先生的读书声？南宋末年此地属弋阳地界，叠山是民族英雄谢枋得的号，他不愿降元，绝食而死。高高的米头尖做证，叠山曾在崇山建书院讲学，后迁至弋阳县城信江畔。崇山关，地形险要，两山夹峙，一水流经，是古代关隘。站在麻石构建的崇山古桥上，足下饶信古道悠悠，回望高耸的峰峦，崇敬之意油然而生。

绿意盎然、生机勃勃，嫩黄的枣花缀满枝头，枇杷泛黄，猕猴桃、桃子、橘子、柚子结实累累，与桐花交相辉映。其实，无论哪个季节，新篁都有很多值得期待的惊喜。

在白果园千年银杏树下喝桐花蜜、吃"神仙豆腐"别有情趣，暂且不去说"神仙豆腐"是怎么制作成的、口感如何，单说桐花蜜，就是被世人奉为珍稀的花蜜。桐花年年开，然桐花蜜并不是年年都会流，受气候影响，桐花蜜产量极少。那桐花蜜是白果园的老邓端来的，老邓满面春风，见到我们一行有说有笑，嗓门山响。他在广东打拼三十多年了，也算小有成就，是魂牵梦萦的一只蜜蜂、一抔泥土吸引他返乡创业，他看中的是家乡生态好了，村庄美了。沿着一条古道，老邓带我们去看他的果园基地，一片一片的，依山傍泉，有血柑、桃树、梨树、柿子和葡萄……还有养蜂场，他2018年初次上手就养了40箱蜂，年底仅割蜜一项就纯赚4万多块钱。站在山上，望着远远近近的桐花和迎着阳光拔节的果树，老邓充满自信，手臂一挥，大声说："再过3年，等这些果树挂果了，邀请你们再来，吃水果、品'神仙豆腐'，还喝桐花蜜，到时候真正是百果飘香咯！"

一名年轻干部指着繁花似雪的油桐花，信心抹蜜地说："这里漫山摇曳着油桐花，多年来就有养土蜂的基础，为进一步扩大养殖规模，已引进当地一家土特产电商企业，采用'电商企业 + 农业合作社 + 农户'的模式，让群众的口袋满载花香，日子过得'蜂'生水起。"

歇息时，回味那甜而不腻的桐花蜜，桐花拂面，突然间灵感一闪，我有了家乡那副对联的下联，试看："童子渡童子背桐籽同过渡，白果园白果胜百馃摆满园"，桐花翩翩落，也算了却了一桩秀才心事。

在桐花盛开的新篁，请允许我拾掇一大捧桐花，精心拼成"心"的图案，献给在这片土地上谱写最美篇章的人们。

莲香荷韵

清一色的粉墙青瓦，红红的剪纸高挂屋墙，绿草茵茵，红石小径，一条溪流绕村而过，凉亭、秋千、石墩桥、水车列坐其上，两岸树木蓊郁，花香弥漫，燕雀轻盈枝头……整个村庄就像立在画里一样。亭子上，是时光在莲荷大地上裁剪的一座精致的小村庄，一砖一石、一草一木都有着绅士般的优雅气度，恍如隔世的不真实，田园气息、鸡犬相闻却彻底否定了我的错觉。

亭子上，第一次读到这个地名，我就心动了，决定要走进去触摸驻留亭子上的古老时光，坐在亭子上看山谷间的云卷云舒。在一栋老房子前，挂着"慢时光"招牌，一处民宿，流泻出诗意的温馨，一个可以静静发呆、可以与时光坦白从宽的私密空间。与其并排的老房子是亭子上的经典之笔，"中国剪纸文化展示馆"，大门口一副翻角褪色的对联写出了剪纸艺术的惟妙惟肖，"裁云作舞衣剪下出风采，镂月为歌扇纸上奏华章"。一幅幅精彩的剪纸作品，或挂墙壁上，或平放在展示柜上，红白相间，剪上生花，无墨也飘香。

剪纸，是莲荷炊烟里飘出的一缕芳香。看着这剪刀底下的荷花，仿佛闻到了荷花的清香。原来不经意居然到了莲荷之乡，千亩荷园在召唤。莲荷，一个很容易诱人望文生义的地方，试想：假如夏天没有莲花，怎么对得起这么美好的地名？

莲荷，本没有大范围种植莲荷，之所以称作莲荷，据说原因之一是版图像荷叶而得名。对莲荷，我一直保持着适度的好感，多年前，还随同上饶市红十字会的工作人员到莲荷济困帮扶，这里的淳朴民风给我留下了最初的印象。对莲荷的好感，也许与老家地名莲南、荷塘不无关系，早年叫莲南大队，后析分出一个荷塘村委会，有莲有荷，吾甚爱之。莲荷，荷香沃野，丹霞飘彩，文韵悠远。

循着莲花的芳香，踏着清涟的韵律，进入莲荷"荷博园"梧桐畈，池塘里的黑天鹅来回游弋，引颈高歌迎接八方宾客。荷叶田田，一畈连着一畈，四周低山回旋，中间盆地尽是亭亭玉立的莲叶荷花。田间搭建了可供观赏、采摘的暗红色木质游步道，时而一段平整田埂，循环通达，山边坐落多间灰黄色小木屋，两条长廊式的遮阳竹木棚恰到好处点缀其间，像一幅水墨丹青里的神来之笔。山崖上的小亭子日夜守望村人"日出而作，日落而息"，彰显出浓郁的乡野气息，一切都是那么的质朴、原汁原味。阳光下，或放眼四望，或聚焦一处，荷花摇曳，心也生姿，此时哪怕吟唱杨万里的诗句"接天莲叶无穷碧，映日荷花别样红"，都没有远远近近的莲荷那么鲜活、那么迷人、那么醉心。

面对满畈成熟的莲蓬，我忍不住轻轻地摘下一朵，剥开莲子，白嫩嫩胖嘟嘟地立于掌心，又不忍入口。想起小时候，夏季来临，总会下河采上几朵盛开的莲花，去瓣去芯后绑上一根长长的白尼龙线盘绕底部，再拿捏线头举高花蕊，任其呈自由落体，那快速旋转的花蕊裙摆形成了一个嫩黄色圆圈像孔雀开屏，也开在我们自娱自乐的笑容里。好在身边没有严谨的"周敦颐"，否则就会摇头曰，莲花"可远观而不可亵玩焉"。

步入莲花丛中，宽大翠绿的荷叶、粉红的花瓣迎风起舞，舞出了莲荷最美的赞歌，"荷花依然香，等你宛在水中央"。连片荷花亭亭玉立，莲荷终于被时光染色而变得名至实归，甚至会理直气壮地觉得，在莲荷赏荷感觉当然不一样。也许若干年后，莲荷地名的来历会有另一个版本，因莲香荷韵而得之。不由得羡慕起莲荷人家来，不去说那"荷塘月色"映照的民宿，也不去说荷莲浑身都是宝，只消静静地背靠青山，在时光的皱褶里，在莲花营造的禅意里，心生莲念，独守一畈淡雅莲荷足矣。

　　时光里的莲荷，开出了一帧帧如诗如画的风景，开出了一朵朵闪光的人文之花，散落在信江北岸，一派精彩纷呈。

　　徜徉、蹀躞、盘桓、徘徊……莲荷，一个可以把节奏放慢的地方，在丹霞间、在荷花间、在山溪间，让时光慢下来，剪裁一袭放浪形骸的身影。

葛色青青

　　知道葛是很晚的事，二十多年前走进葛源，才知道有一种叫作"葛"的植物，开着紫色的花朵，一袭袭袅娜的葛藤，似长蛇列阵，纠缠、逶迤在大地上，将绿色挥洒得漫山遍野，以铺天盖地之势占据山边地头。在葛源，到处都是这样郁郁葱葱的风景，蔓延出一个高举着"葛"的地名来。

　　第一次走进葛源，深深体会到被葛包围的感觉，似乎进入了葛的王国，那时是以记者的身份去采访当地一位姓蒋的"葛王"，据说后来成了葛根育种专家，还是一位癖嗜者，可惜没有再联系过。此后，每每看到青青葛藤葳葳蕤蕤，就会不由自主想起葛源那个当时花白头发纠"葛"一辈子、被誉为"人工植葛第一人"的奇人。哪一株出自葛源呢？轻轻呼唤一声葛源，不知会不会扭藤摆叶，乖巧地聆听来自故乡的信息？

　　再往后，个人词典里渐渐积累了一些与"葛"字相关联的概念：葛玄、葛洪、葛仙山、葛仙庙、葛佬、葛溪、葛岭头、大葛岭、"葛小叔"……大都是或深或浅的知晓，聊胜于无而已。葛，就这样悄无声息蔓延进了我的寻常生活。

　　葛根是不错的美食，葛粉可冲泡食用，还可烹饪入菜，尤其葛粉蒸肉那是一道佳肴。葛，有清凉降火功效。从挖葛根到洗出白嫩的葛粉，想必其工序是繁复的，其间辛劳自不必说，我这个湖区人，只负责消受葛粉绵绵送来的美味，清香嫩滑，爽口沁心。慢慢地对"葛"的理解、品味也渐入佳境，倘使要我忍痛从一串山珍里做减法，葛定当是不可"割爱"的。

时隔多年，在横峰县阳光牧场"葛小叔有机葛示范基地"，再一次感受到葛的绿浪滔滔气势，与远远近近的山色连为一体，蓝天上，白云飘荡着丰收在望的喜悦。泥土里，一截截葛根互相较劲，各自暗暗伸展婀娜身姿，只为破土而出拥抱阳光的那一天，只为蝶变成粉清香四溢的那一天。

在偌大的葛园周边，环绕着等待收割的金黄色稻田，和红绿相间的田田荷叶亭亭荷花，这个时候，缠缠绵绵的葛藤不显山露水地匍匐在地上，横七竖八肆意地开枝散叶，扩张领地，耸立的藤杪野心勃勃，总是最先抢占地盘，一阵风吹过，叶片轻轻摇曳，像是在向站立身旁的先进典型致敬，那是擎举的稻穗、莲荷。

小葛也能写出大文章。"葛小叔"系列零食，就备受人们瞩目，有葛馒头、葛蛋酥、葛酥饼等。葛根粉衍生出的多种食品，融入了横蕴之峰的气韵，传递着乡土的味道，那是多少人儿时的记忆。

传说葛的命名，源自葛洪。说的是葛洪带着两个弟子在一个叫作茅山的地方炼丹，终日烟熏火燎，两弟子中了丹毒，出现口干舌燥、口臭、便秘、皮肤上长红斑等症状。葛洪采集草药治疗，也不见好转。一日，葛洪梦见三清教祖指点迷津，说是茅山东边生长着一种青藤，"其根如白茹，渣似丝麻，榨出的白液，清秀中略带甘甜，既可清热解毒，祛燥消疹，亦可煮之食用充饥"。葛洪醒来后，独自前往，历经千辛万苦，终于找到大片青藤，挖根捣烂，榨汁饮食，两弟子很快痊愈。青藤的功效迅速传播开来，人们认为青藤是葛洪发现的，遂取名为"葛"。事实上，葛早已丝丝入扣融入人们的生活。史料记载，葛在伏羲时代就被认知，古人还懂得用葛、麻制作衣服。

望着那爬满山野的青青之葛，我肃然起敬，是葛果腹了先祖，是葛化衣蔽体，长襟落落迈步走向文明，捍卫了人的高贵、尊严。难怪说葛全身都是宝，我信了。连葛花都是饮品，泡茶一样喝。葛一般在9月至10月开花，开的是紫色的花朵，像春天紫藤开出的花，但没有紫藤花那么张扬、烂漫，却散发出一股特殊的无法描述的幽香，鼻子已经舒舒服服地缴械，"躺平"花香里。

因为葛藤缠缠绕绕，不知何时有了"纠葛不清"的词语，简直是对葛的诋毁。看那青青葛藤，遍野蓬勃而生，恣意洒脱，放浪形骸，却招惹谁了？偏偏要扣一顶不清不楚的帽子。感谢"葛小叔"，为葛吆喝，拓展葛的空间，创意了葛产品、葛文化，满足了多少吃货的味蕾。

谁说纠"葛"不清？总有一碗清清亮亮的葛粉呈现眼前，就有一饮而尽的冲动，眼里盛满着葛藤铺展的葱绿。

芳溪水美

　　水是宋宅的精灵。美是宋宅的诗篇。

　　宋宅的一天是从芳溪一尾鱼轻轻吐出的涟漪荡漾开始的，即使是一段喁喁低语，即使是一段轻微缥缈的晨曲，也足以撩醒岸边树林里宿鸟的香梦，足以打动每一个早起劳作的农人，缓缓流经村庄的溪水飘带一样系在宋宅的腰间，翩翩舞姿曼妙出一幅秀美的生态环境，樟树、翠竹、桃树等依溪相伴，干净平整的埠头溅起了一串串早起人们的欢声笑语，水车周而复始转动着宋宅人像水一样绵长的美好幸福生活。

　　芳溪，弯弯曲曲唱着平平仄仄的歌谣，芬芳四溢。有了芳溪，才有了宋宅先祖开基立业，一代一代开拓出一个魅力乡村。

　　初听宋宅，以为是宋朝遗失的一座村宅，却原是宋姓人家聚落的一个村庄，风雨六百多年。宋宅，坐落"饶东古镇"信州沙溪西北，一个古老的村庄，一个驻留历史时光片羽的村庄。所谓宋宅，顾名思义，宋氏人家在此安居乐业。向上追溯，宋宅始祖宋寿旻（1390—1452）于明朝永乐年间在永丰、信州为官，相中了这块风水宝地，沟渠水塘密布，遂偕子孙择地而居，开枝散叶，繁衍到如今210多户濒水人家，谱牒记载"因仕而居饶邑七十都芳溪宋宅"，进士出身的宋寿旻先后出宰永丰县印、信州印（应是谱牒笔误，当为县尹、信州尹），自号芳溪先生。走进宋宅，我想，显然是因有了姓宋的人居住才有了宋宅这一地名，芳溪也因宋寿旻号芳溪而得名。好一个芳溪，芳，草香之意，与溪组合，别有意韵。漫步碎瓷砖、片瓦、河卵石铺就的芳溪游步道，逗留芳溪石桥，徜徉水生态公园，古木参天，一幅幅纯美的画面徐徐掀开，一路手机拍照，一路采撷快乐，水美心美，余香袅袅。

水车、石墩桥是宋宅的点睛之笔，坐落宋宅水口，建有抬高水位的堤坝，蓄水灌溉，并构成一定高度的水流落差。深潭悠悠，倒影如梦，水汽氤氲，高耸翁郁的树木掩映下，一个硕大的木轮在水流的冲击下不舍昼夜地悠闲转动，石头水泥砌就的滚水坝上有石墩桥，供行人通过，水大时，自然泄洪。我一步一个石墩很快就走到对岸，田埂上几丛野蔷薇蓬蓬勃勃，不远处齐腰竹篱笆象征性排列成闲人免入的符号，朝宋宅望去，曹门雄峙，北倚铅石山胜景，民居错落有致，几间茅屋点缀其间，一派祥和。

田园在芳溪两旁一如不规则地板砖一样平铺展开，直连山边，一年四季，瓜果飘香，菜蔬琳琅，枇杷、菌菇等形成了特色农业，尤以水稻、小麦、油菜亭亭玉立，彰显丰收的喜悦。

村口画面经典，小桥流水人家，绿树成荫，芳溪环绕，轻拍栏杆，醉在这片江南风景里。裕公亭下，立有一座青石碑"广信名医裕公亭碑记"，是为了纪念宋宅当地清代名医宋裕，宋宅人敬重地称之裕公。立碑时间为二十世纪九十年代初，碑文内容大致是记叙裕公一生悬壶济世，妙手为民治病，赞颂裕公高超高尚的医德，碑文虽短，却言简意赅，深深地刻进了宋宅人心里，代代传诵，芳溪做证，流芳百世。

芳溪在宋宅，亮点纷呈，循溪移步，景色变换。所有这一切精心策划，都是围绕水而展开，做足水文章，变水为利，造福宋宅。

也许不少人对河长、河长制的概念还不是十分明白其意其义，然而，宋宅用水的事实做了一次无声的典型诠释。河长制源自太湖蓝藻事件，乃无锡首创，后全国推广。查阅资料显示："河长制"是一项工作机制、责任机制，就是由各级党政领导担任"河长"，担任河流湖泊保护管理的直接责任人，目的是要破解水资源保护管理面临的困局。在宋宅，我兴奋地发现芳溪畔庄重、醒目地竖立了一块木质河长制公示牌（天井塘），红底白字，上面标记着塘长、巡查保洁员姓名，以及他们的职责，比如监管污染、协调推进污染治理、协调监督日常清淤等。因此，人们对宋宅清凌凌的芳溪赞叹不已也就情在理中了。走在村中，路面平整干净，人们的环境卫生意识早已养成，随手乱扔垃圾现象几乎不存。宋宅人爱水护水也已成习惯，清淤、除草、疏通、堵漏、治理、美化……宋宅还引入先进的污水处理器，生活用水经过处理后再流入芳溪，从怀玉山余脉丘陵地带岩底水库流淌来的溪水到达宋宅时，脚步放得很慢很轻，想必是惊羡这一方古朴与现代交融的风景。

宋宅街道呈现出的繁荣景象、商业气息给人一种不应该是自然村的错觉，有叮叮当当的铁匠铺敲打着岁月深处被渐渐遗忘的声音，有桶匠铺紧箍着农耕文化的一缕芳香，还有多家餐饮、饭店立于两旁，幼儿园、医院、药店、秋报剧场、宋氏宗祠等齐齐整整，尤其还有一所宋宅中学，琅琅书声传来宋宅明天美好的希望。这一切，彰显出宋宅俨然一个乡政府所在地的排场。受沙溪经贸辐射，宋宅历为乡、公社驻地，是沙溪镇北乡经济文化中心，且每天都有开往上饶的班车，优越的地理、生态环境成就了宋宅超凡脱俗的影响力。秋报剧场，古戏台的现代改装版，一个诗意的称谓，逢年过节，或哪家办喜事，就会请来戏班子热热闹闹唱上几天几夜，宋宅也跟着陶醉在越剧、信河调的"咿咿呀呀"唱腔里。走进宋宅那一座农耕民俗展示馆，眼神掠过各式各样的农具，以及已难得一见的日常用品，让人感受到传统文化所折射出的古村魅力，也许还能隐约追寻宋宅从明朝走来的一丝痕迹。那静静立于一隅的简易草龙灯，一根杆子就撑起了宋宅一年的风调雨顺。一面面文化墙，是芳溪两岸飘荡的一片片云彩，携民风、道德、精神、思想、情操……飞入平常百姓家，潜移默化滋润了每一个人的心田，开启了一扇扇追求真善美的心门，终于换来省、市"文明村镇"这一闪闪发光的金字牌匾。

古树名木是宋宅古老的标志，宋，乃会意字，表示房屋周围有树木，宋宅当有木支撑。走进宋宅，几百年的樟树比比皆是，伫立路旁、村口、山边，在炊烟袅袅里守望家园，守望每一个来来往往的行人。宋宅人爱树护树蔚然成风，宋宅还有一传统习俗，人们心怀敬意，在古树上系红布条，

118

其意是祈福、许愿、保佑平安等，远行的人也把几缕乡愁留住，走得再远，也走不出村口老树的温情守望。于是我随意问了几个宋宅人，得到的答案一致，爱树护树是一种品德，从小就像芳溪一样流经心里，深入骨髓。我不得不赞叹宋宅的树美水美，正如"木欣欣以向荣，泉涓涓而始流"，不知道明代信州寿旻先生有着怎样的人文情怀、田园意趣，居然放弃城市的舒适、便捷生活，而是在离广信府二十余公里、离"市肆甚盛"的沙溪也有小几里的乡野筑舍卜居，毋庸置疑是一方碧水挽住了寿旻的脚步，想必当年芳溪一带民风淳朴，断没有两个世纪后徐霞客江右游记里所记叙的"然闻其地多盗，月中见有揭而涉溪者，不能无戒心"之传闻，遂用心经营出一个清幽水云乡，泽被后世。

匆匆走过宋宅，还来不及细细了解宋宅更多的元素，比如民俗、饮食、学风等，但它呈现出来的村容村貌已经给我留下了太多深刻的印象。尤其是还有一个小插曲，进一步坚定了我对宋宅的另眼相待。在宋宅行走，我一时迷失了方向，找不到宋氏宗祠，情急之下见路边有一对中年夫妇在菜园劳作，上前问询宗祠是否在学校，男子抬头反诘"都什么时代了，还会把学校设在宗祠内"，并露出不屑甚或疑惑的神情，无语、尴尬中我琢磨这话语，不排除对我缺乏起码的常识所不满，至少还说明了两点：一是那人深恶痛绝不尊重传统的行为，二是学校是"传道授业解惑"的殿堂，怎么与宗祠混为一谈。试想，一个素不相识的宋宅人没有必要和我较劲，在自责的同时我很快理解了那人，管中窥豹，感觉到宋宅人对教育的尊重，对亵渎社会秩序的微词。这是宋宅世代沿袭的耕读家风熏陶的结果，一条弯弯曲曲的芳溪润泽，美得人心醉，流淌出一个有丰富内涵的宋宅。

无意间，在宋宅一户人家看到一台破旧、布满蛛网的人工织布机，耳畔便响起"唧唧复唧唧，木兰当户织"的诗句，这何尝不是江南夏布主产地沙溪及周边一道靓丽风景的写照，在宋宅当然也不例外，机杼声随着芳溪流进饶北河，流向远方。

宋宅，一幅立于夏布画里的古老村庄，浓淡相宜，丹青恰好。

水墨严台

浮梁，地处皖赣边界，一个从唐朝走来的千年古县。在没有深入浮梁之前，任何的想当然都是一厢情愿，任何的以为是都是一派妄说。我就一度犯了这个错，以为厘清了浮梁与景德镇之间的父父子子关系就算知晓了浮梁。其实相差甚远！

一次次擦肩而过，一次次浅尝辄止，浮梁，像个从小看大的邻家女孩，我难得正眼一瞧。也难怪，浮梁，地理上被莽莽黄山山脉遮蔽，人文上被瓷都景德镇熊熊窑火遮蔽。终于有一天，带着发现的眼光走进浮梁，我就被古村落惊叹得快要窒息了。多么像我们在山野行走，高大的树木下，那些不屑一顾的花草也许是一路上最美的风景之一，观赏、入菜、药用等，只是暂时没有注意到其动人之处罢了。

大地挥毫泼墨，或浓或淡，浮梁，当数浓墨重彩的一笔。浮梁，大水中漂浮来的一截木梁，"以溪水时泛，民多伐木为梁也"。浮梁，莽莽原始次森林掩映下的一座古县。

在历史长河里，浮梁一直隶属鄱阳郡（县）、饶州府。因此，鄱阳人看浮梁，总有一种居高临下的错觉，也包括我。

事实上，至少我对浮梁的理解是浅薄的，基本只停留在复述五品县衙的层面上。去浮梁次数多了，就会不断修正自己固有的认知，就想不断深入这个一度被忽视了的赣北古县。

雨纷纷的暮春时节，天气转暖，大地明朗，原野日渐丰满，江南迎来一年中最舒适的一段日子。再次走进浮梁，我不再只想探秘瓷之源头，不再只想在唐诗里揉搓茶叶，那一个个古村落就足够以泡工夫红茶的方式慢慢去体味，沧溪、鹅湖、经公桥、洪源、英溪、瑶里、前程、严台……散落在浮梁大地上，令人探幽，去倾听岁月的回音。遇见严台，是在一纸宣传册页上，严格地说，是一座廊桥深深吸引了我，让我记住了严台。

严台，读音上高度贴近"砚台"，那严台的廊桥是砚台研磨出的水墨画图吗？古朴的严台在一个不经意的春日款款来到我的眼前，在茶叶的芳香里弥散开来，严台四面环山，云遮雾绕，中间一狭长河谷，呈东西走向，一条溪流从深山流出，蜿蜒流经村庄，曰严溪。诗意地架在严溪上的"富春桥"，四周都是高大的树木，古樟树、枫杨树、水杉……默默地守护着廊桥。留不住溪水，就留住自己的脚步，来回踯躅，似乎要度量出单孔廊桥的岁月印痕，沿山的一条石板路一边通往田园，一边连接从明清走来的小村。在山边的菜园里，我发现开着白花的萝卜，折断一根剥皮吃，重温儿时脆脆嫩嫩的野趣，品味严台暗香幽然的春意。

谷雨季节，坐在廊桥上，与严台人聊天，还是绕不开茶叶话题，一如有文化的浮梁人是绕不开饶州情结的。走进严台弄弄巷巷，最引人注目的是采茶、制茶、售茶景象，尤其是天祥茶号红了一百多年，严台人不无自豪，当年上海滩多少人以品"浮红"论身价。严台人的茶叶情怀源远流长，是这里的山清水秀孕育了一片神奇的树叶，从1915年的巴拿马走向世界。村东头，几棵挂牌编号的枫杨树，满身蓬勃着翠绿的新叶，微风轻拂，生机焕发，哗啦啦欢唱"浮红"之歌，往里走三十来分钟就是"浮梁茶"一级原产地保护区，枫杨树旁边有一栋不算太老的青砖灰瓦房屋，像极了小时候司空见惯的公社、大队部，抑或国营厂房、合作社，已修葺一新，彩旗猎猎，红灯笼高挂，是天祥茶号纪念馆，浓缩了浮梁红茶走过的辉煌历程，在红底白字"传承匠心，坚守荣耀"横幅的召唤下，顾不上细看溪边的老油榨坊、蹬步石桥、老木桥，越过黄灿灿的油菜花、粉红紫红的红花草，我信步走去，在这里，我喝到了纯正的"浮红"，茶汤色泽透明、金黄泛红，一缕一缕醇香细细滑入喉咙，与我喜爱的铅山"河红"有异曲同工之妙。

古村严台历史悠久，口口相传乃起源于东汉光武年间，名士庄光在此隐居，因避讳而易名严子陵，遂衍生出严溪、严台地名。后严氏迁徙陕西，婺源江氏迁至，村里还保留了古老的宗祠遗址"世隆堂"等。严台，莫不真与严子陵有关乎，那钓台莫不就是富春桥，"钓台碧云中，邈于苍山对"（李白诗句），很是切合严台的水口地理环境。即便是很有可能被人当作山寨版的笑柄，也要不留遗憾地告诉世人：严台，曾是严子陵钓台。浮梁地方文史专家负责任地说，这当然还有待考究，还缺乏铁证。

就在我等非常投入地探讨、纠结严台与严子陵的关系时，同行人中腿长的早把严台深深浅浅的弄道走了个遍，并以第一眼光发布见闻于朋友圈。严台古村，明清古建筑群，布局巧妙、合理，茶叶繁荣的产物，墙缝里都藏夹着袅袅不绝的茶香。我幡然醒悟，严台，俨然是茶叶的故乡、茶叶的舞台。走进严台，不谈钓台可以，想不论茶好难。在女主人有条不紊的推介下，我买了一包新茶回来，不啻于买回了严台的一杯清新，此后有一段时日，"前月浮梁买茶去"便成为挂在我口头最多的诗句，从春天绵延到夏天。

严台，想必是砚台研磨出的水墨画图。我总是偏执地这样想，眼前便幻化出一个水墨严台，渐渐漫漶成一座廊桥、一片茶叶、一条沧桑溪流。

沧溪遗珠

　　午后的阳光虽带着几分令人昏眩，"蜚英""登南畿甲子科朱韶"等大字却醒目地撞击眼球，还错以为穿越到了明代。是的，此乃正德十五年（1520）修造的砖砌门楼式建筑，五百年的时光打磨，依然保存完好，上书内容为纪念宋代理学家朱宏而建造，还有"江西饶州府浮梁知县陆隆恩"等字样。牌坊前遗存有拴马石、旗杆石、半月形风水池等，勾起翩翩浮想。

　　忐忐忑忑走进勒功乡沧溪村，对于一个没有贮存多少古建筑知识的人来说，面对各种石雕、花板，可谓"色即是空"，我只配凑凑热闹而已，遑论怎么去理解为何这里几乎所有朝门都面朝东南方向，我猜想，与纳财接福、紫气东来应该有关联吧，俗称"装水门楼"。沧溪之水，正从东南浩荡而来，日日夜夜，川流不息。行走沧溪畔，望着清澈的溪水，就有一种奋不顾身的冲动，挽起裤脚蹚蹚水，也学古人感慨一番人生，"逝者如斯夫，不舍昼夜"。人，如沧海一粟，且珍惜当下。

　　沧溪，浮北邹鲁，从历史的长河里漂浮而来的古村，古韵悠悠的弄堂里或许都能踏出一串"仁义礼智信"的碎片来，在这里感受理学的魅力，是不需要摆设道具的，蜚英坊、训子亭、三贡坊、朱子家训碑、耕字公书屋、蜚公进士第、朱家祠堂等都是原汁原味的，经年的灰白、古老的青藤是代表色。明代文征明有一幅名作《沧溪图》就取材于沧溪，画面层峦叠翠、青松烟柳、杂树繁茂、小桥流水、屋舍茅棚，不愧是令人向往的程朱理学发祥地之一。走在沧溪后山上，一棵棵古木站立成一阕阕宋词，尤以那盘根错节的粗壮银杏令人称奇，喃喃念道"福禄寿"，我老老实实转了三圈另加一圈"平安"。我想，这棵银杏一定进入了文征明写生的画图了。

在沧溪，本以为可以好好体味理学，没想到茶叶仍然是绕不开的话题，浮梁三百年老字号恒隆昌茶号就诞生在沧溪，我们见到的"恒隆昌"那三个字落款为晚清重臣、洋务运动领袖李鸿章，可想而知沧溪茶叶的地位。我不得不佩服，浮梁人把茶叶生意做到了极致，再一次感慨，在浮梁，不说茶叶几乎不可能。与浮梁人谈茶文化，一不小心就会显露出自身认知上的"短板"，最好的办法就是静静地品茶不语。

自古以来，沧溪人注重亦耕亦读亦商，造就了一大批富商、学子、贤儒，从而成就了沧溪立于不败之地。就是在当代，从沧溪走出的有影响的士子也不少。回望沧溪，那斑驳的马头墙下，夏天摇曳着一枝枝粉红色花朵，为不绝的琅琅书声点赞。

很快，我的注意力被空中飞舞着的一只又一只小小身影牵扯去，它们动作轻盈、机敏，那是轰炸机一样的锯木蜂。我仔细观察到，一转身工夫，趴在木头上的锯木蜂就不见踪影，却是隐身木头里了。房屋柱子下面，铺上了一层层厚厚的黄白色锯木粉，细细密密，令人惋惜不已。锯木蜂，当地人又称锯龙蜂，喜好花草、年代久远的老房子，一般不蜇人，嗡嗡飞舞，一栋栋老宅的房梁、屋树布满了大大小小的细孔，那都是锯木蜂的杰作，岁岁年年，锲而不舍，总有一天，砖木结构的房子会轰然倒塌，夷为平地。看着老房子上的木头千疮百孔，我只有干着急。面对锯木蜂的"蚕食"，沧溪人的淡定令我吃惊，我想到的办法估摸沧溪人早使用过，也许是沧溪人没有什么更简便有效的办法对付锯木蜂，也许这种房子的维护费用太高，以致锯木蜂敢在头顶肆无忌惮盘旋，敢在光天化日之下为非作歹，钻洞侵蚀。在理学名村，居然遇到一群蛮不讲理的小生灵，难道真的无计可施？无奈何之？喷药、烟熏、驱赶、上桐油……真想把一只只锯木蜂拍死在木头上。

虫、火、水是许多历史遗存的"天敌"，相信这个道理并不需要过多解释。对老房子，我有一种天然情结，怀旧、乡愁、人文……在我们老家鄱阳湖湿地周围，木质结构的老房子几乎无存，其因主要归咎于无情水灾。

离开沧溪多日后，依然茶香环绕，理学"蜚英"，从心里感谢浮梁，为我们留住了寄托情怀的古、旧、老遗存，但是，似乎总有那一丝丝"嗡嗡嗡"的杂音传来，虽然轻微，还是扰我心烦。

沧溪，怕是有"理"也敌不过一只"蜂"。但愿我的担心是多余的。

彩云之湾追梦

　　"布谷布谷……"响声嘹亮、清脆、悠扬，节奏不紧不慢，布谷鸟展翅划过蓝天，一声一声唱响夏天的歌谣，催熟小麦泛黄的脚步，枣树、苦楝树默默地各自绽放出细密的小碎花，嫩绿、淡紫互为映照，围墙内夹竹桃红花摇曳，石榴殷红的花蕾含苞欲放，夏天真真切切地走进了江南大地，呈铺天盖地之势。

　　这一久违的情景，是在云湾感受到的，多少年都没有温习过。

　　丁酉之夏，踩着庄稼拔节的韵律，接令到鄱阳县柘港乡云湾村精准扶贫，那里恰恰是我的老家，暗暗思忖，离母亲节只有5天时间，假如晚几天出发，还可以公私兼顾顺道去看望在景德镇的老母亲。孰重孰轻，难以两全。其实，早已不是第一次进驻云湾，从2015年开始，到云湾超过了十几次，走访调研、送钱送物资、送春联送书画、送文化下乡、上课培训、对接援助项目等，村支部书记程新生等一行乡村干部每次都全力陪同，不厌其烦，详情介绍，我一一记录在《帮扶干部手册》上，内心也念记着那一份扶贫扶来的情谊，"打开扶贫千把伞，撑起云湾一片天"，浓浓的扶贫氛围温馨四溢，相信云湾的草木一定闻到了紧锣密鼓的扶贫气息。

　　贫，从字形结构看，上分下贝，将钱财分了，故贫。《说文》曰："贫，财分少也。贫与富相对，一如贵与贱。"一个"贫"字，几乎贯穿整个中国历史进程，从秦末陈胜、吴广大泽乡揭竿而起，到宋王小波、李顺起义首次提出"均贫富"口号，乃至明末李自成的"均田免粮"等等，无一不是"贫"惹的祸。俗话说，送人玫瑰手有余香。扶贫，是温暖的代名词；扶贫，是接地气的情怀；扶贫，是实实在在的惠民生。

云湾，一个诗意的地名，我有很多朋友都被这两个富有想象力的字所吸引，甚至强烈申请要求一起来走一走，寻找彩云追月般的梦幻意境，寻找那云起云落的湖湾、山湾。其实，云湾就是坐落鄱阳湖东北岸湖汊貌不惊人的普普通通的一个村庄，又名腾云湾，新塘、云湾、虬塘、东山、西山、马咀头等六个自然村，程、虞、王、闵、李、周诸姓集聚的彩云之湾，田陌、水塘、小树林散落在潼津河北岸一片丘陵地带，套改一句名诗来说就是，不可以贫穷但可以听听风声、看看云卷云舒的地方。云湾的面积约有 6 平方公里，从北到南步行估计一个小时左右，沿着一条坑坑洼洼的红壤碎石机耕道，越过虬塘村前的田园、山林，野草花木芬芳，来到一座水库边，也就是云湾村南部尽头，向南望去，隐隐约约一条大坝横亘，满目翠绿间树立着一座村庄，询问得知是集会洲，朱元璋大战鄱阳湖时邀天下谋士在此集会商议作战方略留下的古老地名之一，那里就是鄱阳湖一角，湖风吹来新翻泥土的芳香，远去的鼓角争鸣已化作百姓茶余饭后的谈资。伫立云湾，隔着云雾的距离，可侧耳倾听鄱阳湖的涛声。隔着扶贫拉近的距离，俯身去倾听老百姓的心声。

"却是扶贫到故乡，担当有责我心惶。田园山水寻良策，云彩之湾问小康。""打油"一首《云湾扶贫记》，以平平仄仄的名义抒发胸臆。回想第一次走村入户，那一幕犹在眼前：三层楼房高高耸立，外墙灰白色水泥裸露，大门台阶未完工，每一扇窗户空洞洞像一只只无神的哀怨的眼睛，还来不及装修，丈夫因病撒手而去，儿媳也不辞而别，带走孙女返回福建，不久闻听孙女溺水而亡，孙子留在老人身边，儿子远走他乡打工，难得回家。一个本来多么简单幸福的家庭，却接连遭遇变故。村民兵连长带我到她家时，大门紧闭，拨打手机，却从屋内传出铃声，连长无奈地说：很难找她，外出一般不带手机，改时或者改日再来。这就是我帮扶的一家。多重打击下，六十出头的妇人看上去与实际年龄明显不符，面容憔悴，目光无神。

　　一次次走进云湾，心也在纠结，不知道怎么才能帮上云湾。云湾村青壮年大都长年外出打工，抓手在哪里？云湾地势北高南低，山林植被好，农业基础薄弱，易涝易旱，农作物以水稻、油菜为主，水田环绕丘陵。时序夏初，直播的秧苗已是亭亭玉立，由于疏密不匀，有勤快的村民在抢时补棵，也正值油菜籽收割季节，户户耕种忙碌，已植根城市丛林的我根本插不上手，好在我是本地人，彼此对话没有任何障碍，行走田间地头，又隐隐担心劳作的百姓心里嘀咕我"游手好闲"，或说"只会风花雪月"。扪心自问：关于农村、农民、农业，究竟了解多少？农民致贫原因究竟有哪些？归纳起来大致有：因病、因残、缺项目、缺资金、子女上学、自然灾害、文化水平低下、资源匮乏，弱弱地补充一点：不排除极少数人的"懒做"。程荷花、程壹清，我应当记住的两户结对帮扶户主名字，致贫原因是"缺资金"，一户老妪幼孙，另一户还是老妪孤孙，人均收入远远低于村平均数。面对两户，我表情凝重，内心沉重，思考对策，第一次见面每户也仅送上200元慰问金，可谓杯水车薪。

　　从亲情来说，我还必须记住的名字是：程玉山。虽然离开人世三十多年了，但这个名字是与姑父画上等号的。在九景衢铁路云湾段新塘村边上，那几棵高大树木下，正是姑父的归宿地。我来云湾多次，总是那么忙，走村串户，登记台账，没顾得上去祭拜。那个午后，迈着并不轻松的脚步，我悄悄走进那一片荒草萋萋之地，一对父子墓，左边那个碑上书有"共故先考程公祥火字玉山大人之墓"等字，右边是姑父之父。摘一束鲜花兰草，放在其上，油然浮想起三十多年前，姑父总是坐绿色吉普车到前湖咀看我奶奶，围绕吉普车而升起的神气像彩云一样环绕我身前身后，那一团绿色带来的赞美声想必当年也一定在云湾缭绕过。姑父在景德镇职位不高，德行却是有口皆碑的。时过境迁，至今仍有人提起姑父和蔼、热心、与人为善、济困扶贫，可叹天不假年。等铁路通车了，姑父在故乡的路边就可以静静地坐看往来景德镇的动车，那是他曾经挥洒热血的地方。村支部书记新生是云湾新塘人，和我几个表哥表弟颇有往来，自然我们之间的话语会多一些，在云湾的日子相对也会愉悦一些，对于我们扶贫工作队的难处，他都能及时一起查找症结，寻求解决办法。

云湾，云悠悠水湾湾，生命中的驿站，早年在柘港中学读书，眼睛看酸看累了，就会抬头远眺新塘村的那座树木覆盖的小山、水库，傍晚、清晨持一本书都能走到的地方，也就十几分钟，经一丘田畈，过一片树林，折一枝草茎，莘莘学子，三五成群，或一个人沉思、念念有词，琅琅书声是那时新塘村张家垅水库最生动的一道风景，蔚然学风如云飘飘。周末的时光，也会贡献给云湾换取放浪形骸、游目骋怀。有多少个100分伴随着微笑在水面荡漾，我的学霸地位一直坚持到考取师范，从此也就告别了柘港岭，告别了彩云之湾。

借夜宿云湾村之机，披着初夏夜月，一路蛙声如雨，悄然走进柘港中学，教室里灯光如昼，偶尔有学生、老师的身影晃动，窗外树影婆娑，漫步其间，往事如烟，几乎找不到求学时的痕迹，当年所有地面建筑荡然无存，当年读书时的老师也早已白发苍苍离开讲台，好在校园大致轮廓没变，好在有一棵数百年大樟树依然苍翠挺拔，可曾记否，柘港中学高校录取人数一度超过县城中学的辉煌，被赞誉为"放了几颗卫星"；可曾记否，一个瘦弱的少年在试卷上书写满纸追寻太阳的梦想。仰望、再仰望，乡愁、学愁袭上心头，低思、再低思，"欲语泪先流"。多少年了，我都没有踏进一草一木曾是那么熟悉的母校，却没想到，居然是持着扶贫的指挥棒重返校园的，居然是在不经意的一个初夏晚上，天边挂着一轮清冷的明月，这样的季节也不大会引人关注究竟是秦时的还是宋词里的。一切物非人非，一切又似曾相识，趁着湿漉漉的夜色，我以一名过客的身份匆匆走过，踉跄而去，羞涩折回云湾。到故乡扶贫，我明显底气不足。到故乡扶贫，我拿什么奉献。

夜深了，乡村被气势恢宏的蛙鼓虫鸣主宰，反而显得愈加宁静，独对云湾，声声敲打心湖，一夜难眠，我想我该做点什么。

姑苏的行板

　　一个布满河渠、舟楫往来织梭、镶嵌灰白屋瓦、小桥流水的江南城池，在我记忆的影像里叠合成一曲经久不衰的《姑苏行》，那是一座城市经典的文化符号。

　　"姑苏城外寒山寺，夜半钟声到客船。"千百年来，唐朝诗人张继以一首《枫桥夜泊》，令多少人神往姑苏城内城外那一道道风景。那是烙上了怎样印记的风景呢？

　　笛子曲《姑苏行》，用音乐的无形手臂拨动心弦，带你从容、安静地进入苏州古典园林。

　　从一开始学吹笛子，我就喜欢上了《姑苏行》那悠扬、恬静、美妙的旋律，流泻着浓郁的江南丝竹韵味。模仿着练习过无数遍，也登台独奏表演过，凭借此曲换取到不少掌声、赞美声。我一次一次深深浅浅地沿着笛声走进梦幻般的苏州，走进天堂般的苏州。

　　苏州，因园林而被世人牢牢记住，因园林而列入"世界文化遗产"名录。苏州园林目前仍有数十处保存完好，沧浪亭、留园、拙政园、网师园、狮子林……每一座园林都蕴藏着许许多多耐人寻味的人文典故、轶事传说、建筑艺术、独特景致，徜徉其间，最好有适合心情的《姑苏行》笛曲相随相伴，怕是池畔也有游鱼出听。《姑苏行》的每一个音符都叩访过苏州的巷陌河流、飞檐峭壁，在古城萦绕不绝。

　　最初练习的《姑苏行》，是手抄简谱，一般选择 D 调或 C 调曲笛，那时倘若能在收音机里听上一段《姑苏行》都会显得异常兴奋。也注意到曲谱右上角标记是江先渭编曲，我从没有见过江先生，但是，关于江先生的名字我颇有微词，究竟是江先渭还是江先谓？至今还存疑问，由于两种写法都有，都可以找得到相对权威的证据（正规笛子书籍或音乐光碟），弄得人一头雾水。渭、谓属形近字，极容易混淆，大凡小学毕业了就应该不会犯如此低级错误。不必说是音乐的美妙遮掩了江先生名字之类的托词，这明显是对老先生的不尊，江先生是否知道自己的名字出现了两种写法呢？江先生的最大成就是，二十世纪六十年代以江南民歌和昆曲音调为素材，创作并演奏了《姑苏行》和《脚踏水车唱山歌》，从此享誉笛坛，如陆春龄、赵松庭一样成为竹笛界一代宗师。一曲具有浓郁江南风格的《姑苏行》，奠定了江先生在音乐界的地位。如今江老定居六朝古都南京。假如能有幸和老先生面谈，先撇开笛子的话题，我也要澄清其名字。差以毫厘，失之千里，音准也如此。

回想当年，我在圈子内吹笛子小有名气，显然是讨了《姑苏行》优美旋律的巧。多少年过去了，再拿起笛子来，已是力不从心了，但丝毫不减弱我对它的阅读、欣赏。《姑苏行》分四个部分，第一部分引子，自由的散板，宁静、优雅，朦朦胧胧，倚音似一滴水溅落而引出一声悠长的"1"音由弱渐强缓缓吹开了姑苏清晨的序曲，两串舒缓的长音后是片刻的欢愉，依稀晨曦中似有一道霞光冲破云层，突然出现的半音"4"以由慢到快的速度连续下颤，像是一只飞鸟掠过水面，或一尾鱼吐出涟漪，打破了氤氲湖面的静谧，顷刻安静下来，"烟消日出不见人"；第二部分，抒情的行板，不急不缓，若含若露，闲庭信步，近景远景似有似无，亭台轩榭、假山池沼、花草树木无不令人赏心悦目，如在画中，美不胜收；第三部分，热情、跳跃、喜悦又略带矜持的小快板，如玉盘滚珠，酣畅淋漓，尤其是那循环重复，强弱对比，像是心甘情愿迷失在园林中，沉醉于水墨丹青里的姑苏；第四部分，持重的慢板，主旋律简约、浓缩再现，以慢下来、再慢下来的节奏营造出流连忘返的氛围，幽静、缥缈，还有点慵懒闲散，在一声渐弱的长音"1"里结束全曲，似有似无，游丝不绝，首尾呼应，意犹未尽。

竹笛飞声画图开，一首《姑苏行》，乐音如水波荡漾，折叠、盘桓，抚摸了多少人的耳膜，点缀了多少人的梦境，吹开了如诗如画的水乡姑苏。

《姑苏行》的主旋律想必是从拙政园开始的，悠然、漫步，神定气闲，走过巷陌桥头、楼台亭榭、假山烟柳。拙政园是苏州园林的经典之作，最初是唐代诗人陆龟蒙的私宅，明朝嘉靖年间重建，借用西晋潘岳《闲居赋》中"是亦拙者之为政也"之句取园名，富丽堂皇，雍容华贵，而又处处洋溢着诗情画意。乐声柔美地掠过"南轩""小飞虹桥""得真亭""绣绮亭""枇杷园""玲珑馆"及船形香洲，陶醉其中，"日出松影间，鸟鸣柏树梢"，那山、水、林、石、径恰似五音在吴越大地飘扬，彰显出姑苏的气量、姑苏的华贵。

而《姑苏行》的小快板似乎是专门为明快的艺圃量体裁衣的一段华彩乐章，时强时弱，迂回曲折，起落有序，或闭目养神，或溪山春晓。艺圃为明代宅第园林，东宅西园，景色宜人，清逸明快，清人汪琬有诗句为证："无风莲花摇，中流荷气爽，池上花开照眠明，疑在枯荷折苇中。"艺圃，没有约定，却从来都是讲气节、有学问的名人入住，《姑苏行》的小快板像是从里面流淌出的一截轻灵的乐段，恰到好处地演绎了艺圃的韵味。

看似《姑苏行》很好吹，也没有太高深的技巧，实际上真不是那么回事，它对气息的运用、口风的控制、强弱的处理等要求非常高，颤、叠、赠、打、滑、按、飞、抹……手指灵动自如，尤其是小快板一段绝不能拖泥带水，如行云流水才可达到最佳境界。哪怕小到贴笛膜，都不能草率麻痹，太紧了音色干涩、沉闷，太松了则音色破碎而沙哑。当然，没有对姑苏的深入理解，在情感的表达上也是难以到位的。听过多个版本，我最喜欢的还是已故笛子演奏家俞逊发吹奏的《姑苏行》，音色饱满圆润浑厚，强而不闹，弱而不虚，不温不火，无论是悠长的散板、深沉的慢板，还是华丽的叠音、倚音、打音等，江南园林在俞逊发高超气息的发挥下，顿挫有致，妙不可言。因为江先渭、俞逊发等笛子大师的演绎改编，《姑苏行》在中国民乐界是享有一席之地的，可谓一枝独秀，也成为南派竹笛的代表曲目之一。

多么想择苏州园林一隅，住上一段时日，每日在寒山寺的暮鼓声中抱枕入眠，即便只有三五日也心满意足。当然，少不得《姑苏行》笛曲如歌如诉地相随相伴。去找寻当年唐伯虎、祝枝山、文征明、徐祯卿"吴门四才子"品诗论诗画的场景；去听一听陆游和唐婉的千古绝唱《钗头凤》；去感受倾城倾国的美人柳如是、陈圆圆、董小宛、李香君的轻歌曼舞，巧施粉黛也掩饰不住漂泊异乡的幽幽哀怨。

纵横千年，不抵一曲。姑苏行，行姑苏。姑苏是苏州的雅称。古老的姑苏，从远古走来，也如同一曲《姑苏行》悠悠响起，飘飘忽忽，在历史的长河里散落一串灿烂的音符，仿佛听到了穿越时空的一路诵唱的行板：姑苏伊始、禹定震泽、春秋强吴、江东都会、东吴故都、运河辅佐、江南城市、吴学肇兴、通都大邑、得号水都、江苏首府、天堂再现……似乎眼前还浮现出明朝中后期"机户出资，机工出力"的繁荣场面，姑苏，奏响了中国最早资本主义萌芽的强音。这一切，循着《姑苏行》的韵律，我们也许仍然能够触摸得到中世纪江南水乡的波光潋滟。

曾经行色匆匆走过苏州，夜宿太湖岸边，江南是什么？我来告诉你，是那余音缭绕的《姑苏行》，是那百听不厌的《姑苏行》。我把家就安置在广袤、丰饶的江南之"吴头"，《姑苏行》风行天下，用一管竹笛讲述一个城市的古往今来，呈现出一座有声有色的千年名城，无愧于苏州一张漂亮的文化名片。

诚然，一首经典名曲可以留住一座城市的记忆，一首经典名曲也可以传颂一座城市的荣光。《姑苏行》，它不仅是苏州的，它是中国的，也是世界的《姑苏行》。

越音袅袅

很喜欢越剧。

对越剧的最初印象，来自二十世纪七十年代末在老家看过的一部露天电影越剧《红楼梦》，十来岁的我，居然被那柔润、婉软的声音黏住心神，生性顽劣、一向好动的我突然变得安静下来，站在宽大的银幕前，目不转睛地看着，用心听着。

那一夜，我忘记了打打闹闹，忘记了环绕银幕前前后后转圈看，忘记了路边摊的可口零食，忘记了星空比天真还烂漫，像个忠实的小越剧迷，煞有介事地只顾看着画面上的小女子在"咿咿呀呀"地演唱，那阵阵抑扬顿挫的声腔如甘霖滋润心田，虽说根本就没有看懂剧情，并不影响我对越剧的好感、迷恋。

大千世界，总有一种声音会让你不能自拔。

从此，我记住了这个拨动心弦的越剧。

从此，只要收音机里传出戏曲声，我轻而易举就能分辨出什么是越剧，什么不是越剧。

老实说，对越剧，也许我一小段都唱不完整，却有着情窦初开般的感觉，那声音就像一支细细的竹鞭轻轻地拍打着我，又像一股清泉缓缓从心田流淌而过。听着听着，似乎整个人都被那唱腔化成了水，心甘情愿当越剧的"仆人"。

也早知道嵊州。

从所居地浙赣边界多次去宁波，每每途经嵊州，感知嵊州。中国文化的博大精深，在地名上就能够体现出来。第一次看到"嵊州"二字，有点不敢认读，担心一发音就闹笑话。

当知道嵊州是越剧之乡后，再次路过，我就会格外打量这座飘荡袅袅越音的小城，想必每一缕空气都沾着越剧的芬芳，都洋溢着越剧的音韵。可以毫不夸张地说，只要有越剧团，就有嵊县（嵊州）人，或与嵊县密切相关的人，"无嵊不成越"。

而知道嵊州有个越剧小镇施家岙，则是多年后的事了。

汗颜自己那么喜欢越剧，居然不知道施家岙。不管是不是有附庸风雅之嫌，或让人觉得是在惺惺作态装票友，只能怪自己的孤陋寡闻且以此安慰，一笑了之。施家岙，这是一个越剧源头村落，有"中国女子越剧诞生地"之美称。

施家岙，越剧的一张靓丽名片。不需要千年深处"湖月照我影"的那一抹光引路，只要那一声越剧的召唤，我就愿意一次次深入曹娥江畔施家岙，去听一听字正腔圆的越音，也正是清洗各种充斥两耳杂音的最佳方式。俗话说，药不到樟树不灵，套用过来说就是，唱越剧不到施家岙不行。越剧寻根，施家岙发出了邀请函。

越剧，用吴侬软语唱真是完美的选择，相得益彰，倘若换一种话语唱，比如粤语、四川话、赣方言、闽南话，估计其味道就要大打折扣，也许不可言状。我还在想：是不是施家岙人说的吴侬软语最地道、最标准？仔细倾听施家岙人说话，默默观察那嘴唇的一翕一动，我觉得，那飘出的言语都像是在唱越剧，那举手投足都像是舞台上的一招一式，都像是舞台上的唱念做打。走在施家岙的屋弄里，与施家岙人交谈都是一种享受，他们生活中的场景片段或许就是一段越剧彩排。

其实，不仅仅是施家岙人，还有嵊州人、绍兴人、浙江人，乃至长三角地区人，掌握着自然天成的吴越方言，自带越音，自带歌声，出口即是越剧。

总觉得，我的身体就是一个特别的声音容器，特别的数据硬盘，适宜装那一串串圆润、抒情、绵长的声音，像越剧、江南丝竹、昆曲、巴乌乐音、蒙古长调等，一概兼容并蓄，甚至到了得陇望蜀的地步，原谅我对乐音的贪得无厌。尤其是越剧，打动了我，满足了我，让我舒心、舒坦、舒畅，使我心悦诚服。

不知道是什么魅力，让我如此痴迷越剧？

也算是上天眷顾我，那年办公室来了个叫青青的漂亮小姐姐与我对面而坐，居然是个唱越剧的行家里手，进进出出就像江南三月的风，轻轻盈盈，说起话来温软好听，绵绵入心，偶尔也会低吟浅唱几句"天上掉下个林妹妹""叫声媳妇我格肉""我家有个小九妹"……那声音像是春雨打湿了一样，缭绕在不大的办公室，我暗暗击节叫好，甘愿沉醉这婉丽清幽的曲调中。多年来，在不经意间，我就这样免费享受着越剧的陶冶、感染，身在福中当知福，越剧青青，越音袅袅，其乐不可言。

行走施家岙，拜谒散落的古院、古戏、古门、古庙、古石，轻拍栏杆，踩着古色古香的韵律，叩响一串带水的越音。

徜徉施家岙，风中都弥散着越剧的清音，不时飘来原汁原味的真人版越剧唱腔。

感谢施家岙，为我们贡献了一个清新丽质的越剧，我们有理由向她投去敬意的目光。

蓼草的仰望

在季节的深处，芙蓉花高举粉红粉白的缤纷，像是迎接我走进分宜，和着当年《天工开物》书写的节奏，踩着深深浅浅的脚印，我早已沉迷在钤山防里、分宜介桥那平平仄仄的古老巷道里，就如一个求知学子怯生生翻开一本厚厚的百科全书，有点无措、茫然、纠结、激动。

分宜，新余下辖县。多年前到过新余，这中间隔断了三十年。那时小住了些日子，在省煤建公司三处宿舍，一个似乎至今仍显得有些偏僻的地方。对新余存在很长时间的误读，时值建市，总以为新余是"新近多余地，原本宜春分"。阅读东晋干宝《搜神记》才知道，历史上新余称为新喻："豫章新喻县男子，见田中有六七女，皆衣毛衣，不知是鸟，匍匐往得其一女所解毛衣，取藏之……"这个故事后来被荡漾成了一个五十多平方公里的湖泊。而分宜才真正是因"分得宜春地"之缘故，行政区划调整后才归属新余市。分宜，因为宋应星在此任教谕时撰写了一本《天工开物》，给这座古县添上了浓墨重彩的一笔。只可惜，因建造水库，古县遗址被湖水严严实实覆盖，水里的万年桥会偶尔露真容，不管有没有一万年，从此绵绵延延架起通往明朝的探秘之旅。其实，覆盖的岂止是一座古城，一座宋雍熙元年（984）建县的千年古县城，还有多少人的乡愁也从此只能在线装书文字里打捞，地面记忆只能以潜水探测的方式实现。乘坐的船艇穿越钟山峡，进入到钤阳湖水域，快接近古县遗址时，因时间原因宣布折返而归，遥望那一片茫茫水天，魁星阁、文昌宫、钤阳湖书院、黄忠悫公祠、崇圣殿、城隍庙等古迹是否安在？宋应星的书房还在吗？游鱼在浮出水面的一瞬间早已把短短几秒的记忆还给了水底下的断壁残垣。

倒是防里，大大方方引领我沿着时光的隧道走进古老的大地。在防里，驻足大樟树下，阵阵清风吹拂，暗香盈袖，诗情满怀。平生见过很多大的樟树，却没见过如此大片大片规模的樟树。一棵樟树，又一棵樟树……有好多棵，据说一棵樟树就是防里一位进士、举人的化身，高高大大挺立在村庄水口，树龄千年百年的比比皆是，浓荫蔽日，覆盖着村庄的安静、祥和，呵护着一方黎民。防里先后有十九位进士登记在册，举人、贡生、秀才不计其数，古樟在防里便成了金榜题名的代名词。在一片香樟树林里，在一棵十三人之多才能合抱的樟树王下，一次以香樟名义的诗会掀开帷幕，也掀开了江西文坛的诗会新模式，风声鼓掌，蝶舞蜂鸣，小鸟衔来了"香樟诗会"名片。古樟，见证了一次具有里程碑意义的诗会，从防里出发，从进士读书的庭院出发，"香樟诗会"一定会香飘大江南北。我装模作样也即兴赋诗一首，貌似七绝："香樟一棵功名立，星拱如虹写史篇。防里迎来文墨客，兰亭再现誉南天。"

在秋风里星拱桥下的溪流开始苗条起来，河道上散落着大小不一的卵石，姿态万千，挤挤挨挨，静静地注视一群似有魏晋风度的陌生人到来。沿着麻石条铺就的桥面来回走一走，能走出当年进士的文采来吗？随意捡一两块石头，能敲响昔日精美的吟诵吗？秋天的旷野里，蓼草密密匝匝开出了浅粉色花，一大片一大片的，夸张地铺陈，却无人注意到它们的存在，当地人说用来泡酒清香保健，是待客上品，说得我喉结习惯性地稍稍滚动了几下。心想，莫不是蓼草滋养了介桥人，才出了那么多莘莘学子考取功名。我轻轻挥动手臂，向蓼草问好，它们比我更接近自然、接近大地。一阵风过去，千年古樟树树叶哗哗作响，是在笑我的牵强附会吗？防里，浓缩的分外宜人地，宜耕宜读宜学，书香四溢。

防里众和堂前高大的旗杆夹竖成一排散文诗，气势宏大，那是一个一个进士的地标，那是一个一个骄傲的符号。这是我在民间看到的最为壮观的历史人文场面之一，尤其是在一个自然村，科举制度折射出的光芒在荣耀的指挥棒下被一个村一次次无限放大，也许再给我一次走马观花的机会，还是不能保证能够说出几个进士的名字，但是，对防里欧阳氏，我发自内心投出了一抹深深的敬意。

老房子并不多了，地方文史人士依然用小电喇叭卖力地推介，讲述老屋背后的故事、名人，哪怕在中国的最后一批进士榜上，仍然有防里深宅大院里走出的身影。在防里，我抄录了一串载入谱牒的姓名：欧阳玄、欧阳贞、欧阳谨、欧阳敬、欧阳绍祁……防里还走出了一位贤淑女子，乃明朝首辅严嵩夫人欧阳淑端。严嵩是临近乡村介桥人，也许是为了改良家族基因，也许是为了吸纳欧阳氏文脉，也许是……严嵩从防里摘得欧阳氏人家的一颗掌上明珠后，不离不弃，与子偕老，这在封建社会，凭严嵩的地位可谓十分难得，仅此，我对本来一向不屑的严嵩却也有了一些好感。按说，防里有了这么一位权倾天下的姑爷，当有点爱屋及乌的表示，哪怕是做出"凿壁"般的姿态，相反，防里人在严嵩辅佐天朝期间，竟无一人攀附，竟无一人参加科考（避嫌），不晓得当年严嵩行走防里是否有些许失落。正因为如此，才有了"防里清门"的美誉。哪怕是日后严嵩致仕倒台，防里也没有受到丝毫牵连，海瑞有联佐证："北来见懿昭聆眼闲看门上荞，南行怀召杜芳心犹恋县前花。"

而在介桥，严嵩的影响却决然相反，口碑代代传扬，说他修桥铺路，捐资捐物，扩修县学，创建钤麓学院等。而今，介桥高调打出的文化宣传名片正是严嵩故里，足见介桥人对严嵩的用情用心，透过严氏宗祠大门上的一副对联"春风先到藩侯第，瑞色平分宰相家"，隐隐可推测介桥人对严嵩的复杂感情。二十四史《明史》对严嵩的评介已然盖棺定论，称其"惟一意媚上，窃权罔利"。在多部戏剧作品中，严嵩的角色可谓家喻户晓，严嵩的脸谱已被岁月漂白。那么，介桥人要想史学界为严嵩做出重新评判，看来路还很遥远，瑞色几分照宰相？诚然，在明代那个变态的上层建筑，"蛐蛐"皇帝、"恋母"皇帝、"将军"皇帝、"豹园"皇帝、"阿宅"皇帝、木匠皇帝轮流坐庄……权臣能做到左右逢源或独善其身，确实很难。党争纷沓，互相倾轧，屡见不鲜，也许历史对严嵩的评判真的是个冤假错案，据说严嵩早年也是一位"正直且有骨气"的血性男子。走在介桥，评谈严嵩用词要谨慎，毕竟是人家先祖，也许我多想了。

"介桥"一名，最早见于五代毛文锡撰写的《茶谱》"……袁州介桥其名甚著"，至今已逾千年。介桥，又名介溪，素有"方伯世家""八世一品"之美誉，之所以享有历史文化名村的称谓，应该是沾了严嵩的光。

分宜，处处宜人。洋江太源石头房子是分宜折叠在箱底的一帧黑白照片，鲜为人知。比起防里、介桥，太源的古韵显得更为质朴，散发着一种无须雕琢的静美。秋日午后的阳光更显柔和，涂抹在斑驳的"黄氏宗祠"上，浮泛着岁月的沧桑，沿着高低不平的廊道，走过一间一间木头房子，木门里偶尔走出一两个穿青灰色右衽服饰的老人，一如穿越汉唐宋明，真有不知今日何夕之感。在一栋石头房子旁边的坡地上，一条溪流时隐时现，周边诗意地散落着竹篱、菜园、芭茅、柚子树，无意中我又发现一大片蓼草盛开着，举着一串串粟米般大小的红白碎花，茎秆瘦长，给人一种素美的震撼。是在分宜，我终于知道它一个非常好听好记的名字——蓼草，从此开始认真关注并辨认起蓼草来。乡野田间、水边、溪畔或沼泽地等，蓼草极为普遍，其药用价值为"清热解毒、利尿通淋、化瘀止血"，假如可能，真想揉碎一点配方到我的文章里。

防里的"进士祠堂"、介桥的"方伯世家"，还有太源废弃老房子前的旗杆夹，都是显赫功名的象征。古风悠悠，我默默地蹲在摇曳的蓼草间，隐身其中，聆听草语浅吟，它用短暂的一季远远地为香樟点缀，给原野添上了一抹绚丽的色彩。

假使把香樟比作进士、举人，那么蓼草就是芸芸众生的象征，我想到了在古代不无贬义带有偏见的"草民"这个词语。草，本义是春天最早萌生的植物。蓼草，卑微的身姿，淡然、清雅，依然年年如期开放，大地上的子民一如蓼草，生生不息，万代不绝。我终是成不了香樟，倘能以一棵蓼草的姿势匍匐着扮靓半寸土地足矣。

甜蜜飘香饶南河

走在应家的乡村小道上，连风飘过都带着甜甜的味道。

时间进入 11 月份，又到了应家红糖飘香的季节，小雪刚过，应家人就要忙乎起来，采甘蔗榨红糖，一直要到腊月底才完美收官。

应家红糖在吉安的规模最大，这里说的吉安是饶南河畔的一个小村，与那个遥远的庐陵也许没有什么关系。源自武夷山脉的饶南河，又称铁山水、丁溪或永平溪，弯弯曲曲穿吉安村而过，在千亩糖蔗地稍稍驻留脚步，捎上甜甜的口信，便继续朝着信江主支流丰溪前行，一副甜甜蜜蜜自我陶醉的样子。

吉安的糖蔗地足足有 1200 多亩，这还不包括农民零零散散种植的，一眼望去，成片绿浪翻滚，很是壮观，细细长长的甘蔗与我们平常吃的甘蔗有点不一样，在超市里卖的叫作水果甘蔗，要粗壮、肥实许多。糖蔗有青皮的，也有红皮的，那表皮上像是涂抹上去的一层薄薄的白粉状黏糊的膜很有营养，榨糖时千万不要以为是脏污而削掉，老百姓加重语气说道。

常常往来于上饶、五府山之间，路边高大的宣传牌"应家红糖"总是忠实地守在路口醒目处，在我看来，红糖并非稀罕物，往往是乜斜一眼罢了，次数多了也就无心插柳般地记住了应家红糖。一个秋日的午后，又一次路过应家，阳光软绵绵的，照在身上也是软绵绵的，遂选择在路边一红糖电邮点"观观土特产馆"下车，做一次甜蜜的休整小憩，主动和馆内一小伙子打招呼，只记得他姓何，挡不住小何抹了糖的嘴巴推介，当时爽爽快快就买了两小罐特制红糖邮寄给远方的朋友，不久朋友回信大加赞赏，甜而不腻，口感香醇。我以为朋友也许只是一番客套话吧。后来，又在一次美食节上与小何不期相遇，因"糖"结缘，又因"糖"相识，从此我的微信里便闪动着一个名曰"世官"的红糖标识头像。

羡慕小何从事的是甜蜜的事业，谈起红糖，小何滔滔不绝。站在甘蔗地田埂上，微风吹过，被糖分甜透了的糖蔗摇曳着有些龙钟的身姿，小何介绍，应家红糖的原料，是绿色无污染的甘蔗，品种源自本地土甘蔗，是祖祖辈辈年年自留种而延续下来的。春夏时节走进吉安糖蔗基地，看到的是一棵棵甘蔗苗挺直身板，与斜贯而过的京福高铁暗暗较劲，日沐阳光夜浴露水拔节向上，夜以继日朝着浓缩的甜蜜接近。

饶南河在吉安村像是小女人穿了件不合身的肥大睡衣，迈着碎步懒洋洋地流过，宽阔的河道上满是卵石，岸边树枝光秃秃的，了无生机，好在两岸甘蔗依然神采飞扬，等待收割，走向甜蜜的温床。沿着饶南河，我走进了大片大片的糖蔗地，齐刷刷的比人要高，那高飘的蔗杪可以留作来年的甘蔗种。也许是特别喜欢吃甜食的缘故，在甘蔗地边行走，走着走着心情也变得美好起来。勾起曾经与甘蔗之间发生的一次不爽，也变成美好的回忆。记得在乡下中学读书时，做老师的父亲分得一小块地，有一年种了甘蔗，基本上由我侍弄，松土、除草、施肥、排水、捉虫，有一段时日我几乎天天下课后去水库边的地里，盼着甘蔗长大，从春等到秋，印象中那年好像是大旱，终究是没尝上一口亲手种的甘蔗，狠心点一把火将一片枯黄烧掉，也烧掉了对甘蔗的一丝不满，却依然对路边他人的甘蔗保持着好感。走过人家的甘蔗地，总要多望几眼，已经走出了好远，仍要回头三望，其实是不争气的嘴巴在指使眼睛。

回首往事间，味蕾的条件反射，就是直接被那边刚出锅还冒着热气的红糖勾引走，循香而去，只见水汽氤氲，白烟滚滚，香甜飘飘，两排十八口大小有序的铁锅一字排开，工人们不停地挥动手中的长柄锅铲在搅拌，锅内是黄褐色的甘蔗汁，有时候几乎看不清几米外的人影，这是小何家的榨糖作坊。最头上是一口最大的锅，有一根管子不断流出榨汁机榨出的甘蔗汁来，经过除杂、过滤，再依次从一口铁锅舀到另一口铁锅，反反复复地搅拌、煮熬、翻炒，直到第九口锅熬制成了稀泥状半成品（即金黄色的糖浆，超过200℃），则倒进撒了少许食用苏打粉（起到快速降温作用）的糖槽内，先后使用铲子、锤子、长棍等五种工具迅速搅拌、铲动、拍打等，大概二十来分钟，糖浆很快变成了色泽黄红的固体状，那就是成品红糖，最后把红糖碾压平整，晾干、包装、上架。从时间上来说，有阳光的中午产出的红糖品质相对更优。红糖的优劣，从成色来看，金黄透亮的品质更佳，黄偏暗红或红褐色则次之，口感却相差无几。红糖晾干时分，我尝了一口，一到嘴里就化开了，还有那么一丝沙沙的感觉，香香甜甜直抵心头，我终于相信远方朋友吃了应家红糖后是发自内心的点赞。

问"糖"那得"甜"如许，为有源头"蔗汁"来。在流出甘蔗汁的源头，有三名工人在紧张有序地忙碌，一个在搬甘蔗，一个在塞甘蔗进压榨机口，还有一个在扫甘蔗屑。这些甘蔗屑堆积如山，做什么用呢？带着疑问探寻，当地人告诉我，甘蔗渣还能变废为宝，可沤烂做肥料，可卖给造纸厂做原材料，或加工成纤维纺纱织布、造蔗板，还可炼酒精、糖醛、塑料等，也可晒干用来熏肉。

从小就受到熬制红糖的耳濡目染，又经过常年摸爬滚打，小何已成长为应家红糖的掌门人，他说一天可以榨出四千多斤红糖，一个糖季下来起码有五六十吨，还会出让一部分糖蔗原料卖给义乌市场。我是傍晚时分到达应家的，天边的彩霞映照着榨糖简易工棚，一片飞红在吉安冉冉升起，在吉安村第一次零距离观看榨红糖，感觉是新奇的，也是愉快的，甚至是不可思议的，甘蔗从开榨到出糖，估摸时间在两三个小时。这种古法熬糖，在应家已有一百二十多年的历史，大概是清光绪末年（1895年左右）传入应家的，祖上来自福建。应家的榨糖法实际上就是一种物理方法，没有改变物质属性，也没有经过精炼再加工，而是采用柴火慢慢熬制出甘蔗汤汁，自然结晶，纯手工熬制，不掺添加剂，红糖完整保留了甘蔗里大量对人体有益的微量元素和营养物质。工人师傅介绍，其中熬制是关键一步，看似简单，实则是一项很有学问的技术活，按时髦术语说就是一项非物质文化遗产。一位老师傅瞅着远方，若有所思地说，如今像何世官一样感兴趣的年轻人已经不多了。在榨糖作坊，我仔细观察了一番，如其所言，上了岁数的人居多。但毕竟红糖是甜的，甜蜜的事业总是会有人继承的，一如小何已经走出一条产业化经营的路子来，慕名而来的食客也牢牢记住了四个字"应家红糖"，那是舌尖上的印记。诚然，应家古法熬糖申报省级"非遗"当提上议事日程，且可在吉安村设立传习所，并授予一批传承人，我们拭目以待。

红糖在物质贫乏年代是个奢侈品，开门七件事，柴米油盐酱醋茶，独独少了糖。而在南宋时，据说是开门八件事，柴米油盐酒酱醋茶，多了一个"酒"，仍然没有"糖"。糖，虽然算不上生活必需品，却是锦上添花的尤物。我也看到一本书《营养堂营养密码系列·百姓开门七件事：糖米油盐酱醋茶的营养秘密（双色版）》（电子工业出版社），毫不含糊地将糖摆在开门七件事之首位。小时候的穷日子，逢年过节去做客倘若能吃上两个红糖煮鸡蛋，那就好多天都忘不了亲朋家的大方、好客，甚至不经意间还会舔舔舌头去模拟复习那甜甜爽爽的味道。

在坊间，常常听说，女人坐月子吃红糖好，还听说红糖滋心、润肺、暖胃，红糖姜汤驱寒。这些话，都有一定道理。中医认为，红糖的好处在于"温而补之，温而通之，温而散之"，俗称温补，红糖含有丰富的矿物质、维生素、氨基酸，可谓男女老少皆宜，被赞誉为"东方的巧克力"。如果严密地将红糖写成化学分子式：$C_{12}H_{22}O_{11}$，说甜蜜、可口的美食无非就是在摄入一堆碳水化合物，那生活就会索然无味；如果说红糖水解后，产生等量的 D- 葡萄糖和 D- 果糖，不具还原性，如此过于理性的解析，生活的诗意也就会被完全稀释，糖纵是有也似无。

榨糖的过程其实就是等待甜蜜的过程，应家人一天的美好应该是从红糖开始的，应家人的幸福美满一定和红糖密不可分。应家人说起红糖，眉毛都飞扬着糖意，每到榨糖季节，应家的空气中都散发着红糖特有的香味，远远地就会捎来糖的喜讯。

冬季去应家分享红糖，是一个甜甜的主意，一个冬季都会觉得暖暖热热的，尝一口刚出锅还带着热度的红糖，那真是甜到心底了。

钟灵台下书芬芳

阳光散淡的午后，走进春天里的信江书院，古韵古香扑面而来，一串不紧不慢的吉他乐声非常合乎时宜地从夕秀亭飘下来，落在我的心弦上，很快借助眼睛的眺望又融入信江的粼粼波光。

生活在这座叫作上饶的城市二十年了，从来没有像这个春天这样去关注一座以信江命名的书院。都说熟悉的身边没有风景，信江书院于我来说便是。信江书院，坐落在信江南岸黄荆山麓，创建于清康熙三十三年（1694），最早称曲江书院，后易名钟灵讲院、紫阳书院，乾隆四十六年（1781）始称信江书院。面对信江书院，在飞檐翘角、秦砖汉瓦的蛊惑下，总会生发一些奇想：假如我早出生三百年，不知能否进入信江书院寒窗苦读考功名？却有那么几年，我每天上下班都要从信江书院围墙外走过，骑一辆破单车，拐过信江大桥就是城区了，那条路也顺理成章叫作书院路。行色匆匆时，"信江书院"那块本不显眼的匾额我连给予勹斜的余光觉得都是多余的动作。

而外地来的"骨灰级"文友，揣一腔拳拳古典情怀，每每随我走进信江书院，便是一路惊诧、情绪高昂、兴奋不已，我一般都会主动配合着徜徉、沉思、拍摄、留影、讲述……不排除也会不露声色流露出熟视无睹的表情，书院内的建筑大都依山就势而建，错落有致，台阶是信江书院亭榭楼台之间最多的步道，一榻轩、春风亭、钟灵台、魁星阁、三余书屋、亦乐堂、泮池、又新书屋、课春草堂、惜阴书屋、日新书屋、化雨泉……哪

145

一处不是栏杆、回廊、台阶相连？哪一处不是精致的景色？室内都是三合土地面，青砖、青石板铺路，迂回曲折，院中套院，别有意韵。

一榻轩大门上的楹联"酒仙诗佛同千古，月色江声共一楼"很是吻合胸臆。人生亦如此，有一榻足矣，但不可无"半床明月半床书"。

在钟灵台、在夕秀亭、在古樟树下，随便选一角度，看古老的信州，看南门口，看步行街，看滔滔西去的信江，愈发觉得我的选择是英明的，当年我逆信江而上，被三江两岸勾引住了，从此不再漂泊，信州，给了我一个爱的理由，给了我安家落户的诸多证、照，在"信州何处"的踏访下，我选择了与辛弃疾为邻，"带湖吾甚爱"，准确地说，倘使时光倒退八百多年，我就在辛弃疾卜居的"带湖""稼轩"旁。

爬墙而生的凉粉藤蔓开始有小小挂果了，几场春雨过后，在春风的主持下，樟树已顺利完成了新老树叶交替的换届工作，香气满院的紧凑型花骨朵我一直努力都没能记住芳名，当然不是泡桐花、不是樱花、不是油菜花，更不是桃花，也不是玉兰花，它在丛中含笑。这个时节，各种草木纷纷从土里钻出来，见缝插针占据一方，摇曳身姿，不守规矩的则很容易被园林工人请走。我有如那些小草，小心地在书院小径上行走，叩访曾经书声弥漫的书屋，转过屋角似乎有一介身穿青衣长衫的书生走来，意欲上前打声招呼，只留下寂寞的窗台。很多时候，除了保安、保洁人员，偌大的信江书院是少有游人的，蓦然间，我觉得当择一晴好日子，一个人一杯清茶，躲进信江书院一隅看书、思考，或与一缕阳光对话，那天不必关心"天下兴亡匹夫有责"的担当，饿了再叫份快餐，就着满院芳香充饥。

这次走进信江书院，还发现每个房间都挂了至少一首清代广信知府王赓言的诗，我几乎平白无故生出一丝妒意了，妒忌老先生为什么写给上饶那么多的诗词，妒忌信江书院的春光明媚，妒忌生活在书院附近的市民每天能面对古老的文化地标。其实，我不也曾租住在信江书院附近吗？那么便捷，却是庸常的琐碎的生活严严实实遮蔽了抬头就能望见的一座文化身影。我有点后悔这些年疲于奔命生计而忽略了书院的存在。要怪还怪上饶早些年的少数几个文史专家告诉我说，上饶拥有众多书院，比信江书院资历深的多着呢，可以列举一大串，南岩书院、鹅湖书院、叠山书院、端明书院、草堂书院……正是他们的无心误导，我对信江书院更有理由不屑一顾。据我所知，短短三十年内，信江书院先后作为住房、仓库、中学、师范、文化局、群艺馆、博物馆的办公场地，当然还远不止这些，三百多年来，风云变幻，世事更迭，一座弱不禁风的书院谈何自保，遑论承载。三十年前，从县城来到上饶参加"电大"面授学习，我曾在成为上饶师范的信江书院内食宿数日，那时，出入风雨飘摇的老房子间，我根本没去关注什么"信江书院"，倒是对其周边新竖起来的水泥钢筋楼房充满着无知的好感。

信江对岸的南岩书院，我一直耿耿于怀想进去看看，无奈成了军事重地，岂是我等一般闲人可以随便光顾的地方。这样想来，倒要感谢信江书院，敞开大门接纳八方，让人们接受一场书院氛围的陶冶、一场春风的洗礼。真想当一名书生，坐在三余书屋读圣贤书、吟诗作画，所谓"三余"，即冬者岁之余、夜者日之余、阴雨者晴之余，意在劝勉人们珍惜"三余"之时发奋求学。走过三余书屋，扪心自问，多少"余"时被我们无端挥霍掉。

信江书院，有如一束亮光，时时照耀在一地鸡毛的生活调色板上，只要有心，它就在身边诗意地照耀，精心擦拭日常留下的皱褶，而我们每天都在人生的"黑洞"里冲撞，真的需要那一束光，那一束来自书院的亮光。

一张请柬，在春天，在信江书院召唤。

机杼声声夏布长

　　"唧唧复唧唧，木兰当户织。"这首选入中学课本的古诗相信很多人并不陌生，在信州沙溪镇，我有幸目睹了从南北朝一路走来的"当户织"这一幕，印象中只在十岁之前看过邻村人家织布，时隔四十多年了，又勾起了一缕童趣、好奇心。

　　这是在夏布街，机杼声声，每台织布机前都坐着一名女工，脚踩踏板，梭子在女工手里有节奏地来来回回，投梭、接梭，左右逢源，偶尔腾出手来用插在机床边上的小刀割线头，在经纬线有条不紊的交织中夏布如瀑缓缓延伸，不必担心纠缠不清，也真真切切地感受到"岁月如梭"的蕴意。在重复的枯燥的劳作下，手工编织一匹23米长的夏布大概需要整整一天时间才能完成。离开夏布作坊后，我眼前不断幻化那细密的网格，过滤生活、胶着时光……

　　又想起小时候母亲在煤油灯下"密密缝"的情景，祖祖辈辈穿的粗布麻衣、吃的粗茶淡饭如今成了时尚，太精致的生活往往令人怀念夏布的粗糙、质朴，唐朝的"游子身上衣"想必也携带着夏布的平平仄仄吧。为什么叫夏布？我一直纳闷，很长时间都没有弄明白，在沙溪经人一点拨才豁然开朗，原来夏布是以苎麻为原料的麻布，而古人又常常将麻布用于夏季衣着，由于透气吸汗、凉爽宜人，故俗称夏布、夏物。

　　走在沙溪，与夏布有关的文化元素不时撞击眼球，苎麻产业园、苎麻文化小镇、江南麻埠，似乎触摸到黄道婆的织布技术穿越千年岁月时空，依然在"夏布之乡"沙溪飞梭、放大，苎麻夏布的身影在信江的波光里泛着古老的色泽，也让人们感受到古代文明之光在神州大地上闪烁。在沙溪这座"饶东古镇"，常年活跃着一些外地来的夏布师傅、商人等，有四川的、浙江的、河南的、湖南的等，有的甚至选择在沙溪定居下来，都是因了那一块夏布的美丽裹挟、一缕苎麻的情感纠缠。

纵是沙溪的夏布工艺已被列为江西省非物质文化遗产名录，我还是忧虑起这种从宋元时期一直沿用至今的老式织布机的命运来，机身、扎筘、梭子等，还有人制造吗？问询织布女工，纷纷告知当地没有人会造，早年也只有极少数工匠会做，而今使用的织布机都是上辈人传下来的，好在断了木档、上个榫头什么的一般木工都会维修，并说织布的梭子在对岸广丰壶桥那边有一人会制作，也很好用，价格却很高。别看小小的梭子，也有大大的技术含量，真想去拜访那个会做梭子的工匠，去对话古老的被发扬光大的传统工艺。一台织布机，多像繁体字"機"的形象，也许商周时期就有了简易织布机，再细看许多地方磨光了的织布机，细看织布机身颜色老旧的木头，经年累月，修修补补的痕迹也非常明显，确实有些年头了。

在沙溪"隆润麻纺"厂区，无意中发现几株长势茂盛的苎麻树苗，也就二十多厘米高吧，绿油油的，叶子像薄荷，有触摸感，被低矮的野老鹳草簇拥着，甚是可人，在杂草、沙砾间顽强生长。厂里的小祁介绍，应该是头几年遗落的种子，春天来了，开始生根发芽，株高一般不会超过两米，苎麻都是当年生、当年采，三国陆机所著《毛诗草木鸟兽虫鱼疏》记载苎麻："缩根地中，至春日生，不岁种也。"从苎麻栽种、成熟到夏布成品的工艺流程，大致有打麻、绩麻、麻团、穿扣、牵线、绕芋（又称麻芋）、浆纱、织布、漂白、捶打、晒布，每道工序都是有严格要求的，无论哪一道工序出现瑕疵，都将影响夏布的品质。夏布在国内占的份额很小，主要远销韩国、日本以及东南亚等地，尤以手工夏布市场前景最好，价格也更高。夏布织成后，经过染色可以做成衣服、蚊帐、巾帽、装饰物、被套、枕套、桌布垫等，沙溪的小型夏布陈列馆内洋溢着简约、素雅、清新的文化气息，走进去，便是走进千年时光的深处，一袭衣袂在岁月的河滩上漂洗，波光泛浮，古韵依依。

夏布还被书画界"吃螃蟹"者用作挥洒才艺的新材质，翰墨丹青漫漶出不一样的视觉效果，沙溪龙门额村就挂了一块"夏布画创作基地"的牌子，里面展出的是一些本土书画名家的作品，抒发了他们对家乡山水的热爱和依恋。

一匹夏布，从古到今，寄托了多少人的梦想，在"丝丝入扣"地编织最美诗篇。

山深关幽

　　铜铖山、九仙湖、鹊桥谷、高庄、石拱桥、碾屋、宋代古窑、古驿道、木城关……

　　这一个个大山孕育的文化符号，带着质朴的密码，带着露珠的光泽，带着草木的馨香，从眼前惊艳掠过，我虔诚地一一拜访，最后把大半个下午交给了傲居一方的木城关。

　　山风阵阵，伫立木城关，面朝羊角尖，鸟瞰万山遍野，奇峰突兀，在秋日的阳光洒照下，更显几分神秘和静谧。葱茏草木间，羊角尖的两只角，身披丹霞，直指苍穹，是什么力量让它保持如此挺拔的姿势，势不可当。羊角尖与木城关互为映衬，托举出大山深处的一段传奇绝景。

　　木城关乃仙霞六关之一，与仙霞关、安民关、黄坞关、六石关、二渡关构成了入闽通道的大格局，在仙霞岭山脉列坐其次。木城关，据险而立。当年，木城关的地位不可小觑，而今，谁还会选择从这偏僻的山野越过边界？甚至要面临来自自然界的一些挑战，危机蠢蠢欲动，潜伏暗处的戒备、警惕令人心惊，不确定的攻击防不胜防。

　　一般以为，关隘大都是以石块、砖头垒砌而成，几乎坚不可摧。而在铜铖山深处，在通往福建的古道上，历史上的确有一座木材建筑的关口，一样威风凛凛，以木设防，不可进犯，在当地留下了诸多传说，令人探幽。同治版《广丰县志》记载："木城关在广丰东南六十里，即港头隘，通浦城之山径。明洪武间，塘峰洞闽贼为害，乡民筑木城御之。距铜塘五十余

151

里。"百年沧桑，我对陌生的铜塘与木城关之间的关系充满着好奇。然而岁月变迁，铜塘山已衍化成五府山（又名封禁山），铜钹山却被一支旅游精心磨制的木槌敲打得越来越响亮，木城关也得以再展丰姿。

这是一座早已被世人遗忘的关，木去关在，坐落闽赣边界，却有着几分古朴的惊艳。那边就是古闽越地界，不远处有座猴王峰惟妙惟肖。修葺一新的木城关不再是木质架构，青砖砌的城墙取而代之，横亘山峦，顺着山形绵延，中间开一门洞，上方镶嵌着一块石匾，书有"木城关"三个篆体字，城墙上可以两三人并排行走，有序分布着垛口、枪孔，瞭望楼（烽火台）最是引人注目，爬上去，极目远眺，一览众山，心胸也随之开阔。每每置身这样的辽阔时空，我就想飞翔，朝着远方，朝着不确定的方向。空谷幽深，树影婆娑，我听见我的心在跃跃欲试。

对古代关隘，不论出身是否高贵，也不论大小，我始终保持着高昂的热情，散落在武夷山脉崇山峻岭间的大大小小关隘，我徒步踏访过、拜谒过的有十余座。假使时间往前推一百年、两百年，让我一个人背上行囊独闯木城关，真不好说我敢不敢。不知道这算不算叶公好龙式的追寻，毕竟没有和古人一样经历过险关重隘，更无须面临严厉盘查、搜查乃至恐吓，也就没有那种过关时的刻骨铭心，那种新奇、欣喜、惊险和浴火重生的感觉。在木城关，我对长在它周边的每一棵树都无比羡慕，对和它为伍的山岭也表现出极大的兴致和爱屋及乌的亲切。

木城关不事张扬，如一深山隐士打坐山中，倘若用雄关漫道来描述显然不太恰当，一条小道匍匐在大山深处，弯弯曲曲，一路高高低低，台阶错落，甚至崎岖不平，过往只能靠双脚步行，不可推车、骑马。

木城关西北不远处有一山村高庄，村外有五代至宋的三座古瓷窑遗址，烧制青瓷。早年我去过高庄古窑，还有幸在草丛里捡回一只残缺的青釉瓷碗，至今仍置于案头当作墨舔，偶尔也以不娴熟的毛笔对话凝固的千年时光。

走在通往高庄的古驿道上，两旁树林苍翠蓊郁，红豆杉、香榧、迎客松等珍贵树木散落其间，古木参天，古藤缠绕，思接千载。

从汉代至清代，这里演绎了多少烽火连天，这里何尝不是一次次改朝换代的缩影，城堞旌旗变换，便也换了人间。木城关虽说名不见经传，在历史演变的进程中同样担负着举足轻重的责任。远的不说汉朝军队征服闽越国有木城关的功劳，也不说李唐将士借道木城关挥戈横扫武夷山。就说明末清初，郑成功的部队便有一支是沿着木城关向大海方向挺进的，直取台海，击溃外寇，收复台湾，扬我军威。在木城关，多么希望触摸到古老的遗迹，也许只能借助足下这条保存完好的驿道，去倾听岁月深处传来的几声鼓角争鸣。

　　木城关，还见证了"挑浦城担"的荣辱兴衰，从广丰到浦城二百余里，一路挑来的是茶叶、布匹、土纸、笋干、盐巴、瓷器、药材等物品，吴音、闽南话夹杂其间，那是一道艰辛的、不屈的风景；那是一道恢宏的、苍茫的风景，以武夷山为起始点的万里茶道走向全国、走向世界，当是汇聚了木城关坚实的足音。

　　铜钹声声，关山幽幽。站在闽赣两地交界处，独对莽莽群山，学着古代文人的样子，我仰天吟诗一首《过木城关》："丹霞红胜景，远去木城关。羊角云烟绕，何人古道还。"

浴火关生

　　一把火烧开了一座雄关古隘，千百年过去，这把火还在燃烧吗？相传为北宋杨六郎"安抚南蛮"（一说穆桂英剿灭山贼土匪），放火烧山，开辟古道，火烧关因此得名。冲天火光早已熄灭，那垛垛下的黑褐色岩体，是当年火烧后留下的痕迹吗？

　　火烧关，给人一种阳刚的气质，空气中都跳跃着燃烧的音符，看似山林静谧，实际上无处不孕育着勃勃生机。

　　在火烧一样的夏季，头顶烈日，走在火烧关的山道上，我一步一步叩问远去的鼓角争鸣，一步一步用脚感受火烧的温度，贴近山体倾听历史深处的硝烟弥漫。当年，这就是入闽孔道之一，火烧关的古驿道大都是用麻石条铺砌，也有采用不规则的石块铺砌的，一律规规整整，道路宽度大概在一米六，很多地方保存完好，也被山洪冲毁、砍伐毛竹人为毁坏了不少，有一截没一截的，再也不见贩夫走卒匆忙的身影，再也不见挑茶担盐的三五成群，再也不见山乡村夫进山打猎的机敏目光，偶尔有一两只野鸡慌里慌张飞掠，扇动彩色的翅膀，划破了深山的静谧。

　　一路都有啄木鸟的鸣唱声陪伴，急促、密集、火力集中，好像游戏机中的枪战声效，非常适合向纵深挺进的节奏，无意中倒也加快了步伐。走在火烧关的山道上，感叹古人往来江西、福建的不容易。暂且不说过关时要经过巡检司或县丞外委守员的七盘八查，暂且不说所带物资是否要缴纳税费，单凭面临体力的挑战、不可预知的侵袭就够承受的了。

是的，那藏在大山里的一座座关隘，也许称不上雄奇，却充满着神秘色彩。横亘在武夷山深处的火烧关亦然，除了杨家将的传说，元末陈友谅也曾在此辗转作战。火烧关，宋以来历代都设有机构，派兵丁驻扎防守，现尚存营盘遗址。

早就知道从铅山太源乡有一条古道通往火烧关，而我选择的是贵溪这条古道。这样说吧，在火烧关北十来步的位置，是一处三岔路口，左边往贵溪，右边去铅山，后面是福建光泽。与旧版《贵溪县志》所载相吻合："火烧关：县东南一百三十里，关建光泽界。入关而东，为铅山之陈坊。入关而西，为邑之江浒山（注：现名岗上）。闽省出入最要关隘。"如今有一点不同的是，因行政区划的演变，关东铅山境内为太源畲族乡，关西贵溪境内为樟坪畲族乡，光泽那边是司前乡。

我等一行攀爬火烧关，是从贵溪双圳林场一路而上，还提前准备了雄黄，上山时喷洒了一些在裤子上、袜子上，又有说起不到震慑、驱赶虫蛇的作用，只是自我安慰而已。走走停停，沿路箬叶竹、毛竹摇曳着翠绿，摇下了一片清凉。带去的矿泉水很快喝干了，握着空瓶子，期待沿途有山泉水。带路的小项师傅是林场职工，对这座山了如指掌，平时巡山时顺带割野蜂蜜、采猕猴桃等，每一个角落几乎都留下了他的足迹。在一处上坡地段，只见小项抄侧边一小道而下，随后，闻听他大声喊叫找到泉水了。在空谷幽兰处，一汪清泉汩汩流出，大热天的，顾不上斯文，蹲下去掬捧几口，沁人甜甜直抵心头，再装上满满一瓶，不啻于装上了一瓶能量和动力，继续向上问鼎火烧关。

原生态环境下，总是会有精灵呈现的，那是林中之灵、林中上品。通往火烧关的路上，山高林密，古木参天，居然有灵芝生长在路上、枯木上，个头不大，却是彻头彻尾的野生灵芝，我就惊喜地发现，一株两寸来高的黑褐色灵芝长在路边石缝里，拔了拔，泥土牢牢黏住根部，借助项师傅的柴刀，小心采挖出来，立于掌心，爱不释手。带回家，放在书房里，点缀着一室书香，偶尔望一眼，顾名思义，也许能带给我一丝写作的灵感。

快到火烧关时，路旁残存一道石头垒砌的墙壁，也许是一座坍塌的凉亭、驿站，也许是废弃的营房，树木掩映下，站立成历尽沧桑的姿势，只剩下一堵残墙，我自是一番感叹唏嘘。

花了将近两个小时到达火烧关，总算亲眼所见，的的确确，铅山是从左边过来进火烧关的，贵溪则是从右边上火烧关的。江西这边是北向，往南走过关口就是福建光泽县境了。有趣的是，在关隘两边，有几棵毛桃树，不问栽种还是野生，见树上挂满了果实，在儿时的手痒指挥下，遂摘了几个下来，表皮的麻斑也已泛红，想当然以为熟了，用手搓一搓茸茸的毛，权当是干洗，咬一口，硬硬的、酸酸的、苦苦的，吃得我面目可憎地"哇哇"叫了起来，一行人哈哈大笑，舒展的笑声却也缓解了上山的些许疲劳。

想想还是匍匐山路上的地茄子（一种野果子）给面子，蓝莓那么点大，圆圆的、细细的、甜甜的，特爽口，有青色的、紫色的、浅粉红的，酱紫色则是熟透了的，小花朵呈粉红色，像一组小地灯，以卑微的姿势照亮着我们前行，还能满足口福、补充水分。地茄子，紧紧贴着地面，告诉我大地的脉动。地茄子，也给我以警醒，当贴着地面行走，才走得更稳。

过"关"了，总是给人一种安全感、放松感，从此可以仗剑走天涯，海阔任我行。在火烧关山下的文坊敬老院，不经意间偶遇一位姓苏的96岁民国遗老，倘若加上闰年闰月，不折不扣的百岁老人，笑声里透出中气十足，说起话来声音仍然洪亮。听说我们一行去了火烧关，他回忆起与火烧关有关的一次经历，民国三十一年（1942）贵溪遭日本飞机轰炸，躲藏在福建、江西交界的山林间有一段时日，当时是随当地一些百姓越过火烧关，便觉得安宁多了。关，在这里给了人们吉祥的心理暗示。

在火烧关关口逗留时，我仔仔细细地察看到，关隘坐落在山脊的垭口上，还留有一段用石块砌成的城墙残迹，关门犹在，门上的插闩石孔仍在，关门仅双手扩展那么宽，却不失一副威严气派。山风呼呼，伫立火烧关，有"一夫当关"的豪迈感，身后是千山万壑。伫立火烧关，有"浴火重生"的超越感，前头是崭新天地。

墩上风光起

墩上，原本意义应该是一个土墩，《说文》曰："墩，平地有堆。"元末明初以来，汀池段姓人家在这个拔地而起的土墩上演绎出一个方方圆圆、清清爽爽的梦里家园。

这里四周稻田簇拥，溪流环绕，绿树掩映，估计有一两平方公里，一块海拔平均略高出周围的平地。墩上，一个就地取材的地名，一如商丘、坝上、海门、垓下等地名，都是顺手拿来，却也朗朗上口通俗好记。村东村西的两道山梁，长满了茂密的树木，如哨兵一样神圣地护卫着墩上的吉祥平安。走在墩上的沥青巷弄里，扑面而来的清新与宋代徐玑《新凉》所描写的田园乡村如出一辙："水满田畴稻叶齐，日光穿树晓烟低。黄莺也爱新凉好，飞过青山影里啼。"秋天来时，想必又是一幅"稻花香里说丰年"的秀美画卷。

走在墩上村，一路走过读书林、林桥、嬉字长廊、碾坊、外婆巷、外公井、聪明泉、邻里文化廊亭、文化中心、民俗展览馆、耕读广场、莲升湖……稻浪翻滚，裹挟着一抹文化气息扑面而来。

那满树的枣子黄里泛红，到了瓜熟蒂落时令，满地落红，如今乡村孩儿似乎熟视无睹，与他们比，我这一辈人汗颜至极。时光回转，我等小时候，怕是还挨不到枣子完全成熟，漏夜也被一群馋鬼偷摘着吃掉，幸亏有贫穷做挡箭牌。

粉色的扁豆花开满篱笆墙，与摇曳的紫薇花竞相开放，蔓延出无边的热闹。而银杏树挂满青色的果实，像是摇动着满树的小铃铛，欢迎陌生客人的造访。

对墩上村，其实我并不陌生。小时候往来油墩街、荷塘石家，也会取道杨梅咀至白马山的砂石公路（县道杨南公路），一路串起了曹家、邹家、李景山、洪家、大全、夏家咀等村落，中途必经墩上。墩上，再往村前走一两里路，就是麻园湖了，也可以说靠近鄱阳湖畔了，难怪那时候墩上有个地名叫湖滨大队（村委会），不知怎么回事，后来居然易地变成了湖滨乡（设在不远处的白马山）。墩上，海拔不高，然而，在平原地带还是有鹤立鸡群的优势，远远望去，是要抬头仰视的。关于墩上，印象最深的是，一个可以歇一歇脚的地方，一个可以择墩而坐的驿站，于是常常拐进去，也是为了光顾一下湖滨合作社，类似于现在的小商店、小超市，小到针头线脑、油盐酱醋，大到布匹、钟表、收音机。像我等一些年岁上了半百的人，对计划经济时期的合作社是有着特殊情怀的，物资贫乏年代，哪怕是只看看商品琳琅满目的合作社，哪怕是一样东西没买，心里也呈现出望梅止渴般的心花怒放，正所谓"看到就是拥有"。墩上，就这样在我心头烙下了深深的印记。

墩上是段姓在鄱阳北部的发祥地之一，在这里繁衍生息，当地宗谱记载有六百多年历史。有一种观点（还没有得到权威论证），说墩上是段祺瑞的祖籍地，《段祺瑞家世琐记》也有记载："段家祖籍江西饶州（今江西鄱阳），明朝末年迁来安徽，起先在英山县落户，后迁至寿县，又迁六安县太平集迤北三里。"各种版本的"段祺瑞传记"对段祺瑞先祖来自鄱阳的说法是高度一致的。而明清以来，鄱阳段氏主要集中在油墩街沙汊（沙洲）、墩上一带，因此，关于段祺瑞先祖具体到来自墩上的说法也就不是空穴来风。走在墩上，我在想，难道这里真是一个走出了"国家元首"的地方吗？数百年过去，段氏后裔开枝散叶，散落饶州大地，散落大江南北，究竟出自哪一脉，又有谁说得清？

墩上，平地起墩，寓意平地起家，成就一番基业，开启崭新时代。一个偌大的土墩上，有序散落着近百户人家，几百年来，繁衍成周边墩上、路口、大成、曰清、春时等多个段姓村落，应该有好几千人口吧。有一句俗话则更夸张："五脑汀池段，十万八千烟，一面铜锣响，乌着半边天，上并莲山井，下到珠湖沿。"有意思的是，这一带的段氏宗谱居然是集中存放在墩上某户人家阁楼上，更可值得借鉴的是，这谱牒不是一个人能够随意可以打开的，而是锁在一个樟木箱里，且上了多把锁，锁上套锁，必须等各个村管事的（管钥匙）到齐才可以翻看、查阅，由此看得出，墩上那一带段姓人对宗谱的重视、对宗谱的敬畏，也折射出他们办事的严肃、严谨、严密。虽然没能看到汀池段氏宗谱，但对段家人对宗谱的保护充满了敬意。对段家人的最早认识，还来自那些年在墩上隔壁的鸦鹊湖乡教书时，认识不少姓段的，对段姓的最深刻的记忆是，新中国成立初期贡献了一个全国劳模，还出了几名"公社书记"，这些都是段家人引以为豪的口头飘扬。

墩上村保留了长长的一段外婆巷，清一色用麻石条铺就，这是一条多少脚印磨砺过的沧桑小道，见证了岁月的风风雨雨，两边是古老的民宅，走在外婆巷就想起小时候村里的弄弄巷巷，就想起客住油墩街早已作古的外公外婆，我分明看见一个瘦小的身影从巷子深处的拐角消失离去，揉一揉眼睛，一地的麻麻点点泛浮着温馨的光泽，心里一颤，当抽空去油墩街镇上走一走，那里有我心中的外婆巷，虽说没有墩上这样保存完好，却可以驻足外婆曾经走过的街道去轻轻告诉外婆，墩上有一条流溢亲情的外婆巷，难说外婆生前也走过这条外婆巷。在外婆巷，我恰好遇到夏日里一场久违的暴雨，下得干净利落，下得心里凉爽。

墩上人耕读传家，扩建了一个耕读广场，拥有一片读书林，墩上的读书林其实就是座背山。传说解缙少年时代到过墩上，而得名读书林。听着解缙的传说，漫步读书林，树木稀密合适，光线正好，弯弯小径、一截老墙、清幽竹林、开阔平地，路边还配有座椅、石凳、路灯等，也算是一方不错的读书地。

墩上村的嬉字长廊特别有创意，悬挂着一个个写了字的木板，只是那上面的字都是些不大常见的生僻字，还好在反面都有注音、释义，认读一个，伴随着一阵笑语，让快乐在墩上随风飘散。

鄱地飞"红"

不说特别懂茶，倒是喜欢喝茶，尤喜欢喝红茶，却鲜有家乡的红茶置于茶几。说者无意听者有心，感谢在鄱阳县公安局上班的小徐警官，给了我一个意外惊喜，那年居然快递来一大包红茶，说是莲花山茶农自己制作的野生红茶，简单纸袋包装，没有品牌，品质却不错，入口清醇，茶汤偏暗红，香气自然，甚是喜欢。当那包茶喝到一半时，却被另一个老乡"鬼"走了，于是发微信揶揄老乡"顺手牵羊"："同是天涯沦落人，何必计较小人心。"毕竟人在异乡，心里还是有点失落，那可是老家的红茶，我喝的是家乡的味道，喝的是一杯淡淡的绵绵的乡愁。

就在我耿耿于怀时，真是有天之缘，2017年春季，一款红茶在鄱阳悄然问世，那就是茶中仙子——鄱红茶。

站在凰岗天之缘生态农庄任意一制高点上，放眼望去，灵动叠翠，铺天盖地覆盖着绿色植被的山丘连绵起伏，而南冲水库似神来之笔，恰到好处地镶嵌其中，山环水映，平湖倒影，白鹭是翻阅层林的诗行，一幅自然天成之生态农庄画图徐徐展开，赏心悦目，恨不能变成"无人机"，只要借百米高度就足矣，就可以大享眼福。

那满丘满坡恣意挥动的郁郁葱葱，正是整齐划一的茶园，还有一片片柚子树，匍匐着按季节套种的大豆、花生、芝麻、油菜等农作物。无论哪个季节到来，天之缘农庄都不会让人失望，都会提供宏大的绿色任凭尽情拥抱，任凭耳濡目染。

漫步茶园，一条条游步道纵横交错，布局、设施日趋合理，还可体验采茶、制茶之乐，采摘鄱红柚。或乘一叶扁舟，荡漾南冲水库，浪花飞溅，两岸青山悠悠，人也悠悠。入夜，在水边空阔处燃一堆篝火，燃起红彤彤的明天……

是啊，这么一个好山好水的地方，倘使不出产农产品的尤物则真是叫人觉得枉得风月。这里俗称兔子山，也许连兔子都会急的。

终于有一抹红翩翩飘来。这就是天之缘农庄在这片土地上耕耘出的一种透明、温润的颜色，从一片神奇的树叶上发酵成的橙红色。是这块红土地上孕育出了惊艳的鄱红茶。

何为鄱红茶？鄱阳湖红茶之简称，乃中国红茶新秀。记得第一次喝鄱红茶，就被其外形匀称秀丽、条索紧实所征服，再看茶汤色泽红艳透黄，香气浓郁，口感温润、纯正，进一步给我留下了深刻印象。

鄱阳作为饶州首府，自古以来，就一直是重要产茶区。早在唐朝，江南出茶十大州，饶、信居首，《送张使君赴饶州》诗曰："饶阳因富得州名，不独农桑别有营。日暖提筐依茗树，天阴把酒入银坑。"且不说"前月浮梁买茶去"，仅鄱阳县城的荐福寺一带，唐以降就盛产"白眉"佛茶，到宋朝范仲淹任饶州知州时已成上贡之品。鄱阳绿茶由来已久，而红茶、白茶少见史料记载。众所周知，红茶的出现大概在明中期，只有四五百年历史而已。

一直很想去那片茶山寻幽觅香，寻找鄱红茶芳踪，究竟是怎样一方风水宝地孕育了这样一款红茶新秀。我们一行是从芦田出发，沿着一条县道经过石家村大墩上进入这一大片茶园的。茶山海拔不高，典型的江南丘陵地带，红砂土壤，植被丰富，又远离村庄，与我的想象基本吻合。我一头钻入茶园，对话一片片茶芽，是它们最早发现春天的，春风便把一片片茶芽请进了最高领奖台——"壶里乾坤大"。每到清晨或傍晚，茶山薄雾笼罩，山色空蒙，水汽氤氲，一片片新芽崭露头角，期待一双双玉指的垂青。茶山归来，我对鄱红茶的前景充满信心，相信一定会走得更远。茶山归来，蓦然间有一种预感，天之缘农庄将成为鄱阳乡村旅游的一只潜力股，我们拭目以待。

巧合的是，天之缘农庄为石家村辖地，也就是说，石家村居然成了鄱红茶的故乡，于我的寻访来说，又透射出某种暗示，有种遥远的血脉上的亲近感，虽然这里石姓人口已不多（早年石家人烟稠密，后家道中落，人口锐减），却一直沿用石家村地名，他们从隔壁乐平菱田迁徙至此已经三十余代六百多年，在这里筚路蓝缕，终于开拓出一片美丽新农村，也迎来了一杯透红、清亮、芳香的鄱红茶。

鄱红茶的制作，大致工序是采青、萎凋、揉捻、发酵、烘焙（干燥）、分拣、包装等。踏着落花生的节奏，我们到达鄱阳，却已错过制红茶季节，只能进入天之缘农庄的芦田加工作坊，通过一台台制茶设备去叩问春天里关于鄱红茶的故事。鄱红茶，填补了鄱阳历史上没有品牌红茶的空白。鄱红茶，鄱阳茶界的扛鼎之作，亭亭玉立在鄱阳湖畔，那一抹红靓丽了江西乃至中国红茶的天幕，穿越千年的"浪花上的城市，鸟语下的乡村"也因注入了那一抹红而越加富有禅意，"杯中日月长"。

当然，因独爱红茶，不经意间我居然忽视了天之缘农庄贡献出的鄱阳湖白茶、黄金芽等茶中极品。这对于一个县来说，都是开创之举，都是可以载入史册的。说起鄱白茶，一个"白"字，叫人不得不联想起鄱阳唐朝就盛产的"白眉"佛茶，想必它们之间存在某种血缘关系，"荐福有茶园，碾出眉上白"能否传递出一条隐秘的通道？再看那宣传册页、包装盒上的"鄱红茶""鄱红柚""鄱白茶"等字体，却是选用了承接远古信息的汉简字体，冥冥中仿佛有一缕茶烟从汉代飘来，在鄱阳湖上久久回荡，最终定格在鄱阳湖东岸这一方茶山上。

是一片茶叶泡开了我对一个地方的重新打量。芦田，鄱阳东大门，纵然有摇曳的芦苇，有广袤的田野，每次下高速经过芦田回鄱阳，我对芦田几乎是不屑一顾的，那眼神的匆匆一瞥堪比车轮飞快转动的速度，自从有了一款鄱红茶，那一缕袅袅茶烟升腾起我对芦田那份暖暖的感觉，有了一份"结庐"的悠然恬淡心境，心甘情愿把自己泡在一杯鄱红茶里，优哉游哉看南宋老洪家大门口的今非昔比，徒留下一个穿越时空的老地名洪门口，是否还能触摸到《夷坚志》里某个茶肆的旗幡招展？鄱红茶，从此也让我多了一条亲近鄱阳的纽带。我那小小的工作室、办公室因了一壶鄱红茶，也常常是"谈笑有鸿儒"，而我的笑声自是最爽朗、接地气，那是因为有故乡做依靠，有鄱红茶泡开的大气、豪迈。

坐在农庄装修一新的小屋内，推开窗户，就看见满山挂满了圆圆的柚子果实，有意思的是，一个个原本绿皮的柚子，都被专用牛皮纸袋小心地包了起来，乍一眼看去，像是万绿丛中挂着一个个黄灯笼，秋风稍一用力就勾勒出一幅诱人、壮观的画面。农庄主人介绍，这样做为的是防虫防紫外线，待到柚子成熟时节，那摘下来的柚子就是可爱的溜光的黄皮了。我们就这样一边喝着芳香四溢的鄱红茶，一边观赏窗外景致，聆听山风呢喃一颗颗鄱红柚的故事。

这已是初秋季节，阳光依然炙烤着大地，柚子树拼命吃着阳光，它要赶在冬季来临前尽职尽责呵护怀里每一个风一吹就摇晃的宝宝。

成熟的鄱红柚圆润迷人、芳香盈袖。打开一颗鄱红柚，也就打开了生命的微笑，红红的大果囊立于眼前，再轻轻掰开一瓣，吃上一口，水汪汪、甜蜜蜜、脆嫩嫩，不腻、不涩、无渣，生津止渴，回味绵长，舌尖告诉我，这就是柚中精品鄱红柚；打开一颗鄱红柚，也就打开了记忆的闸门，我想起四十多年前鄱北外婆家门口的一棵红心蜜柚，结的果实也是红心、香浓、汁多、甜酸适度，这就是正宗的鄱红柚；打开一颗鄱红柚，也就打开了一串与健康、养生达成共识的化学名词：维生素 B_1、B_2、D、E，和磷、钙、镁、硫，以及维生素 C、番茄红素……鄱红柚散落民间，土生土长，气质优雅，终于在天之缘农庄的呵护下得到了发扬光大，被正式命名为鄱红柚，这是鄱红柚之幸，也是凰岗之幸，更是鄱阳之幸。

随着乡村旅游热潮的蓬勃兴起，鄱红茶、鄱红柚也渐入佳境，周边景德镇、乐平、鄱阳的游客纷至沓来，欢欢喜喜抱得"美人"归，一个是婀娜多姿的鄱红茶，另一个是甜入心底的鄱红柚。

是的，鄱红茶、鄱红柚像一对孪生姐妹，从这里起飞，飘"红"远方。

秀里藏贤

在山旮旯里彳亍亍亍，沿着一条曲曲弯弯还算不错的乡村公路没有目的地驾驶，放心的是，路的宽度可以基本保证安全会车，便也安心地不时瞟一眼车窗外的山水、田园、屋舍，心随景移，情随景动。

这里是闽、浙、赣三省交界处，手机导航语音准确地交替提醒着"您已进入广丰（或江山或浦城）"，武夷山东北段，群山逶迤，每一座山峰都小心翼翼折叠着烟雨人家，蜿蜒的柏油路把我引向浦城秀里。似乎没有理由不喜欢秀里，心甘情愿就被"秀里"二字引诱过来了，给人的感觉是秀丽在里，或有内秀、内敛。是的，秀里，秀在丰厚的人文历史里，急拐上一个陡坡，我被眼前的"吴氏三贤纪念馆"所惊诧，继而兴奋起来，心头也一片柳暗花明，胜过秀里的旖旎风光。

相信很多人没有听说过吴待问（974—约1047）这个陌生的大名。他，就是秀里延陵堂吴氏始祖，字子礼，官至礼部侍郎，"三贤"之首。据说同是浦城老乡的杨亿早就看出吴待问为人、做学问绝非等闲之人，对他特别礼遇，并举荐、推崇他，后两人往来甚密，杨亿的存诗中有多处反映他们之间的交往情谊："长安车马偏欺客，鲁国衣冠肯戏儒。共忆故园归计晚，旧游烟树隔重湖。""宦途南北最情亲，岁晏相逢颍水滨。旧日青衿同学校，暂时黄绶困埃尘。"时间太久，且问秀里，待问之贤德厚比大山，岂是一座纪念馆所能承载的？

秀里的山水已然够美轮美奂的了，山那边就是江西广丰铜钹山、桐畈。多次站在那边白花岩上看秀里，而且是居高临下的姿态，看羊角石峰，看掩映在翠绿里的丹霞山峦，看缥缈雾岚、苍莽大山，终于有机会身临其境，丹山碧水间翠绿摇曳，竹林婆娑，祥和的山里人家依山就势择地而建，平房、楼房、院子散落山边，像是把温厚的山林披在身上，看上去很温暖、温馨，鸡鸭、小狗恰到好处点缀其间，在高低错落的田畴烘托下一切都显得自自然然，并不像有些乡村虚张声势打扮得千篇一律，那况味便相去甚远。

倘若再次伫立白花岩，俯视秀丽的秀里，我一定会放下身姿打量，那"三贤"的高度直抵云霄，哪怕借助白花岩也难以看清。明代徐霞客是到过白花岩的，他在闽游日记里做了详尽描述，由于古今地名变化较大，透过文字，难以精准考察出他的登岩线路，可以想象的是，那时几乎没有什么像样的山道，"怪石拿云，飞霞削翠"，不知道他是怎么上白花岩的，也许是从廿八都经桐畈穿越来的，也许是攀越浮盖山再沿着盘亭秀里这条峡谷穿插而至的。在秀里展开浮想的翅膀探寻与秀里有关的如烟往事，倒也乐在其中，至于当年徐霞客是不是经过了秀里，就留给他人去研究去还原真实吧。徐老夫子的游记大都只写山水、寺庙，对山水的描摹刻画几乎达到了炉火纯青的境界，却不大问津历史人文，哪怕与"三贤"擦肩而过，怕是也熟视无睹。

吴氏三贤纪念馆静静地坐落在半山坡一块开阔的平地上，原本是当地"吴氏三贤宗祠"，已修葺一新，两进平房，砖木结构，中间有天井连接，高大、庄重、古朴，祭祀的是吴待问、吴育、吴充"三贤"，上堂供奉着"三贤"造像。可惜我去的时候，屋内还没有什么有关"三贤"的陈列物以及文字影像资料等，不客气地说，甚至还有点凌乱，绕着宗祠不紧不慢地转了几圈，用脚步丈量虔诚，无论怎样都很难走进千年前的那个尊重文人、崇尚唱和的时代。

穿过秀里的这条峡谷大致呈南北走向，水往北流，信江源头之一，基本上没有开阔处，倒也显得紧紧凑凑，夏天特别凉爽。在山谷盘盘绕绕的盘亭溪一遍一遍地告诉我，关于宋代吴待问及其子吴育、吴充被誉为"吴氏三贤"的古老故事。

先说一说吴充（1021—1080）吧，享年六十，那可是了不得的一个人物，且不论其乃北宋高官枢密使，连"唐宋八大家"欧阳修面对他的博学都自叹弗如，有《答吴充秀才书》为证："修顿首白，先辈吴君足下。""先辈之文浩乎沛然，可谓善矣。"通读全文可鉴，欧阳修绝非仅仅是谦虚和客套，整篇文章都弥漫着对前辈的尊敬、真诚和自责，以及对其学问的仰视。可惜，而今吴充几乎无人知晓，他与王安石还是儿女亲家。请看吴充的这首诗折射出的才华，堪称古代送行诗经典之作《送张君宰吴江》："全吴风景好，之子去弦歌。夜犬惊胥少，秋鲈饷客多。县楼疑海蜃，衙鼓答江鼍。遥想晨凫下，长桥正绿波。"

吴育（1004—1058）是兄长，官至资政殿大学士、尚书左丞（参知政事），曾任苏州通判、开封知府，足智多谋，有文集传世。史称其少时奇颖博学，斩获礼部考试第一，为官则直言善谏，忠诚干练，仗义执言。《宋史》记载："自宋初以来，制策入三等，惟吴育与轼而已。"秀里被誉为"宰相故里"，正因了有吴育。

在大俊大贤浩瀚如海的宋朝，吴待问、吴育、吴充三人绝不会是籍籍无名之辈，而在岁月的大浪冲刷下，至今日，说起"吴氏三贤"，大家的表情想必是茫然的，也许要怪罪的是历史太健忘了，或者说是历史跟我们开了个不大不小的玩笑。我并不怀疑欧阳修的高峰海拔，但一个被欧阳修敬重仰慕的"秀才"（乃才之秀者，这里显然不是指所谓明清生员），居然藏在武夷山深处一个不起眼的乡村纪念馆内。不禁要叩问大地，历史上究竟有多少翘楚贤能被遮蔽，湮没民间，而没有挖掘出来，漂出水面的也许仅仅是冰山一角而已，个中原因也许一言难尽，"是金子总会发光的"便成了一个合理借口，不是吗？

行走盘亭溪畔，我在想：一千多年前，究竟是什么原因使大儒吴待问携家带眷选择在这个深山老林里开基立业？耕读传家，后代人才辈出。当年，盘亭几近与世隔绝，几近等同蛮荒之地，虫蛇出没，原名"兽岭"，生存环境可想而知。然而，吴待问来了，"因游浦城棠峰观夫山形势异而居之",而且来了就不走了,看中了这方宝地,从这里飞出了"一门五进士"(待问及其四子,另二子京、方名气略逊),却如大山的皱褶里生长着一朵鲜艳的花朵,已是鲜为人知。

难道是绝世独立的羊角石牵扯住了吴待问的脚步?羊角石,远远望去,两石突兀,状如羊角。羊,古同"祥",吉祥。羊,自古以来乃吉祥、美好的化身。从此以后,羊角石下散居着一代大儒的子孙后代,在此繁衍生息、开枝散叶,闽、浙、赣等多地都有其后裔。仰望羊角石,但见天边一缕祥云掠过,火红的"朝天烛"映衬得山乡更加秀美绚丽。

我为自己闯进秀里的意外收获而小小地犒劳了一下自己,在附近农家乐点了几盘小炒满足舌尖上的快感,把酒一壶,对饮"三贤"。我宁愿舍弃取道去铜钹山,多留点时间在秀里,与溪流对韵,与大山对坐,与大儒对话。

乡路长长

近乡情怯。近乡情切。

当荞麦秆子不再是红色的时候，当一株株细碎白花摇曳成了一粒粒棕褐色果实的时候，我就有了回家的冲动，那用荞麦粉做的"豆乍里"（音），与"豆"没有一点血缘关系的家乡小吃，勾引着我的味蕾，回家的理由更加充分，心情更加急迫。

在八甲村，在念八村，在前湖咀村……初冬时节，煦风过处，一树树泛着温润光泽的橘子、柚子冲着行人圆圆地微笑，沿着阳光低空抛洒的线路，我摘下一个橘子，轻轻剥开，刹那间一股芳香散发开来，那散发出的是故乡的气息，是久违的家园温馨。

熟悉的乡音声声入耳，不必怀疑，我回到了故乡柘港。在街头择一饭店用餐，本是两个人喝酒，最后变成了六七个人，一见如故，相见甚欢，"老板，添一副碗筷"。在醇厚的酒香、友情吆喝下，这句话不厌其烦重复了好几遍，每上一道菜老板都要好奇地打量我这个如星捧月般其貌不扬的本乡本土人。

我敢肯定，假如以五十岁为基准，划一条年龄界限，面对在此上下的柘港乡人，借用在柘港中学读书的一段泛黄时光，我可以完好对照、精准找回彼此因岁月打磨而产生的陌生已久的熟稔，也或轻而易举就能拉一条由此及彼的"人际辅助线"。

无论离开多久，无论走得多远，走近老家是不需要打草稿的迈步，乡愁是永远有效的门票。

无论柘港怎么变迁，无论柘港怎么华丽转身，走近老家是不需要反复彩排的迈步，柘港的山水人文给了我高度自信。

踏着大雁从西伯利亚捎来大雪即将南下的洁白音讯，我悄然走进了与这个节气不相吻合且依然热火的柘港，假如不是穿着毛衣，假如不是早晚温差大，假如不是感觉皮肤干燥，真的很难把这个季节与冬天联系起来。

走在柘港的路上，有一条路也许已经不存，没有人走了，便不成路，但却深深地刻进了我的人生履历表里。读初中时，从前湖咀到学校，我用一个一个足印连接、丈量着那条逶迤二十多里的小路，印象中串起的村庄、地名有：前湖咀、大房、九四、七房、念八、八甲、山源、龙头山、畈上汪家、严家、便民桥刘家、柘港街上……我相信，那条路还在，只是再也没有人完整地走过，毕竟有了更快捷、便利的选择。走的人不多，便被岁月湮没了。于我来说，那是一条用方程式、化学分子式、左手定则、勾股定理、英语单词等搭建起的求知之路，那是我懵懵懂懂走进师范、走进县城的求学之路，从此以后，我就再也没有走过的一条在老家人看来所谓的功名之路。

很想再走一走，哪怕是有一段无一段，哪怕是野草荆棘横陈。终是没有机会走过，短短的回乡日子里，我却走过了柘港许多长长的路，纵是走马观花，也体验到在柘港大地上纵横驰骋的意气风发。千里之行，始于足下。人生之路，我是从柘港开始的，便也对柘港的路情有独钟，无论大路小路，抹不去的是或深或浅的印记。

不去说柘港境内还有呼啸而过的高铁（动车）、高速，单说一条条乡道升级改造，恰是在柘港如蛛网的交通线上延伸秀美。

莲南至莲西 7.5 公里，路面宽 5 米。踩着愉快的节拍，我就是沿着这条路回老家前湖咀的，路面已经铺上了砂石打底，只待硬化。

潼丰大桥至游城北塘 9.1 公里，一条缩短了鄱北地区至鄱阳县城距离的大道，具有里程碑意义。伫立潼津圩跃进闸上，眼前热火朝天，焊接的火花飞溅，挖掘机庞大的身姿转动沉稳自如，"后八轮"来回装运泥土……

这里正在实施潼丰联圩除险加固、堤顶路面硬化以及机电设备、涵闸更新改造等。

八甲至山源、念八至琼通各 1.3 公里，也在紧张有序地浇筑水泥路。在工地上，面对一个村里的中年人，我问及初中时该村的同学华峰，他居然摇头告知不晓得，许是一时短路。蓦然间想起，华峰高中毕业后就一直在沿海城市打工谋生，多年没有回家，而今寓居花城，风生水起地经营一种叫作硅藻泥的装饰材料。当我把在八甲村的所遇所见复述给华峰听后，电话那头传来一片唏嘘，也许我又做错了。路在延伸，我深深地自责。路宽了，但愿人心不要窄了。我时时警醒自己，乡路要常走，才会从容不迫，才会越走越敞亮。

九虞至柘港（原景湖柘港街段）1.85 公里，8 米宽的沥青路面；G351 台小线（台州至小池）柘港改线 2.05 公里。多年的"一"字形老街焕发新彩，柘港大手笔拉开了"井"字形框架，拉开了新一轮商贾辐辏。在柘港读书三年，那一带山岗演绎了我少年时代的多彩童话，而今车轮滚滚，哪怕是送来了《超级飞侠》，还能找回那份童趣吗？

…………

路，见证了忙碌；路，见证了速度。路，为足迹、车辙提供了用武之地。这一条条路上一个个毫不起眼的地名，听起来枯燥，却生动地散落在 132 平方公里的柘港版图上，是路串起了一派人烟稠密、祥和升平。

路是蜿蜒的歌者，路是宁静的行者，路是流动的身影。岁次戊戌，走在柘港乡道上，路面新铺的沥青散发着独有的气息扑鼻而来，不但感受到硬化、绿化、亮化、美化的交相辉映，连排水、路标及标线等设施也像是在夹道朝我微笑。

"世上本没有路，走的人多了，也便成了路。"这句话耳熟能详，请允许我再加几句："也便成就了一路风景缤纷、一路掌故万象，似一帧帧画图迷人，如一串串风铃可人，走在柘港的乡路上亦然。"

果蔬飘香，枫叶正红，桥头向我缓缓走来。晒在路边的一颗颗茶籽，是这个季节最饱满的诗篇，裹藏其中的一滴滴油呼之欲出，润泽着生活的美好。桥是大路小路标注的符号，路到桥头，田野里一片片绿油油的是艾叶种植基地，飘摇着象征健康平安的身姿，安静走过，聆听一株株绿色在窃窃私语；桥头北倚莲山（柘港最高峰海拔288.8米），傍水聚居，一条溪流日夜呢喃语村中；桥头，一座没有围墙的"屋博园"，从新中国成立初期的土坯房、砖木结构五树屋，到现代钢筋水泥楼房、别墅等，一一呈现，保存完好，互为映衬，形成了一道独特的江南村落住房文化风景线。桥头人因地制宜，拦坝成堰，溪畔树荫掩映。有村民在垂钓，钓起的是悠闲的乡村生活；有村妇在浣洗，洗去了平常日子的单调乏味，一声声棒槌下，溅起了岁月静好的水花。

在柘港乡道上行走，我听到了"溪豆"从岁月深处传来的千年呼唤，那携带着六朝足音的贡品传说经久不衰，"颗粒大、色泽好、出浆多、味鲜美"，横溪小学附近是种植"溪豆"的中心地带，我暗暗使劲记住了，是沿着哪条路走进横溪的，期待来年再来横溪，哪怕是看看豆花在枝叶间轻描淡写，也是一次贴近灿烂的选择。顺便再去看看石头咀村前陈家塘的光伏发电，蓝色的棚顶上闪耀着隐秘神奇的光电，从天而降的太阳光就是通过这一片竖立水中的蓝色物体完成作业的。我努力看了看，还是不得要领，没有弄明白是如何聚集、转化能源的，有点后悔当年没有好好学物理。借我一双慧眼，真想守在这里看儿时的科幻梦想成真。

柘港的集会洲上空，还能触摸到元末明初猎猎战旗的风影吗？沿着平整的道路，我执意前往，明知在《明朝那些事儿》里没有记载，却在集会洲人的口口相传里找到或然答案，朱元璋战胜陈友谅后，在此集会庆祝，举杯遥指江山。集会洲，一个与凯旋挂上了钩的动人地名。集会洲，柘港乡路上承载着一段厚重历史的名胜古迹。

南水至莲南（路面宽5米）及南水至仕太（宽6米）9.6公里，这条路贯穿大半个柘港，南水的区位优势因路凸显。南水，南边是浩渺的水，那就是鄱阳湖的侯家湖（又名富山湖），从柘港出发，原来也是可以直达鄱阳湖，这里是潼津河出口处，水路开阔。

柘港的路上依然在延伸许多的美好。行走在柘港的路上，心里格外踏实。只是我惦记着的新荞麦还卧在地里等待收割，荞麦做的"豆乍里"虽然没有吃到，离去的时候，我俯身和荞麦亲密拥抱，荞麦挤挤挨挨似是喃喃而语，不日即可登桌入餐。乡路悠悠，我会再来的，像一只候鸟。

回乡的路总是那么长，在一次次期待中绵延，在心中绵延成美丽的乡愁。

寻　找

　　四英、六英、满英、天保……这些看起来简单、平常的字符，于我来说，充满着亲切、尊重、敬畏，这些本"不可直呼"的字符对应代表着我的大姨、我的母亲、我的小姨、我的舅舅。仔仔细细再数一数，再一思忖，外婆所生的孩子中，当还有一、二、三、五、七、八……也许送人了，也许夭折了，已经没有办法去问外公外婆了，他们多年前归葬故乡吉安县北源一个叫作峨田的古老村庄，那里散居着朱熹后裔，没去考究外公是朱熹第几代裔孙。在外公外婆养大的四个孩子中，舅舅排行最末，也是唯一的男孩，名天保，取"老天保佑"之意，足见二老用心良苦，日日用呼唤的方式把"天保"含在口里。

　　这个湿冷的冬日，突然手机来电显示一个陌生的广州电话，以为大都是些推销茶叶、名酒、店铺，或者六合彩之类的涉嫌诈骗电话，本能地想拒接，又不忍心，还是接通，却传来熟悉的乡音，一个高我两届的小学同学宝光，一脉相承的本家人。老实说，我对他没有任何印象，但有老家的声音敲门开道，我耐心听着他以较快节奏的语速在陈述，他问我的舅舅是不是叫朱天保，是不是早年住在油墩街集镇，隔壁有一个名叫吴军的一直在寻找我的舅舅。戒备之心再次升起，我压制着受骗的情绪，但还是流露出不客气，以不太礼貌的语气回答他不知道什么吴军，外婆家隔壁没有叫吴军的人，为了不和盘托出，我没有说外婆隔壁人家姓罗，是吉安老乡。小学同学依然热情不减地说，那个吴军想和我通话，是否可以把我的电话

173

告诉那个人，我盘算着打蛇暂时留着草，便同意了。

翌日，又一个广州的陌生电话在手机屏幕上闪跃，接通后，对方操一口地地道道的油墩街口音，他自我介绍说他叫吴军，是我舅舅儿时的玩伴，交情颇深，比我舅舅小两岁，十五岁怀揣着别离跟随父母去了湖北阳新，我十七岁的舅舅当年招工去了南昌，从此互无音讯，他说他多年来一直在寻找我的舅舅，这次联系上我，多亏那个石家人告诉了电话。千金难买这份少年的友情，在心里，我替我的舅舅感谢他，却是酸楚的感觉。

这个人一口气聊了许多小镇旧事，完全吻合我的记忆。他说，小镇的下街住了哪些哪些人家、哪些是外来人家（都是对的），他家就住在我外婆家隔壁顺手边，1971年离开油墩街的，房子卖给了他的舅舅，姓罗。原来如此，原来我和他都是吉安人的外甥，差点误会。其实那年我只有四岁，是个没有留下多少记忆的年龄。

从开始的以为是"套路很深"到上演的人间真情，内心经历了一场起起伏伏的震荡，我努力控制着情绪。最后，我诚挚地感谢他记得我的舅舅，感谢他念及那份可贵的青葱色旧情。我拒绝提起讳问，本不想告诉他我的舅舅如何如何。是的，不幸的是，我的舅舅四年前就去了另一个世界，墓葬黄浦江畔。我便换了一种委婉的表达方式：非常遗憾，你的电话迟到了四年多，倘若有机会，你可坐在黄浦江畔倾听潮起潮落，那温湿的风中一定会传来一声流连忘返的叹息。

四十多年了，没承想，寻找的大门打开了，却没有走出那个要找的人。不知道这个从未谋面的吴军内心又涌动怎样的情感。这个人，既然是我舅舅的至交，那就是说辈分当比我高，而今也已退休，随女儿定居广州，他对我舅舅十七八岁后面的情况一概不知。我告诉他，我的舅舅后来从南昌调到景德镇了，男大当婚，娶了个贤淑、知书达理的老婆；生了个聪慧的女儿，获得硕士学位，而今供职于上海一大型国企；还有一对可爱的外孙女。天不假年，否则，吴军联系上我的舅舅后，想必会你来我往好好喝上几杯，以推杯换盏的方式对接、填充四十多年的彼此空白，彻夜畅谈小镇往事。但是，这一切都不再可能了。

这个吴军能找到我，回想起来也是挺有戏剧性的。大致梳理一下：我那个小学同学原本也不认识吴军，他在广州打工多年当保安，那日巡逻天河公园，闻听一对年老母子在阳光下有一句没一句地家长里短，悦耳的鄱阳乡音驱使他主动上前打招呼，母语很快攻破了彼此的设防，多年来一直在寻找我的舅舅的吴军不放过任何一丝线索，听说他姓石，当即就问认不认识朱天保姓石的姐夫、姓石的外甥，多么有意思的电影里常现的现实版暗号接头。假如没有我小学同学的好奇、有心，假如没有吴军的重情重义，假如没有他们在广州城一公园的邂逅，假如……就不会有这一段逢巧的找寻演绎。是的，人生就是一出戏。

　　电话那头像是转换频道一样换了一个并不苍老的女性声音，声音不紧不慢，思路清晰，她说她叫罗秀枝（音），八十有四。在脑海里，我快速搜索着，从外婆的谈话中，我貌似听说过吴军妈妈的名字罗秀枝，是个当老师的。罗老师居然还能说出我的小名来，纵是心里排斥，还是感到一丝久违的呼唤，那个只有外婆唤叫我才接受的小名，将时间一下倒回几十年前，当年小镇下街情景历历在目，泥土墙、瓦房、沙土路、石板桥、染布店……——浮现眼前。罗老师还说起二十世纪九十年代自己经历的一件事，她远离故乡多年，了解故乡的信息主要靠亲友、同学电话。一次，她在上饶工作的一位同学看到报纸上一篇关于油墩街老街的散文，共鸣之时，想当然地以为是罗老师家谁写的，罗老师当即表示家族里没有，特地要求把报纸寄给她分享。罗老师逐字逐句阅读后认为，没有在下街长期居住过的人是写不出这个文章来的，情景交融、细节生动，况且作者姓石，她分析说我外婆家有几个孩子姓石，应该是其中的哪一个。她的推测这次终于得到证实，就是我，标题是《老街》。耄耋之年的罗老师在电话那头频频表扬我那篇稚嫩的散文，写到了她的心坎上，反映了许多下街游子的情境。在此摘抄一段，回放曾经的乡愁释怀："漫步街头，聆听石拱桥的问候，儿时的石子儿轻柔地拍打鞋底，和我诉说衷肠，勾起我对往事的回忆。一种久违的感觉袭上心头，内心涌动阵阵陌生和亲切。凝望两边，邻居的门半掩半闭，我不忍心去打扰他们，眼中油然泛起的潮湿模糊了视线，我成了老街上一个多余的人。"

和吴军交谈后，暗暗地，我甚至有点怪罪他：为什么是现在才找到我？为什么不早几年？为什么不问买了他家房子的那个苍白头发的舅舅（印象中从来都是一本正经的模样）？也许吴军是一直忙于上班，而今退休了，终于有了大把大把的时间来挥霍来回忆。然而，"树欲静而风不止"，寻寻觅觅至此，而友已不待。

生命不能承受之重，舅舅走得早，估计与他从事多年的油漆工种有关，长期的刺鼻气味环绕，甲醛等有害物质一丝一丝蚕食着舅舅瘦弱的肌体，暗疾缠身，终在某个节点引发，却是无处诉说。

长大后，我和舅舅不同城，相距甚远，交往基本上属于轻描淡写状态，可供圈点的生活情节乏善可陈。舅舅调到景德镇后，离油墩街近，暑期偶尔我会去他家玩，去感受城市的流光溢彩，那时，为了省钱舍不得歇宾馆，就在舅舅家小住几日，舅舅单位的宿舍房显得有点逼仄，不可久留，如今回想起来真是去"添堵"。印象中，舅妈烧的菜很合胃口，而舅舅似乎有洗不完的手，是洗去那可恶的油漆味吗？他常常是有空就去拧开水龙头洗手，还在自来水龙头上套了根长长的皮管冲脚。这一与"洁癖"无关的习惯我算是不折不扣继承了下来，洗手特勤奋，有事没事都洗个手，我还无师自通学会了安装自来水龙头。

十五岁那年，我初中毕业，考上了师范，是舅舅送我去上学的。

"终于找到你"，也许那个远在广州的吴军是了却了一桩心事，却勾起了我回首往事的心事，勾起了我深深的思念。毕竟天保是我的舅舅、我的亲舅舅、我唯一的舅舅。接过吴军的寻找，折叠成千纸鹤，沿着时间的河流放飞，我在心里寻找我的舅舅。突然间，我又觉得，那个吴军，他不是在寻找我的舅舅，而是在寻找他自己的少年影子。还觉得，他利用了我的善良，欺骗了我的怀念。从此以后，他杳无音信，剩下一个陌生的符号存在我的手机上。

茫茫人海，这个世界总有一个人在遥远的地方或在咫尺天涯等你，甚至不需要理由，却也许一辈子都等不到。被人记着是一种幸福，那是一份真诚、一份信任、一份友情，只可惜舅舅感受不到了。四十年来，一直有人记得舅舅，寻找舅舅，想必是舅舅的风节高亮所致。舅舅以自己的人格魅力，感染着身边的人。舅舅应该感到欣慰。

假设五十年后、一百年后……世上还有人记着你，传颂着你的品格，你当含笑天地间。

《向天再借五百年》歌曲里有一句歌词颇有意蕴："愿烟火人间，安得太平美满，我真的还想再活五百年。"尤其后半句也就是说说唱唱而已。

那就把前半句送给天下人家：愿烟火人间，安得太平美满。

远去的亲情

　　前湖水涨水落，大雁南来北往，我心早已随云去，盘绕在鄱阳湖上空，感受家乡的春夏秋冬嬗变，聆听村庄的每一声亦轻亦重的呼吸，还有亲人遥远的召唤。愿意折一管芦苇，从广袤的湿地上吮吸我对故乡的眷恋，溶解绵绵无尽的乡愁。

　　红尘滚滚，当万籁俱寂，点亮心空的怕还是故乡那一盏如豆的油灯吧。我们可以豪情万丈，可以驰骋疆场，但是永远走不出对鄱阳湖浪涛声、风雨声、鸟鸣声多声部合唱的迷恋，走不出对故乡的魂牵梦萦，那里有割不断的血脉牵挂。

　　"……其子厚与州吁游，禁之，弗听。桓公立，乃老。"每每读到《古文观止》上《石碏谏宠州吁》一文时，内心复杂五味杂陈，纯臣石碏，睿智石碏，悲壮石碏，"大义灭亲"，也造就了一个使用频率极高的经典成语，文中石碏即是我石氏的始祖。家谱首页记载："石武威郡雍睦堂石姓起源渤海，祖宗石碏。"其后裔南迁至江西都昌、乐平、鄱阳等地，遂繁衍开来……江南石姓追根溯源，大都可以到鄱阳湖畔寻觅精神家园，那里一定有梦中的轮廓、生命的符号。也许是几千年遗存下来的传统文化影响，我对"人从哪里来"有着强烈的探寻欲望，是一种与生俱来就有的追根溯脉意识，无师自通自带一份责任感。

　　树有根，水有源。只听老辈人说，元末明初祖上来自隔壁县市的乐平菱田、厚田，其他就茫然不知。厚田，这是坐落在江右大地上的一个保存也许不怎么完好的古村，我深入其中，如石庆数马，生怕错过了某个承接历史的细节，建筑、花窗、戏台、天井、池水、古木、柱石、瓦片、石板路……村里的热心人打开了古老的祠堂，我有幸进入，屋柱粗大，气势恢宏，正厅上方，悬挂着"万石声远"四个鎏金大字匾额。这里的万石，显然是指恭谨无比的西汉大臣石奋。隐隐间，我觉得自己与这个厚田村存在着某种血脉关联。

厚田，这是怎样一方厚土，清代出了一位历史文化名人、道光年间进士石景芬，很是喜欢他撰写的一副对联："闲坐小窗读周易，自锄明月种梅花。"可以怡情养性也。

一个偶然的机会，我向一名书法大家求得一幅字，汉简字体"雍睦堂"，乃家族堂号，甚是喜欢，一笔一画都透射出高古、拙朴之美，像是与先祖对话的隐秘通道，似乎能够让心灵回归生命的原点。

印象中连五代的高祖父坟墓在哪里都不晓得，哪怕是上溯四代，我也没有见过太爷爷（就是曾祖父）的面。虽说没见过太爷爷，但村里一年龄比我大十来岁的堂姐夫，居然比我太爷爷还高一辈，字辈已是全族最高的了，倘使出谱或其他重大民间活动是要披红骑高头大马走在队伍的最前头，享受最尊贵的礼遇。那就看看堂姐夫，仿佛接近了太爷爷。

小时候清明节祭祖，倒是跟随身为曾长孙的堂哥荣宗去过几次太婆坟前点香烧纸，还对着灌木丛中的那一抔土三叩五拜，略显木讷的动作暴露出我的懵懵懂懂少不更事。记得坟前有一小块红泥地坦场，面朝前湖菱角塘；而今回去，我已经辨不出太婆的坟是哪座了。几十年过去，岁岁草木枯荣，年年增添新坟，早先的样子已是荡然无存。我在堂哥家条桌上见过太婆的瓷板画像，与奶奶的模样差不多，她们母女二人真像是一个模印倒出来的。

其实这是第二个太婆，我还有第一个太婆，也就是说有两个太婆。然而，第一个太婆除了生了我的祖父外其他一概不知，或因病或其他原因去世，纯属我的无端猜测，反正已消失在历史的烟尘里。太久远了，难以拼接家族谱系的碎片，去呈现一幅清晰、完整的画面，也许打捞起来就是一段辛酸的百年沧桑家世，还是任由时间去尘封吧。只有从曾祖父与祖父的相依为命说起，当时七八里外的吴家村也有一对相依为命的母女，经媒妁之言，后来就成了我真正的太婆（也称外高祖母）、奶奶，恰好组合了一个全新家庭，俗话说"亲上叠亲"，从此，这个家又高高升起了炊烟袅袅，或浓或淡里缭绕着欢声笑语，叔爷爷，以及大伯、二伯、父亲、大姑、细姑……一个个相继出世，柴米油盐里爆炒着生活的蒸蒸日上，一地鸡毛地演绎着大家庭开枝散叶的嘈杂热闹。

经曾祖父、太婆勤俭持家、精心打理，家道开始中兴，渐渐在地方上颇有声望起来。听奶奶生前说起曾祖父，名叫铎珠，字方山，别号观，出生于同治元年（1862）。我应该喊他太爷爷，一个受人敬重的耆老，老村地基上高耸的千年栎树可以做证。

那是一位什么长相的尊者呢？摸一摸自己光溜溜的脑门、雪白的头发，想起了祖父的满头白发。在强大的基因作用下，估摸年老的曾祖父当是一个鹤发童颜的可亲可爱可敬者，其身影是与爷爷一样清瘦修长，还是与父亲一样壮实伟岸？不得而知。但经口口相传，我得知曾祖父有两件可圈可点的经典故事在方圆十里八里传为美谈，却也是丰富了父老乡亲茶余饭后的谈资。

其一，"爆竹劝架"。坐落村北麻园湖边的洪家和戴家是相邻两村，那年不知为什么事闹起纠纷，磨刀霍霍，差不多要打起来，一触即发。"冤家抱头死，事要解交人"，剑拔弩张之际，地方保甲官吏登门相邀我太爷爷石方山出面调解。方山从容不迫接受，心想只能智取，就私下里分别到两边去好言劝说，陈述利弊，并自掏腰包代对方放了鞭炮，说是来赔礼了，在老家那里打爆竹就意味着给面子，双方放下武器握手言和。洪家、戴家冰释前嫌后，交谈中彼此心照不宣也都知道是方山先生的一番良苦用心，由衷地感谢方山的善举、好意，用一挂爆竹打开了双方的心结，纷纷称道石方山做了件大好事，化干戈为玉帛，避免了一场械斗，被誉为"爆竹劝架"。

还有一件事，"棉轻面重"，更折射出太爷爷方山人品的厚道、形象的高大、胸怀的博大。那天中午，烈日当空，有一人潜入方山家地里偷摘棉花，被发现后，前来送信的人带方山去捉贼，方山居然不紧不慢跟着前往自家棉花地，老远就看见阳光下棉花地里人影晃动，确有来历不明之人在摘棉花，方山对带路的人说别张扬出去，要给人家留些情面，棉花事轻面子事重，给他出路，点到为止即可，日后好相见，更别惊吓到人家，万一逃跑时摔倒了如何是好？于是，远远地就装模作样大声"咳嗽"起来，在棉花地的人听到有人来了，匆匆地溜之大吉。此乃"棉轻面重"也。当日下午，方山老太爷正在家喝茶，不知谁不声不响将半布袋棉花送到了大屋堂前，家人告知，太爷爷含笑不语，暗自思忖是人家认错来了。由此，我算是明白"以德服人"的涵义了。

后来家道中落，太爷爷也走完了他平凡的一生，那时我或许还是鄱阳湖里的一滴水。纵然没有见过太爷爷，各房叔伯家里连一张他的画像也都没有留下，但正是这两件轶事，在人们浓墨重彩的叙述下，一代一代传扬，太爷爷在我心中的形象却越来越高大、越来越挺拔，像前湖渔船上高擎的桅杆迎风破浪，像一盏无形的灯塔引领我前行。一百多年来，太爷爷石方山仍然活在老家人的津津乐道里。虽说我只是在外谋得一份差强人意的公差，每次回到老家，闲聊时，乡里乡亲仍然总是羡慕地说"祖上积了德"，后辈中读书人多，博士、硕士就有三人。

太爷爷育有三子，我爷爷是老大。俗话说，养儿不读书，不如养头猪。曾祖父也是个识文断字的庄稼人，深知读书的重要性，三个儿子个个送去读书了。读得最多的要数小爷爷了，抵得上前清的秀才，在附近十几里算是有学问的人才。新中国成立前，小爷爷办私塾；新中国成立后，还当过初小老师。

对爷爷的印象也不深，辛亥年我虚龄才五岁，爷爷便驾鹤西去，享年六十九岁。关于爷爷的话题乏善可陈，记忆的底片上显影出来，就是一位满头白发瘦瘦高高的老爷爷。爷爷住在大伯家，奶奶住在二伯家，似乎像两家人，总觉得奶奶更亲。说一个哭笑不得的小故事，一次，堂兄荣显打了我哥，哥就去找爷爷告状，居然顺口说道："荣显爷爷，你家荣显打了我。"爷爷摸摸我哥的头笑着说:"痴仔哎,我也是你爷爷。"显然,当时我哥太小也许根本就体会不到这句话的情感成分,大人们则当作一条经典趣闻笑谈,逢年过节一大家人团聚,往往要乐呵呵地温习一遍。

"积善之家,必有余庆。"曾祖父知书达理,以其独特的人格魅力,潜移默化影响着后人,冥冥中或也荫护着后人。

前湖菱角塘白鹭翩翩,沿着河岸走,走在故乡的山山水水间,想必总有那么一步叠合着祖先的足印,感觉是那么的踏实、稳健、有力;走在故乡的山山水水间,去聆听大地深处传来的亲情呼唤。

小舟摇荡,人入疏窗,风送乡音,我早已泪眼婆娑。

山河新雨

面朝赣江，身后是丰饶大地。

越过蜿蜒坚实的防洪墙，越过涂了绿漆的钢管防护栏，有如越过了层层封锁，我才走近水岸线，得以与水零距离私会。天寒地冻，堤岸上，间或有三三两两的路人走过。而身后城里的大多数人，似乎不大关心甚或漠视还有一条大江绕城而过，一路走来，我问过不下十人，他们中少数有点不耐烦的回答像是在质疑：为什么要去看江？好像江在一个非常遥远的地方。假如不是遇上一对小学生，我差点放弃了去寻看赣江，心想赣江那么长，哪里看不是看，正是他们详详细细指的路，才走近赣江。

鹅卵石、石块、瓷片、碎玻璃、枯枝黄叶、废弃渔网、塑料、铁丝、破瓦……无序散落在河岸，它们见证了多少次水涨水落，见证了多少次惊心动魄。冬季的赣江是温顺的，汹涌澎湃已远去，江水在脚下轻柔细语，波浪里卷起摇篮曲，对岸村庄淡如水墨。江边有几个大人、孩子，还有妇人捶捣衣服，远处有人垂钓，再远处是茫茫水面，一幅恬淡的山河新雨画图。

天空下着毛毛细雨，轻叩着安静的大地，滋润着金色的丰城。风吹过，携带着一丝甜意。这条大江，雄浑壮美，曾经的黄金水道，而今冷冷寂寂，偶尔有几艘暗红色驳船驶过，愈加显得有些空旷寥落，一两声悠长的鸣笛也划破不了江面的宁静，一浪又一浪的水花朝岸边涌来，坐在一块大石头上，静静地独对赣江，眼前一片空蒙，我警告自己不要有太多想法，什么

"智者乐水""上善如水""处江湖之远""思想是一条河流"等统统丢弃掉，大脑清零，只顾临水，没有初衷，江水拍岸，隐隐间听到"子在川上曰"的吟唱。

赣江在这里拐了个弯，就义无反顾地把丰城抛在了身后，滕王阁在召唤，鄱阳湖在召唤，石钟山的钟声在召唤，长江在召唤。

行走间，不经意看到堤岸上竖了一截三角形石柱，也就几十厘米高，上书"河洲""剑光""江西省人民政府2012年"等字样，不知何意，估摸与保护水源、保护河洲有关吧。而"剑光"二字更值得反复琢磨，难道与这座城市有着某种不谋而合的寓意？

传说中，丰城是剑文化的发祥地。"紫气冲斗牛星"，一道剑影击穿历史的天空，定格在西晋永平年（291）的丰城，春秋干将、莫邪雌雄宝剑横空出世，从此之后，剑与丰城如影相随，带"剑"的地名、人名俯首即是，当地报纸头版就设有《剑邑时评》栏目。

一座透射出剑的光芒的古老城市，当出产几个英雄人物为之添彩增光。明代抗倭名将邓子龙（1531或1528—1598）正是丰城人，墓葬老家杜市。"月斜诗梦瘦，风散墨花香。"这是邓子龙在临县铜鼓的自题联，折射出英雄也有几分柔情几分诗意。万历二十六年（1598），日本大举进犯朝鲜。年近古稀的邓子龙奉命援朝，剑指倭寇，夷贼纷纷遁逃。遗憾的是，在露梁海战中，邓子龙奋勇直前，不幸阵亡。朝鲜为之立庙，世代祭祀。而今邓子龙的著作《横戈集》《阵法直指》依然散发着冷兵器时代的剑影寒光。历史的长河当比赣江更加宽广、深远，因了邓子龙们，再回望身后丰城，肃然生出几分敬意。

江面开阔，我明显感到自己的渺小，我愿意独坐成一个微不足道的身影，只深刻地去想氤氲在南昌以南的亲情，丰城、高安、新余、新干、峡江、吉安、吉水……这些地方大都散落着外婆外公那边的亲友，或留下过他们谋生的足迹。坐在岸边，水波荡漾，耳畔回响着外婆说过的丰城这个地名，就非常想念外婆，这是外婆从吉安到鄱阳一定停船泊靠的地方，那个废弃的码头一定还在，难说就在眼前，时隔七十余年，也许我不经意间与当年外婆的足印恰好叠合。身后是丰城，是喧闹繁华的丰城，外婆外公落脚过在那个旅店还在吗？放下雨伞，贴着江水行走，任凭斜风细雨吹打，直到打湿了我的双眼。

纵然知晓有一座新丰城正在上游崛起，我并没有走过去，背后的老城还没看够。独自走在丰城，这里没有一个熟人，却在街心花园阅报栏玻璃窗里遇到两个熟悉的作者名字，他们大笔一挥在为时代讴歌，洋洋洒洒间我也有如老友相见于异乡之感，心里陡然涌起一丝暖意，当然还有那熟稔于心的一丝脆酥香甜。

丰城的风，还真有点甜。丰城的冻米糖久负盛名，制作技艺从乾隆年间流传至今。在老城区街心花园附近一条斜街上，我买了一包，而我买的更是儿时的记忆。那时，家住鄱阳北部油墩街镇，隔壁邻居有一做皮匠的人家就来自丰城，和我外婆家走得还算近。那个关于丰城皮匠徒弟爱上师娘并抱养一女的故事早已远逝，但他们当时过年每每从老家带来的冻米糖，一直在老街上香香甜甜飘散着，丰城是以冻米糖的方式进入我记忆的。小时候，一小块冻米糖，我会吃好久好久，一点一点地吃，因为酥因为脆，常常是吃得呈灿烂状，碎末进溅，我便小心地用另一只手掌托住，再轻轻地挪成一小团仰起脖子往嘴巴里倒，倒进去的不仅仅是饥饿、贫穷，还有那甜甜香香的感觉。是外婆告诉我有一个叫作丰城的地方，告诉我那个好吃的冻米糖来自丰城，那时便以为有那么好吃的冻米糖，一定是一座稻米丰收的城市……再后来，我知道华夏大地上还有丰都、丰县、丰镇，却未必与丰收有关，唯独丰城叫得名副其实，冻米糖里可以找到注脚，历史上丰城先后叫过很多名字，富城、富州、广丰、丰城等，非富即丰，人烟稠密，"金丰城"的美誉由来已久。丰城，鄱阳湖盆地的南端，鱼米之乡，农耕时代的粮仓，有着天然优越的地理条件。

在丰城，我还触摸到了千年前的瓷器之光，从一座不大的"瓷文化广场"透射出来，一排排青花瓷柱环绕竖立其间，错落有致，绿树掩映，成为最引人注目的风景，后面一堵围墙上书有关于"洪州窑"的文字简介，洪州是南昌的旧称，而洪州窑遗址在丰城，"洪州窑始于东汉晚期，终于

185

五代。以烧青瓷为主，釉色一般较淡，青中泛黄；色调较深沉的发褐色；也有黄褐釉瓷，胎体加工不细……"陆羽《茶经》早有记载：洪州瓷褐。更多的内容却被长成的树木遮蔽了，墙体剥落，字迹开始模糊，看样子这广场少有打理，估摸也少有外地人"到此一游"去顶礼瓷光。那广场后"木犀香处"老屋内想必陈列着洪州窑烧制的古瓷。

行在赣江边，能否找到几块青瓷碎片？是赣江水孕育了洪州青瓷，那泛着"洪州窑"燃烧光芒的瓷片，一定掩藏在某处沙土里、乱石间等着我。寻寻觅觅，问瓷赣江。

蓦然间，风中飘来一股纸烧味，回头一看，一位老妇人面对江水在烧草纸、点蜡烛，又跪拜作揖，一脸肃穆、虔诚，可谓一丝不苟，是叩土拜水，还是祭天祭地祈求平安？或超度灵魂？也或祈福来年风调雨顺？

赣江如一位智者，滋养着芸芸众生，而众生却在城里追名逐利，淡忘了那在水一方的禅意、那渔舟唱晚的诗意。看着那老妇人有点佝偻的背影离去，我若有所失。

面朝赣江，我真不想转身离去，还想聆听："逝者如斯夫。"和水一样，其实我们都是匆匆过客。

古道风吹

　　铺天盖地的油菜花大手笔涂抹在粉墙黛瓦间，涂抹在溪流环绕的山野间，似乎还嫌不够招蜂惹蝶，借助翻越绵亘浙岭的春风招展花枝、摇曳花黄，泛出迷人的光彩，那花瓣上细细密密的粉状颗粒排列出甜蜜的芬芳。婺源的三月，烟岚缥缈，青翠叠黄，墙角桃红山边李白倒成了季节的陪衬。

　　走在蜿蜒的徽饶古道上，走在古木参天的徽饶古道上，惊讶的是，第一次发现路边竖立着一块"孤坟总登"青石碑。当眼睛触碰到那块小半截掩埋地下的石碑时，我的心微微一颤，那柔软的部分像是被什么东西轻轻拨动了。这里是十堡自然村，浙水静静从村前流过，上游是古老的察关水口，是徽墨故里虹关。

　　古道与浙水平行，向下是江西方向，向上是安徽方向。站在毫不起眼的石碑前，早春的绿色还来不及覆盖布满四周的枯叶，久久凝视，这是灵魂的寓所，这是质朴的祈祷，俯身细看无名无姓碑文，我默默地凭吊。眼前幻现千百年间一路走来的贩夫走卒，古道上芸芸众生，一如蝼蚁，多少孤魂野鬼抛骨异乡，同伴或路人简单掩埋后迎风披雨继续赶路。古道上光溜的青石板，磨刻下他们繁忙的足印，"悠悠涉长道"。一步一步走过，我为自己在城市丛林间搭建起的养尊处优而感到略略有点不安；没有体验，我更无法想象古人日夜兼程用脚步丈量生活的艰辛。

　　徽州祭祀"孤坟野鬼"的习俗由来已久，徽州老百姓对客死他乡的游荡魂魄有着深深的怜悯之心。当然不只徽州，饶州、江州、洪州等亦复如是。十堡的水口，风水宝地，当地人并不吝啬择基为客死他乡的死者安置纪念性标志，惊慌失措的灵魂才有了体面的寄托。伫立十堡，会觉得这是一个情义浓郁的村庄。是他们，为亡魂垒筑了一抔黄土，让游弋的魂魄不再流离失所，不再是无家可归的亡灵。这里的人大都姓程，逢年过节他们祭祀先祖时，也绝不忘在"孤坟总登"前撒些许米饭，再插上几炷香，一缕青烟升起，缭绕着对陌生生命的尊重，超越了亲情，超越了贫富，超越了疆域地界。

"恨血千年，秋后愁闻唱诗鬼；空山片石，苍然如待表阡人。"

这副挽联，是"戊戌六君子"谭嗣同先生为祭祀历代孤坟"野鬼"而作的。

一语成谶，也许这副挽联谭先生是早就为自己而准备的。晚清的天空，雾锁云迷，燕山秋叶飘零，谭先生用生命祭奠了一场变法的失败，北京宣武门菜市口的那一幕悲壮，六个鲜活的生命瞬间成了六条冤魂，此恨无尽。湖南浏阳城外石山接纳了这个不朽的灵魂，谭先生的遗骸最终运回原籍，不知他能否找到归家的路。

在乡间行走，后来我零星在各地看到类似石碑，大都是竖立在古道边，诸如在饶信古道横峰境内重石李家村头就发现一处"孤魂总祭"，立于同治三年秋月。在广信灵山脚下严家湾也有一处"孤魂总祭"，可惜石碑破损厉害，小字已模糊不清。

"死者为大。"自古以来，我们对死是敬畏的，齐彭殇之论就反映了古人的生死等同观，厚葬是一种莫大的人文关怀，厚葬也是我们站在历史的驿道上回望往昔的铁证。有时倒真要感谢厚葬，一次一次的施工惊现，一次一次的考古发掘，让后来的我们如同穿越时空，有了重大填补，也有了与历史资料高度吻合的实证。

古人对死的尊崇，令后世汗颜。在汉代，葬礼是一件非常神圣的事情，从出土的竹简来看，很多都记载着祭祀内容，而且跪拜的仪式十分繁复，也正是这样的仪式，让人感到死不再是那么阴冷可怕，而是那么温情、安静。

　　十堡，一座烙上了明清印记的古村落。"堡"同"铺"，十堡是古道上的一座驿站，是疲惫和休憩达成和解的驿站。徜徉十堡，远远近近的油菜花次第开放，开得我豁然开朗。蓦然间，我觉得，行走婺源，千万不要忽视任何一个哪怕是名不见经传的村庄。十堡无声地告诉我，婺源的村庄，黑白间大都折叠着一截鲜为人知的历史片段，越是深入，感知也越深。十堡的水口，还排列着廊桥、古树群、私塾学堂、寺庙……廊桥叫麟清桥，桥上辟有神龛，供奉的是水神，祈求风调雨顺，祈福村民劳作出入平安。在古树群徘徊，我一株一株去拜访，樟树四株、枫香三株、苦槠一株、红豆杉一株……它们都远远活过了半个明朝一个清朝，挺立在岁月的古道旁，为过往行人遮风挡雨，偶尔几声哀号划破枝叶编织的静谧，旋即被寥廓的天空稀释殆尽。

　　打开古村的宗谱，就是打开了一卷苦难史，走西口的路上，闯关东的路上，瓦屑坝移民的路上，都能拧出一串辛酸的泪水。徽饶古道，一定见证过匆忙疾走的坚韧身影，见证过肩挑背驮的披湿汗流，见证过非常年代的饿殍遍地。好一座无字石碑，树立起人与人之间最后的平等，在徽饶古道上，在十堡村，我触摸到人性的光芒。

　　穿过廊桥，进入十堡，在这条与山沿平行的古道上，我还注意到几块道光、乾隆年间的勒石禁碑，青山逶迤，石碑不高，风化严重，字迹漫漶，却是铿锵有力，无声地守护着一方山清水秀，守护着一方黎民的炊烟袅袅。

　　幽静在古道上绵延，是浙源给了我一次次惊喜。倡议修老桥捐款的红纸已有些泛白、破旧，我走近一看，差点笑出声来，侨乡就是不一样，村名居然是"湾台"。那天清晨，我闯进了浙源的一个依山环水小村。

　　来自浙岭的水在这里拐了个弯，冲积成一个高台，村庄由此得名，俗称湾头。我便一头扎入古道，在浙水边，在一座座廊桥石桥独木桥上行走。古道，是人类上下求索的一个缩影。行走古道，在寻访遗迹中，接受一次次心灵的洗礼。在古道上，我喜欢搜寻一些其貌不扬的石子瓷片，总希望在夜深人静时能拼接出一个古老的轶事，或凄美或神秘或曲折动人……

　　我把自己想象成一个从宋朝走来的老夫，混迹于弥漫着哀怨、无奈、离愁的南渡队伍里，步履蹒跚，不时被书童搀扶，山色茫茫，走在徽饶古道上，走向鄱阳湖边的饶州。

稻天朗朗

蓝天白云下，微风频频私访荷桥村李树源，掀起绵绵稻香。沿着雷公泉溪流，走进万年贡谷原产地，我没有听到传说中的雷声，却闻到了远古飘来的稻香米香，一株株水稻携带着野性的长长的芒，把对大地的深情结成饱满的稻穗，排列着整齐的队伍等待丰收的检阅，敬畏之情陡生。

小心翼翼顺着稻芒生长的方向用手轻握，我应该是握住了稻原始的印记，握住了守护生命线的锋芒。当地人告诉，这种水稻，连在山林间横冲直撞的野猪都不敢冒犯，顶多只是拱一拱田间的泥鳅、小鱼、小虾打牙祭，然后懊恼逃离。

时序秋分，谷子泛黄，丰年在望。山那边传来阵阵欢乐的擂鼓声、嘹亮的歌声，此时此刻，我倒需要几分清净，好好模仿稻穗的姿势与稻子交谈一些灿烂的"烂谷子"往事。

其貌不扬的仙人洞，因为重大发现身价陡增，然而，它周边山头甚至因乱采滥伐而不堪入目，裸露的山体岩石逼仄着仙人洞，令人揪心。仙人洞遗址，为人类贡献了两样惊世的文化珍宝，一个是陶，另一个是稻，陶有两万年，稻有一万年。如今在考古界，说起仙人洞，那是如雷贯耳，并已进入人教版中学教科书，无愧于人类文明的摇篮。

这是神农氏"率土之滨"的地方，出土于仙人洞遗址的"天下第一陶"，想必盛放过野生稻驯化成功后长出的第一罐稻米，想必也见证过哪个部落的炊烟袅袅。走进国家博物馆，面对隔着两万年距离的陶罐，面对修复后还原的陶罐，我顶礼膜拜。

在环抱仙人洞的层层叠叠山岗间，在神农源深处，在高天流云上，神农氏以慈祥的目光关注、呵护着天下苍灵。挥手间，他播撒下一粒粒金黄色的稻种，盛开在希望的纵横阡陌上，盛开在告别饥饿的期待里。粒米之恩，普天下黎民欢呼雀跃，"饼炉饭甑无饥色，接到西风熟稻天"。面对今天的"坞源早"万年贡谷品种，面对一枝枝谦卑的稻穗，那呢喃的花粉里想必仍传扬着千年美名，"代代耕食，岁岁纳贡"。

稻与陶，相生相伴之物。究竟是先有稻，还是先有陶？当请铁面无私的碳 14 裁定。陶来源于土，经历了火的淬砺，愈加大器、坚硬、庄重、实用，人类开始尝到了直接使用土的甜头。我推测，因为有了钻木取火，在一方土地上熊熊燃烧，终于燃烧出了土的另外一种形式——陶，为人类的生活打开了一扇斑斓且充满着许多可能的大门。

陶，远古器皿，可储藏稻子、水，以及其他食品等，陶器能很好地密封食物，延长保质期，也就意味着有更多的剩余产品开始粉墨登场。陶的出现，是人类开始定居生活的标志之一。

稻、陶，读音接近，韵脚相同。原始人发明了陶，当然非常高兴，在一个个平凡的夜晚，围着篝火烧烤，击缶而歌，舞动快乐，并命名为"陶"，"陶"便也多了一层乐陶陶的涵义。我们的先祖，经历了数万年的茹毛饮血时代，终于有米饭吃，有装东西的器皿，能不兴高采烈吗？！《诗经》里就有"君子陶陶"这样轻快、愉悦的句子，我的眼前便浮现出一幅一个男子抱着盛装稻谷的陶罐，与亲爱的人载歌载舞的画面。

在仙人洞、在吊桶环，仰望山岭，脚踏泥土，叩响万年岁月传来的訇音，一个个深埋地底的密码被破译，当地文物馆老馆长不紧不慢娓娓道来，却掩饰不住满脸自豪，是仙人洞改写了中国乃至世界稻栽培历史的纪录，人类栽培稻已经有一万年，仙人洞、吊桶环遗址被列入中国二十世纪一百项考古大发现。老馆长安排助手摊开一张张有点发黄的图纸并指点解说，那上面标注着各种似曾熟悉的符号和纵横交错的线条，看得我直后悔读书时没去攻读考古学，听得我热血沸腾，听得我自信飞扬，似乎觉得踏上的土地是不一样的土地,轻轻踩一脚就是对话万年时光,不知那一层层土壤垒叠了多少悬念,令人神往,令人探觅。

　　然而,万年建县的历史并不长,五百多年前,因一场波及赣、浙、皖三省边界饶、信、徽、衢等四府的农民起义而已,首领是一名库吏(即"粮长")王浩八,从饶州府(鄱阳)逃到万年姚源,率领当地交不起税粮的民众揭竿而起,劫富济贫。"无粮不稳",古代农民起义大都是因为没有饭吃,要求免收田赋。起义平定后,朝廷为了确保鄱阳、余干、乐平、贵溪四县边界长治久安,"抚安人民",遂于正德七年(1512)正式设立万年县,县治库田畈(青云),因境内有万年峰而得名。可以这样说,万年立县,与稻米有着密切关联,也恰好符合万年是稻作文化发祥地的显赫身份。"民以食为天",只是,因了这样的直接原因而建县,让人觉得有些无奈和辛酸。

　　我常常思考,从旧石器时代以来,古人究竟用了多少万年,才完成了艰难的野生稻驯化,简直不可思议,简直无法想象。那时,生产力如此低下,生存环境如此恶劣,一代一代的原始人真的是筚路蓝缕、披荆斩棘,在田间、在屋檐下年复一年选种、配种、配种、选种……不折不挠,接续奋斗。沧海桑田,仙人身影高远,仙人洞仍在,伫立仙人洞前,我的思绪穿越万年,眼前幻化出原始人类劳作的场景,峰峦叠翠,溪流环绕,狩猎、耕作、驯养、结绳记事,演绎出一个个生动的原始人家。

　　走在这片土地上,望着仙人洞门前田野上的稻子,我顿觉汗颜,这些年来,几乎忽视了水稻的存在,哪怕一日三餐端起碗来吃饭,也是没心没肺的,将"一粥一饭当思来之不易"抛之脑后。我决定要和水稻重新建立友谊,选择在每年夏秋季节回一趟农村老家,就在鄱阳湖平原的一隅,去观看那稻浪滚滚接天际的情景,还有布谷鸟、白鹭、蜻蜓、蝴蝶、蜜蜂,以及一些不知名的昆虫翩翩飞舞,一定会抑制不住一种久违的冲动,去重拾一些几近忘却的童年趣事,扎稻草人、捉迷藏、搓禾秆绳、编织稻草鞋子,或睡在厚实柔软的禾秆堆上数星星,去感受"归来饱饭黄昏后,不脱蓑衣卧月明"之意境。当然,也可选择到城市近郊的田间走一走,和水稻促膝谈心，谈谈甜蜜的扬花，谈谈摇曳万年的爱情，在禾苗拔节声中放飞心情，在"听取蛙声一片"里闭目养神，倘若发现稻田里的"伪装者"——稗草，决不姑息，毅然薅除。

我还想和水稻谈谈那个"以粮为纲"的年代，像我等二十世纪六十年代出生的人，年少时，一碗白米饭就可以盛满一天的快乐和光彩，一碗白米饭就可以吃出满满的幸福感来。再奢侈一点就是米做的各种风味小吃、零食，列举出来足足有一大串，米粑、米粉、米皮、米糖、爆米花、爆米糖、米糕、糕粑、糍粑、麻糍粿、寸金糖、米粉糊、米粉蒸肉等，有很多只是在逢年过节时才能吃上的。不比现在，想吃就动手做或去买现成的，一粒米香充盈着平常日子的安然静好。对稻子，我充满敬意；对米饭，我百吃不厌。每每到北方出差，吃得再好再丰盛，倘若哪餐没吃米饭，总感觉心里空落落的，这或许是稻米已然深入血脉的缘故，这就是一个鱼米之乡人死不悔改的米饭情结。

我还要不厌其烦地告诉我那些久居城市的亲人，由稻到谷再到大米的复杂琐碎过程，播种、栽田（或抛秧）、施肥、耘草、除虫、割稻子、打禾斛（脱粒）、晒谷、碾米、筛米、贮藏……粒粒滚动着辛苦的声响，那是告诫我们要铭记心间；而在时间的跨度上，当不止是以稻的生长期三个月或半年为参照，可以漫长到超越万年，去捕捉远古的呼唤。我愿意沿着稻的经脉，去追溯未知而欲知的林林总总的稻事农事。说起水稻，真不是几句话能够说清楚的。凭我这么一个地地道道生长在长江流域的人，从小在稻香里摸爬滚打，也只会简单把稻分为籼稻、糯稻，还有多年后才听说的粳稻；按栽种季节可分为早稻、晚稻和一季稻。我还知晓，水稻是世界上三大粮食作物之一（另外两个是小麦和玉米），却有近半人口以大米果腹。水稻，一个以解决温饱为己任的美丽天使，一个沿着嘴舌、食道、胃深入血液、骨髓的可爱精灵，是人类赖以生存的命脉。关于水稻，用一万句话来礼赞都不为过。

在万年，在发现稻谷化石的仙人洞，会觉得离稻更近，聆听稻的喁喁私语，味蕾已是蠢蠢欲动。

六石磊磊皆如歌

有石的地方大都是让人向往的，比如石林、石岩、石洞、石潭、石滩等，哪怕没什么名气，只要有石就足矣。

初次听说有个地方叫六石岩，字字如磬敲打心扉，一下就来了兴致，其有"六石"，三石为磊，六石双磊，石石如歌。

自古名人多好石，就不必说我等无名之辈了，我发现文人墨客的斋名、字号用"石"字者不计其数，石涛、白石、石荒……不一而举。而姓石的取名字则爱选岩、磊等嵌了偏旁部首为"石"的汉字，诸如石岩、石磊等，估计全国有很多吧。

他山之石，可以攻玉。那么，六石岩有着怎样的石头呢？

六石岩在赣、浙、闽三省交界处的广丰县境内，六尊巨石排列山峦间，错落有致，峭壁陡峭，依其形状分别命名竹山石、麒麟石、铼钻石、剖刀石、猢狲石、关公石，为丹霞地貌景观，群石汇聚，美不胜收。我一路注视它，默默地向它靠近，感觉到每一尊石头都如一个智者在俯视大地苍生，洞察人间是非恩怨。

石头不语，却惹人言，歌之颂之。到六石岩吟唱诗词的古代文人不少，"一生吟不了，只是此山桥。两边俱碍日，一峡不容桡。素鮋游青冥，哀猿上碧霄。终当来此地，结庐傍渔樵。"这是明朝永丰（广丰）人祝斑璇在六石岩写下的诗作《六石岩桥》。

当地还流传着一副千古绝对"出双山，望六石，六石磊磊"，乃明天

195

顺年间广信知府金铣游六石岩时所出，至今无人对出下联，成为一则趣闻佳话，增添了六石岩的人文魅力，引人入胜令人探究。

单冲着这群石头、这些诗词、这副对联，我也要多去六石岩走一走，感受那嶙峋石头的沧桑厚重，感受石文化的博大精深，深入六石岩我才知晓，这里岂止六块石头，无峰不石，散落在翠绿丛中，构成天然奇石公园。置身其间，人石共存，人在石中，石在人中，人的渺小与石的巨大形成鲜明对比。看来，人有时还比不过一块石头。朝着碧野长空，我以临天的气概，大声高呼，身后的岩石慈祥地笑了起来，并非踏在了石之巅峰上就是征服。

早年爬过其中居六石之首的竹山石，时间久了，印象模糊，只记得山上平地开阔，翠竹林立，茅草茂密，摇曳生姿，微风中我盘坐在柔软的草地上享受着满目坚挺的风景。石，古代八音之一也，六石岩，每一块都是挺拔、坚固、高蹈的音符。尤其忘不了攀登岩顶途中的惊险，那一级级没有保护措施的台阶是从陡峭的石壁上凿出来的，有时候得依靠粗糙的红砂岩作为命悬一线的支点匍匐前行，如今想起来仍然觉得后怕。据说岩下有清朝建造的"六峰古院""筑堡寨城"，遗憾已经找不到了古建旧址。

六石岩不远处，有个古村落，名曰十都大屋。站在十都大屋的智仁桥上，顺着河面望去，六石簇立，突兀穿天，峻峭如笋，无人不称奇大自然的鬼斧神工，身旁有爱好摄影的架起三脚架寻找最佳角度，在等待时机，拍摄六石岩。

古老的十都大屋先祖来自北方，南宋嘉熙年间，因避战乱从山西太原迁至浙江江山保安，后移居广丰十都，之所以择六石岩而居，或许正是看中了美丽神奇、胸怀磊落的六块石头，寓意吉祥：六六大顺，石全石美。

对于六石岩，我的理解不仅仅限于石头本身，其石多多，其形迥异，石兴人旺。磊磊六石，垒起一座座不朽的丰碑。其后代就出了一个叫王直贤的纸商，十都大屋正是在他手上建造的（乾隆年间），因此十都大屋又叫作直贤大屋。这个大屋的确非常大，占地有四十余亩，雕梁画栋，气势恢宏，或许你进去了却不知道怎么转出来，砖雕、木雕、石雕做工精细，有人物、山水、瑞兽祥禽、花鸟虫鱼、博古图纹等。我的目光停留在"龙跃云津"石头门楼和精巧的八仙盘柱、福禄寿喜上，经年的古屋一如它的主人不事张扬，岁月更迭，所有的繁华都已落幕，留下的是无声的寂寞；我的脚步停驻在大屋内天井下鱼池边，此水与来自六石岩的溪流一脉相通，静静地流淌着古村的文明，蓦然间，水面荡起一圈涟漪，是否还有从清朝游来的哪一尾鱼、哪一只长寿龟仍在这里忠实地守望水涨水落，诉说着许多不为人知的心事。

十都大屋，是六石岩眼里最生动的一道风景，历经几百年风风雨雨，迈步跨入新世纪，将再造辉煌、再写新的诗篇。十都大屋的古戏台已经修葺一新，每到周末，静谧的山村热闹起来了，锣鼓点点，越剧声声，唱响了古老村庄的美好明天。那一天，秋日的午后，我在十都大屋徜徉，分明看见片片阳光从屋顶瓦片上轻轻飞掠，我的心也感到一丝温暖。六石岩，是十都大屋的坚强后盾，是十都港畔高擎的旗帜。

哦，"他山之石，可以为错"。六石磊磊，我想借其中一块，再在十都大屋租住一晚，来打磨日益浮躁的心灵。

湖山渺渺

是谁？饱蘸深情的灵感，大手笔一挥，涂抹出绿浪翻滚的诗行。

又是谁？以博大的胸怀，铺开一望无际的柔软地毯，惹得湖水争先恐后抵达岸边，哪怕撞得粉身碎骨，也要一睹铺天盖地的草长莺飞。

沿着鄱阳湖的湖岸线行走，我在富山寻找，寻找儿时遗落在草堆里的期盼，寻找在草堆里打滚过后的奇痒和那份无忧无虑的童趣。梦里，我多少次走进那片江南的草原。

小时候，常常听大人说起春季或冬季去富山打草一事，下田做肥料，也可供耕牛越冬。对富山，包括与其对望的兜山，我一直充满着一种神往。老家前湖咀离富山也就十几里水路而已，踏着明朝的马蹄声走到村南边的司马咀就可以望见富山、兜山，或横亘着茫茫水面，或相隔着港汊、草洲、滩涂。

富山，兜山，如布局在鄱阳湖东北岸的两枚棋子，点化了湖光山色的灵动，山上植被丰富，长满了杂木、荆棘、野花，还有兔子、野鸡、獾、黄鼠狼等。

富山原本是一个自然村，住着彭、孙二姓人家，至二十世纪五十年代初，几近绝户，罪魁祸首就是那个连华佗也无可奈何的"小虫"。

翻开历史的卷帙，《波阳县志》（1989 年版）就有血吸虫病肆虐富山等村的记载。《可爱的波阳》（江西人民出版社 1991 年版）其中一文《医疗卫生面貌一新》叙述："波阳属水乡，湖滨草泽地带多，过去人们视为四大绝症的'泡肚'病，即血吸虫病，流行广、危害大。据 1953 年湖滨地区的横溪乡富山村老人回忆，50 年前（光绪年间）该村约有 110 户人家，500 余人，到解放时，仅剩下 12 户，幸存的 8 个劳动力，也都是个个面黄肌瘦，不能担负正常的生产劳动。"波阳即鄱阳。

年逾六十的彭告银是富山最后一批出生的孩子，他还在襁褓中时，还不晓得什么是迷茫、苍凉、无奈、萧杀、悲苦、辛酸，就随着迁徙的队伍上岸，在百废待兴的环境中长大，见证了新村的从无到有、从小到大。彭告银告知，小时候，大人们常常望着湖面回忆那阴霾弥漫的一幕，那几年，每年村里都有数十人离奇死去，泡肚、双腿水肿者不计其数。他们不明白发生了什么，究竟是谁得罪了神明，每天都有人虔诚地对着鄱阳湖点香叩拜，祈福祷告，却看不见任何希望。离开富山，离开那个被死亡裹挟的富山，成了人们唯一的选择。有的甚至还来不及掩埋亲人的尸骨，就一步一回头挥别熟悉的家园。

老一辈富山人坚持认为，富山差点遭灭顶之灾，缘由是当年有户人家想在乌猪咀葬坟，当一个大坑挖好，突然间冒出血水来，众人惊慌，虽说是马上停止了动作，但乌猪的一只眼睛遭毁，富山的风水遭到彻底破坏，以至于富山从此走向衰败，尤其是"泡肚"病像瘟疫一样笼罩着这片湖区，一个个年富力强的人纷纷早逝。"千村薛荔人遗矢，万户萧疏鬼唱歌"，最后不得不离开祖祖辈辈生存的富山而迁徙上岸，也有少数人家选择背井离乡。富山村上岸后易名狮山村，寄望如雄狮醒来。

富山呈乌猪地形，民间有"九乌寻母"传说：富山像一头母猪，弯弯曲曲的湖对岸有司马咀、烟火山、石头咀、泡里山等低矮丘陵，拱围着富山，像九头离散的小猪，日日夜夜守望着富山。

上了年纪的狮子山人，往来狮子山、富山早已上瘾，哪怕是涨水季节，也要摆渡上富山，在桨声欸乃里获得一种精神上的慰藉。离开富山哪怕有七十年了，如今的狮子山人依然忘不了根在富山，他们日夜守望着富山，劳作的间隙也会不由自主地回头望一望静如处子的富山。有意思的是，他们讲述"九乌寻母"，似乎是在讲述他们自己的故事，冥冥中是一种暗合，那种牵绊挥之不去。

阳光温暖地洒照在鄱阳湖上，和煦的春风以杨柳的婀娜掠过江南水乡，富山村绝地重生。通过封洲禁牧、查螺灭螺，草洲得以净化，"落霞与孤鹜齐飞"，富山的浪花里也飞出了欢乐的歌。经过七十来年的发展变迁，已经达到八十多户，基本接近清朝末年的规模，这还没剔除其间"计划生育"因素，人口增长速度仍然超越了历史最好时期。

富山，这是鄱阳湖留给我最后的惊喜。穿行在富山丛林间，假如没有当地人陪同，已很难看出昔日烟火的痕迹，哪怕是墙基、田园的痕迹也被鄱阳湖的风浪吹散殆尽。

一阵湖风，把我吹进了元朝末年那场在鄱阳湖演绎的恢宏场景。战云密布，一场大战在即，只看见湖面上船舰穿梭、旗幡猎猎，朱元璋、陈友谅双方都在排兵布阵，吴、汉两军对垒之际，我这小小的千总高高地坐在汉军前锋阵营战船船头，望着远处矮小的吴军船只，轻蔑一笑，只要上峰发号施令，我会立马把来敌杀个片甲不留。那天夜里，满天星斗，微风习习，蓦然间湖风吹来了一股烧焦的味道，而且越来越浓，东北风也越来越急，紧接着火光冲天，湖水被映得通红，哭喊声、冲杀声由远至近响成一片，非常不幸，"火烧赤壁"千余年后再次上演，是汉军相连的战船遭对手暗算失火，仓皇应战中，我被乱箭击中，跌落水里，顺水漂流，被附近渔民救下。醒来一问，原来是鄱阳地界富山，还有许多和我一样打散的汉军残兵，有的落户，有的伤愈后远走高飞。我成了富山子民，后来朱元璋得天下，传旨到鄱阳湖畔搜寻当年逃逸的汉军残余。我被人举报指认出来，集中押往饶州瓦屑坝移民他乡，我跳船逃走，又是一阵乱箭射向湖中，泛起浑浊的血水，我昏死过去……陪同的狮子山老人拉开嗓子唱起了渔歌号子"鄱阳湖上好风光勒……"把我的思绪拉回现实，原来是绵绵浮想呈现出的一幕幕情景。

富山叩响着明初的回音。狮子山人的家谱上就有关于鄱阳湖大战的一段记载，语焉不详，甚至不能自圆其说，但当地人指着周边的村落、地名，能够一个一个说出有眉有眼的故事来，集会洲是朱元璋部队胜利后开庆功会的地方，司马咀是汤和养马的处所，富山因埋有汉军的金银财宝而得名……叫人不得不信富山水域六百年前驻扎了兵马，经历了多次大大小小的激战。

再看富山、兜山，乃来自皖赣边界的潼津河入鄱阳湖口右岸，如一把锁挟持往来船只，地形险要，是为兵家必争之地。至今在方圆八百里鄱阳湖上，倘若说起富山，个个竖起大拇指，习武成风，富山岛民驰骋湖上所向披靡，无人敢敌。

狮子山人说，富山上很早就有人家，究竟早到哪个朝代，就不得而知，都是一代一代传下来的，传说一来就是两姓，来来往往，先后经历了杨、马和白、王，而今是彭、孙二姓。

应该有很多年，我从来没有真正走进富山，虽说走亲访友曾几次路过狮子山，也只是远远地隔岸张望富山的山明水秀。潜意识里，我有信心，迟早有一天会走进富山的。不是吗？后来，我只用一个秋日和一个春日就走过了它的前世今生。真的是惊呆了，富山的那种宁静与美好，叫我舍不得染指动笔去写它。

在岁月的洗礼下，富山已然草木葳蕤，富有生机，斑飞兔跳，那口老井在日夜倾诉着鄱阳湖上炊烟袅袅、渔舟唱晚，讲述着民国时期富山人富可敌"湖"拥有12艘盐船的辉煌，侧耳倾听，用的却是"滕王阁序"的韵律。

秋冬季，草洲环绕着富山，天鹅、白鹤、大雁漫天飞舞。春夏季，富山草洲乃水中泽国，成了鱼虾的乐园。富山，滨湖人的聚宝盆，养殖、打鱼、割草。尤其是在秋天，蹚着没膝深的草，绿色在洲上恣意涂抹，多么奢侈的辽阔，我向深处走去，把越来越渺小的身影交给富山。在空旷的富山，我更能看清自己，感受到自己内心柔软的部分。顺手薅了一把草，就像是小时候在菜园摘一把菜，这把草能喂养我的乡愁吗？

伫立富山高处，我看到老家那边密密匝匝的房屋，红墙琉璃瓦最为醒目，粉墙黛瓦次之，被阳光抹上了一层温暖的色泽，乡村也有熠熠生辉时。

富山，原谅我的一厢情愿，我愿意做你身旁的一尾鱼，守着一份宁静，还有本真的荒芜；或者，做湖里的一滴水珠，清晨化作露珠看日出，傍晚伴随夕阳回落湖里。

富山远离喧嚣，远离村庄，一片原汁原味的湿地风光。当一个人在富山行走时，风声、水声，偶尔树影婆娑，惊飞起一只野鸟，一阵响声过后更加沉寂，本能地总感到有一丝害怕，顺手拾起了一根树枝，像是拾起了一丝勇猛。其实，更可怕的是岸上的人们，怕的是他们的贪婪无比、赶尽杀绝，他们焚林而田、竭泽而渔，他们无师自通学会了损害环境、破坏生态。我想，在无序开发的指挥棒下，当富山响起野蛮的机器声之时，也许是灾难又一次降临的前奏，那些潜伏的危害在无情地考量着人类闪避风险的能力。

在没有人烟的富山，面朝更深远、更浩渺的鄱阳湖，我常常不知分寸地会想起"殷鉴不远"这个词。走过富山多处被挖得千疮百孔的无名冢，暂且不去理会盗墓者是不是冲着那个元末藏宝的传说去的，我们不应该保持足够的警醒吗？百年前，多少生命被一只当年看不见的"小虫"悄无声息吞噬掉。

望着这一片美得窒息的草洲，闻听老家人不去富山打草已经有好些年了，我的心微微一颤。各类化肥大行其道，助长了人们的移情别恋。便在心里诅咒化肥，还有农药，还有名目繁多的除草剂。人无远虑，必有近忧。当下的有其田"耕者"，为未来子了孙孙考虑过吗？反思富山的静美，不正是人类经历了一次磨难才换来的吗？行走江湖，从来都是丛林法则。

寂静的富山草原，裹挟着月白风清，还原了大地的一片真实。

原乡侗寨

　　醇厚、圆润、恬美的巴乌如歌如诉，一支舒缓、幽静的《侗乡之夜》乐曲把我带进了原乡芋头侗寨。

　　踩着音乐的节奏，在古寨徜徉，一一走过廻龙桥、鼓楼、门楼、古驿道、龙门、长寿井、萨岁坛等，我沉醉在芋头侗寨的别样情韵里。

　　走进侗寨，我才知晓，芦笙是侗乡的标志性诗意语言，那泛着竹影婆娑的音符，那似竹器击水的声响，那像是露珠滚落而折射出的乐音，我都满心喜欢，甚至跃跃欲试也想操练。

　　芦笙楼是侗乡的标配，在这里，细听一支或欢快或者抒情的芦笙乐曲，竹林摇曳，溪流私语，我愿意在清风里沉醉，古寨悠悠，芦笙悠悠。芦笙，是原乡的象征，是侗乡人经久不息的生命之歌。侗歌飞扬，芦笙婉转，歌声飘落在侗乡大地，也飘进了侗乡人的心田。

　　但我还是要感谢《侗乡之夜》这支曲子，让我在音乐里一次一次畅游侗寨。日后，当我真正进入侗寨，比照侗寨的每一座建筑、每一个细节，乃至每一张笑脸，与早在心中描摹过数十遍的侗寨居然有着异曲同工之妙，我哑然失笑，对侗乡，我比侗乡人还多出了一个幻化的侗寨原乡。

　　在湖南通道，沿着通向原乡的大道，在芦笙的伴奏下，我走进了侗寨深处。

　　这一座座侗寨美得不可思议，美得令人心生眷恋。我特别向往、钟情芋头侗寨的干栏式木楼，在夜里，把自己的肉体贴紧木楼里的木床，那就是贴紧了侗乡的温情脉脉。我安安心心、舒舒服服把自己交给侗乡，心里早已不设防，如同梦回老家。

老实说，面对侗族人，我就觉得有着与生俱来的亲，后来阅读书籍，竟与我那不可名状的感觉不谋而合。有观点指陈，侗族先民来自江西，那就是说，千年前，侗族人与我还是老乡，同饮赣江水，共仰井冈山；更有学者认为，侗族是由百越族发展而来的，那我与侗族人就有着"远亲"关系。这并非空穴来风，我所在的城市上饶下辖余干县，古称"干越"，当地文史专家言之凿凿地说，历史上，余干散落着百越族一支，并养育了百越领袖、长沙王吴芮，《史记》可以佐证。

如此说来，在芋头侗寨，当豪迈地喝一碗"高山流水"酒，喝出搁浅在岁月河滩上的"亲情"来，喝出穿越时空的"知音"来，喝出原乡人的气魄来，再去看那弥漫着侗族风味的蝗虫、虫茶、鱼生，将不会选择迟疑和胆怯，而是大快朵颐一番。从此，那盈盈香气拓展了味蕾的许多可能，要吃就要吃出原乡人的样子来。

入夜，聆听侗族老人用方言讲述古老的故事，讲述芋头侗家的来历，月光也从门窗里挤进了变形的身姿，坐在我的肩头侧耳倾听。芋头侗寨先祖于明朝洪武年间来此肇基立业，繁衍生息。数百年来，侗寨祖母携带的一支芦笙，代代吹响，吹出了芋头侗寨的袅袅炊烟，吹出了侗族的万家灯火，吹出了侗乡人家日常生活的不急不缓。

曾几何时，我们在大地行走，走着走着，不经意居然把原乡弄丢了。回过头来，总想竭力去寻找。回到鄱阳湖平原老家，走过曾遭受洪水肆虐过的故乡，而今移民建镇，择高地而居，故乡今非昔比，找不到真真切切的归属感。除了熟稔、亲切的乡音，独对出生地，我却需要反复去打量、比较，许多儿时的记忆已难以拼接、再现。

在山水间，在楼群间，在古驿道上……我依然寻寻觅觅。众里寻他千百度，走进芋头侗寨，眼前为之一亮，此处是他乡，却散发着原乡的气息、气质、气度。虽说吾身生处、吾心安处皆是吾乡，皆是原乡，然而，一个没有寄托的灵魂总归是孤独的灵魂。侗乡，我要小心翼翼折叠进我的人生辞典，伴我而行。

　　沿着巴乌流泻出的《侗乡之夜》，在芋头侗寨，我完成了一次回归心灵上的原乡之旅。

　　原乡，多么美好，我多么想回到心中的原乡。侗乡，给了我回归原乡的一抹亮光。

　　高举这一束亮光，我再也不会迷失；高举这一束亮光，我将走向更远的远方，那里有原乡的召唤。

时光在南

总以为，中国的城市，越往南，越缺乏历史的厚重。

一个地方，经济可以在短期内如白鹤排云直上，然而，历史的质感就要经历时间的打磨，如一块石头的包浆绝不是一蹴而就的。除了羡慕沿海地区的经济快速增长，对它们的文化，很长时间内我几乎不屑一顾。

然而，东莞可园，以秀美的姿势刷新了我的认知，以脉脉的浮影暗香矫正了我的思考。以至于多年来建立起的对南方城市的误读，让我感到汗颜，不得不警醒自己，对任何事物都不要轻易概念化。

一百七十年前，可园的主人张敬修告老还乡，依东江之畔修建了一座标志性的园林，历时十余年，巧妙地融住宅、客厅、庭院、花圃和书斋于一体，草草草堂、擘红小榭、双清室、壶中天、邀山阁、可亭、可堂等房屋依可湖而筑，错落有致，布局精巧，不言亦可人，弥漫着岭南的风韵。

这位张老先生，曾率军与太平军作战，还做过我的父母官，先后任江西按察使、布政使。如今偶尔被人提起，倒不是因为官当得有多大，而是他留下的一座融入了岭南风格的园林。

这样一来，走进可园，于我来说便多了一份爱屋及乌的亲切感，像是到亲戚家串门。虽说也多次去过苏州园林，以及北京颐和园等，老实说，对中国园林，我并没有太多太深的了解，充其量只能在草木花卉、嶙峋怪石、楼台亭榭、假山溪水间，走马观花一番，也会简单重复别人的超精短评语："真美啊！"在可园，倒不想让这三个字派上用场，应是去斟酌一些赞美的句子。

可园的亲切，我隐隐觉得，似乎还融入了江右的一些元素，譬如那随处可见的红石块，莫不是当年园主从江西赣东北购运来的？那镶嵌在走廊、栏杆、窗棂上的装饰瓷板、瓷器，当有"景德镇制造"的风度。而有些布局、细节，也许是抄袭了滕王阁、豫章藏园的才华。我还偏执地认为，甚至，连园主长年供养画家的雅举，极有可能是从八大山人隐居青云谱迸发的灵感。走在可园，怎么看，都觉得那么眼熟，像是遇见走失了一百多年的亲人。

可园，闹中取静之处。"十万买邻多占水，一分起屋半栽花。"可堂门口的这副对联令人玩味。倘使允许的话，我愿意选择在可园附近，结宇香蕉树下，闲来无事访可园，日涉成趣。快进入腊月了，空气中却飘来淡淡桂香，萌生出错过季节的幻觉。循香而至，金桂满枝，可园，像一位称职的园艺师，装扮着岁月静好，裁剪着时光不老。

感谢可园，保留了东莞多年前一副可爱的老模样，有一个叫欧内斯特的外国人百年前曾"立此存照"，透过有点模糊的黑白影像，依然可见那高耸的邀山阁在岁月深处彰显着不凡风采。从可园出发，穿越百年，转身我即看到如今东莞一副意气风发的容光，日新月异的嬗变。

登上邀山阁，可园尽收眼底。我也附庸风雅作诗一首《过莞城》："途次古城花带雨，可园远眺阁邀山。曾闻莞草华章织，风送东江锦路还。"可园，岭南人遥指的灵魂栖息地。想当年，这里高朋满座，往来鸿儒，不远处桅杆林立，千帆竞渡，一时间，可园上升为岭南的雅集高地，来此吟诗作画，已成常态。看来，岭南画派的形成，当有可园的一份功劳。

与可园相映成景的"可园博物馆"，为当代所建造，乃是一座文化地标，岭南建筑文化、岭南画派艺术是可园博物馆主打的两张牌。在红尘滚滚的浪潮下，可园依旧，实属不易，且在保护中焕发生机，更加让人赞叹不已。试看有些地方，经济的发展，往往伴随以破坏文化、消灭原生态乡村等为代价，暴殄天物，真是痛心。但愿不要等若干年后，又来做一些江心补漏式的反思。东莞可园，在经济发展的浪潮下树立了文化保护的样板，可喜可鉴。

历史上，东莞、宝安在区划上总是那么缠缠绕绕，难以厘清。东莞，比起多少年来都与之平起平坐而今已旁落为深圳下辖区的宝安要幸运得多。东莞，这座曾经的岭南小县城，如今已是像模像样以东江纵队的豪迈姿势挺进时尚都市的行列，高楼与经济一样上蹿，令人惊呼。因了可园，我不得不对东莞刮目相看，觉得东莞还是蛮可亲的。假如没有可园，东莞在我的心中是要打折扣的。在可园，随意抛下几粒红豆，期待来年春天发几枝摇曳我的祝福。

唤一声"可园"，心亦可愿。

有戏的村落

"哐、哐、嚓……"伴随着一阵阵喧闹的锣鼓家私，还没走到墩底村口，老远就听到熟悉的赣剧《玉堂春》三司会审："先打金杯和玉盏，又买古画与翠瓶。南楼北楼公子所造，在中间造起了梳妆楼……"

那是从墩底新时代文明实践中心"墩底戏苑"传出的唱腔，走进去，戏台上盛装表演，戏台下人头攒动，大都是当地戏迷，一些年轻人则有心没心东张西望，似乎在热切地寻找与内心不谋而合的一抹动人身影，也有不少小孩窜来窜去赶热闹。

儿时的记忆绵绵牵扯而出，从小听惯了赣剧，对那种声音有一种不可名状的亲切、感怀。墩底，因为赣剧，我愿意走村串户。与村民交谈，注视着他们嘴唇一张一翕，我甚至以为会碰撞出一段信河调来。赣剧，简而言之，就是饶河班、信河班合并衍生而成的。

在墩底，无论农闲，还是在田间地头劳作时，嗓子一扯，很多人都能"咿咿呀呀"唱上一段折子戏，正是有这样稳固的群众基础，墩底的赣剧戏班以老带新从未间断过演出，逢年过节或红白喜事随时可拉出一支整齐的班子来，墩底人很看重这种仪式感。哪怕是平日里，几个热心票友一合计，拼凑个小班底，或串堂班，就会打开"墩底戏苑"，上台自娱自乐一番，无须彩排，着实过把戏瘾。

墩底也许没有出过诸如潘凤霞、胡瑞华一样的赣剧表演大家、名家，但是，墩底人爱好唱赣剧的基因代代传承，已经深入墩底人的骨髓。墩底赣剧唱腔驳杂，兼容并蓄，已成一派，保留下来的大戏唱本、曲目不下数十种。有赣剧滋养，墩底人的生活品质就是不一样，闲来对着大山吼上一段，开心也罢、烦恼也罢，戏剧不能少，套用苏轼的一句诗来形容墩底人，那就是"宁可食无肉，不可听无戏"。

虽说现在墩底年轻人不大唱戏，但他们中不少人还是有着浓厚的戏剧情怀，更多的是愿意选择欣赏，甚至出钱赞助戏班子，保护赣剧文化，保护信河调。以村影剧院为载体，这里是拥有多功能的新时代文明实践中心，已然修葺、布展一新，融村史馆、农耕文化馆、戏台、剧院、展览等地方文化名片于一体，墩底人的生活剪影在这里可一网打尽。

当然，我并不满足仅仅在图片、展览、公众号里去了解一个村的发展变化、村容村貌、民俗风情，更愿意用眼睛、用耳朵去感受墩底的本真状态，用脚步去丈量墩底人快乐的维度。

在村口大路边，几位老人在晒太阳，和他们聊起了赣剧，一位上了岁数的胡先生毫不掩饰地说，三天不听戏，浑身就不爽，说完，还有板有眼地唱了一小段"苏三离了洪洞县，将身来在大街前……"虽说声音沙哑，依然传递出对生活的热爱，飞出阵阵笑声，我也被他们的笑声感染了。可惜，我不会唱赣剧，不会唱家乡的饶河戏，否则，恰好和他们对上一段。赣剧的念白，使用的就是上饶方言，纵然在上饶生活了二十多年，我还是不会说。但是，看到、听到墩底人唱赣剧，我已经很悦耳、很开心了。

墩底，有戏，真好戏。

墩底，串在楮溪上的村落，串堂班吹吹打打出了一个戏剧之村。

墩底人，被溪水擦亮了嗓音，声声唱响信河调，唱响新时代文明主旋律。

书院里的乡愁

书院，是一个地方的文化印记、文化标识。

这些年，在赣东北大地行走，或再扩大一些范围行走，"书院"出现的频率高于划过耳际的风语，我似乎常常听到"之乎者也""人之初性本善""天地玄黄"之类的琅琅书声从浩瀚典籍从岁月深处飘来，又旋即落入山川河谷，落入烟火人家，余音袅袅，那是一个个令人魂牵梦萦的地方，那是一个文明古国抹不掉的精神家园。

书院，是古人讲学、读书、藏书处。

每每听到哪里有一个书院的旧址、遗址，哪怕只是一个折叠在发黄线装书里的陌生概念，我都兴奋不已、跃跃欲试，就计划着去寻觅去打捞那些早已湮灭于尘世的历史印记。那个草长莺飞的早春，听说怀玉山脉金刚峰下怀玉书院故址后山有一株梨树为朱熹亲手栽植，驱车前往，面朝玉琊峰，慨叹怀玉书院已然无存，幸有梨树巍然屹立，与一截清代遗落的"怀玉书院"残碑相映相惜。梨树，见证了千年岁月悠悠，不也欣慰。点点梨花雨，是否在告诉我，这里是王安石、汪应辰、吕祖谦、陆九渊等大儒来过的文化重地。隐隐间，我听见山峦间飘来抑扬顿挫的声音，是谁在吟诵王安石的《题玉光亭》："传闻天玉此埋堙，千古谁分伪与真。每向小庭风月夜，却疑山水有精神。"而今，怀玉书院已然重建，粉墙黛瓦，流光溢彩，只是不知道还能否找到昔日的文化风韵。

而信江南岸崇山峻岭间的南岩书院，似一团缥缈的山岚，撩拨着我意

211

欲探个究竟，然由于个中原因，至今未能成行。当地一位方志办的老师告知，南岩书院是借天然丹霞山洞为依托扩建而成，洞内摩崖石刻历经千年风雨剥蚀，大多仍保存完好，愈加令人心向往之。每当经过茶亭那一片朱熹吟诵过的山水，耳畔就回响起《南岩》诗句"南岩兜率境，形胜自天成"，聊以慰藉。

"江右书院甲天下"，《江西书院》记载，江西有书院近2000所。而在江西，上饶古代书院颇多，恰与上饶进士甲江右是匹配的。有人统计过，自隋唐兴科举取士以来，上饶进士达两千多人，这与宋明时期江西大力兴办书院、义学、私塾密不可分，可以说，高中者几乎都是从书院走出来的才俊学子，欧阳修诗赞："区区彼江西，其产多材贤。"

书院大凡建在山环水抱间，悠然见山，修身养性，凝练操守；低头望水，洗礼灵魂，激发才思。史料记载，从宋至清，饶州、广信两府（涵盖今上饶、景德镇、鹰潭三地）共建书院167座（不包括因区划变迁划出去的景德镇、鹰潭）。

每到一地，选择去书院走一走，叩古访幽，接受熏陶，自认为这是非常不错的安排。譬如，上庐山，当去拜谒白鹿洞书院，去触摸源远流长的中华文化，"日月两轮天地眼，诗书万卷圣贤心"。而到长沙，能不去岳麓书院吗？单凭那以一片枫叶燃烧了半个盛唐的诗句"停车坐爱枫林晚，霜叶红于二月花"也想去。离我居住地最近的一座书院是信江书院。顾名思义，信江书院濒临信江，坐拥黄金山。想放松自己时，我就会用信江书院来犒劳自己，觉得这是一次亲近文化的创意、一次探寻文脉的策划、一次洗礼灵魂的温习。

走入信江书院，藤蔓、青苔不时张扬缠绕、铺陈在青砖红石间，蔓延出历史的质感，高大的古木、陈旧的木构房屋有序坐落其间，幽幽静静，与二十年前第一次走进信江书院时相比，看得出已修葺一新，尤其是恢复了标志性建筑钟灵台（魁星阁），与春风亭、一榻轩、夕秀亭、三余书屋、又新书屋、亦乐堂携手演绎出今日信江书院的雅致风姿，书香漫溢。在这里，走走停停，一砖一瓦，一花一草，似乎都散发着书卷的气息，目触之处折射出温馨的旧时光。学着古代学子的样子，手持一本书，倚窗而读，想必也可读出"人生识字"的忧患、"十年寒窗"的煎熬和"金榜题名"的喜悦。

每每走进书院，就会联想很多，思考很多。常常拷问：哪里是乡愁？哪里去寻找精神的家园？书院，又何尝不是一个文人的乡愁！

"斯文宗主"牌坊可谓天下无二，耸立在鹅湖书院庭院内，无论从精雕细琢的工艺上，还是高大不凡的气派上，人们无不为之惊叹。"斯文宗主"，鹅湖书院的精华所在，也是书院文化的精髓展现，时时激励着、警醒着后来人，这是一个血脉里浸润着国学基因的民族，这是一个有着五千年文明的古老国度，汉字、儒学是沿着甲骨、简牍一直绵延不绝的文化符号。

南宋淳熙年间，鹅湖书院以短短三天"堪称典范的学术讨论会"无缝承接了儒学之精华，理学集大成者朱熹、"心学"鼻祖陆九渊在此短兵相接，碰撞出了一段"鹅湖之会"的千古佳话，鹅湖书院盛开着中国哲学史上绚烂的友谊之花，也开创了中国书院史上首开会讲之先河。请听，鹅湖山上依然回响着中华理学辩论的激越之声，比"鹅湖山下稻粱肥"的节奏感更强。其时，本不是鹅湖书院，而叫鹅湖寺，后人借朱老夫子在此教书育人之名，遂建成鹅湖书院。鹅湖书院，如今已成为中国哲学界、文化界的一座地标。试想：谈古代书院，谁能抽掉鹅湖书院？

"男儿到死心如铁，看试手，补天裂"，豪迈、激昂的声音再度响彻鹅湖书院上空，十几年后，鹅湖书院裹挟着金戈铁马的霸气，在那个大雪纷飞的冬季，又一次被推上历史的前沿地带，辛弃疾、陈亮（邀请了住武夷山南的朱熹，因雪封山未至）在此长歌互答，商讨收复失地之计，"醉里挑灯看剑"，其爱国之情苍天可鉴。鹅湖书院，也因"辛陈之晤"而披上了一层英雄的光芒，史上誉为第二次"鹅湖之会"。

两次"鹅湖之会"，彰显了鹅湖书院厚重的文化价值，更奠定了其难以撼动的历史地位。俗话说，近乡情怯，而我，每次走进鹅湖书院却也有这种感觉，仰望大门上方那四个粗黑有力的大字"鹅湖书院"，都有一种怦然心动的仪式感，有一种回归家园的感觉，生怕我的那点不拘小节显得不够虔诚。走进鹅湖书院，我像个小学生走进学堂，总是把脚步放得很慢、很轻，然后隔着时空去静听山长的教诲。在这里，一代代学者、大贤怀揣修身、齐家、治国、平天下的抱负，秉承"士志于道"的书院精神，却并不局限只读圣贤书，而让心灵放牧山水间，参悟、洗礼、净化，对今天的我们也是很有教益的。

每有外地友人来访，倘若筹划外出行程，我往往会自豪地说，那就以一座书院来招待吧，正是周边星罗棋布的书院给了我高度的文化自信。印象中，我所知晓的上饶书院大致有：鹅湖书院、信江书院、南岩书院、怀玉书院、稼轩书院、梅岩精舍、端明书院、紫阳书院、双溪书院、鄱江书院、芝阳书院、东山书院、叠山书院、广信书院、丰溪书院、含珠书院、南溪书院、银峰书院、黄塘御书院……当然，远不止这些书院，不胜枚举。

每一座书院，都蕴含着一串不一样的故事，也或闪耀着一串历史文化名人的轩昂身影，某个瓦砾、砖石、泮池，某块碑刻、木雕，一定见证了书院的气度风华，见证了蟾宫折桂的奔走呼告，见证了莘莘学子的"悬梁刺股"、意气飞扬。坐落弋阳县弋江镇的叠山书院，院中套院，廊中见廊，飞檐翘角，一派古色古香，面朝信江，书声不绝，千年间走出了两个彪炳史册的人物，一个是南宋英雄谢叠山，还有一个就是闽浙赣革命根据地和红十军团缔造者方志敏。

谢叠山，名枋得，南宋末年，倾其家产率民间义军抗击外侮，其气节如山，宁可绝食殉国，也决不称臣元朝，以名节为后人树立了一座不朽的丰碑。"大丈夫行事，论是非，不论利害；论顺逆，不论成败；论万世，不论一生。"这是谢叠山流传于世的一句名言，至今仍然深深地影响着后人。仰望谢山书院，这里最初是谢叠山少时读书处，多年后其门生为了纪念恩师而建起了叠山祠，又改称叠山书院，后一直是历朝科举学子们的授教场地。

在那个血雨腥风的沧桑岁月，叠山书院接纳了少年方志敏孜孜求学，探寻真理。从这里出发，方志敏一步一步走向更为广阔的天地，为了可爱的中国，他以清贫涵养气节，用自己 36 岁年轻的生命血荐轩辕，终于迎来"到处都是活跃跃的创造，到处都是日新月异的变化"的盛世景象。叠山书院，庭院深深，树木翁郁，是一个读书圣地，更是一个英雄辈出的地方。仰望谢山书院，我缓缓迈步进去，去寻找伟人的足迹，去缅怀伟岸的风骨，去重温伟大的初心。

书院，就这样一次一次俘虏了我的灵魂，我甘愿深陷其中，一如陷入无边的回忆和乡愁。走进书院，心会变得很安静，在安静里检视走过的路，思考人生思考未来，是扪心的拷问，是心灵的升华，心便会走得更远。

湖上的光

一抹从晶硅片泛浮的蓝光，折射出古老渔村焕发新的生机。

一抹从晶硅片释放的能源，助推了古老渔村实现自己的"富强梦"。

那一抹光抵达的大湖深处，就是我的故园。眼前常常幻化出一幅最美画图，渔光交融，多姿多彩，思绪便飞回了生我养我的渔村。

"（2019年）1月7日上午，上饶光伏发电技术领跑者鄱阳250兆瓦项目开工仪式在我县鸦鹊湖乡举行。"当看到《鄱阳报》第二天的头版头条消息，虽说文字表述上有明显瑕疵（鸦鹊湖乡应当是"柘港乡前湖咀村远路山"），我仍然是欢呼雀跃，多么想剪裁一截新年喜庆的华光，遥祝几百里外的家乡越来越好，在走向辉煌的征程上更加扬眉吐气。

菱角塘、麻叶湖（又称麻园湖），两湖凭借一石桥南北连通形如宝葫芦，伫立老家前湖咀山丘上，放眼环视，一览无余，波光粼粼，偶有渔舟悠悠划过，欸乃桨声里荡漾着村庄几百年来不变的古老气息。

己亥新春伊始，老家开阔的湖面上一天一个样，"千树万树梨花开"，似乎是一夜之间覆盖了深蓝色的光伏板，湖面上的架空层齐齐整整，似排兵列阵，气势如虹，一大片一大片，甚为壮观，给空旷潋滟的水域增添了一道独特的风景。尤其是光伏板上如网排布的纵横有序的白色几何线条，不知那是不是阳光游走的线路，熠熠生辉，辉映得湖光山色更加炫彩迷人。

麻叶湖光伏电站落户老家，也许是一次千载难逢的机遇，在灿烂夺目的光伏指挥下，老家将掀开快速发展的崭新篇章。

光伏，生来就与阳光血脉相连，这是一个弥漫着太阳馨香的产业，这是一个散发着太阳光辉的产业，用阳光"点石成金"，用阳光自如挥洒，洒满两湖百姓的喜逐颜开。再次认读"光伏"二字，我读出了菱角塘泛出的潋滟波光，读出了人类的智慧"扶摇直上九万里"，将太阳能收集、转化成电能。

还是在旧年春季，我回了一趟老家，我看到，征用的远路山（俗称"红坑伲"）已推平，小垅也已规划成观光广场。在光伏电站的工地上，我见到许多父老乡亲的身影，他们挥汗如雨，他们劳作并快乐着，他们当之无愧是家乡面貌改变的亲历者、参与者，尊华、玉林、松顺、托顺、成日、兆西……按辈分大小我一个不落地喊叫着他们，并递上一支烟，也有我叫不上名字的年轻后生，点头微笑，算是——打声招呼，免得怠慢了父老乡亲。

他们有的在岸边建设升压站厂房，有的参与了在湖上打水泥桩，架设光伏电板，就像是在湖面种上永久的渔网，比在自家田地种稻子、大豆等还要一丝不苟，生怕有什么闪失而带来意外。

从此，"光"通桑梓，光便也成了乡愁，照亮我回家的路。而更多的时候，我都是蛰居在城市一隅，思乡的情结驱使我总是不由自主地仰望天光云影，便不再徘徊，已是心满意足。

我感觉到，有一缕光，穿过黑夜的鳞隙，穿过繁杂的工序，穿过科学的流程，播洒在老家的湖面上，与渔光交相辉映，映照得小村格外安详。

"光"耀未来，未来已来；"光"影万变，日新月异。再过些时，我怕已不能认得家乡的新颜，纵是如此，也会欣欣然。

村干部光顺煞有介事地告诉我："发挥光伏综合示范基地引领作用，把资源优势转化为经济发展优势，我们全体村民就是直接受益者，也是历史的见证人。"多么文件式的书面的自信的话语，却出自一个村干部之口，可见老家人不但认真领会了上面发展光伏发电以及产业扶贫的精神，并且接受了这个项目，是更充满着走向小康之路的期待。

他还告诉，光伏电站的升压站就坐落在永路山，占地四十多亩。升压站与前湖咀村文化中心近在咫尺，且互成掎角之势，农耕文化与现代工业在此碰撞，相映相衬，欢快的广场舞跳出了老家人对美好生活的向往。湖畔还竖起了一块彩色文化石，刻写有"鄱阳光伏领跑，观光文旅平台"等字样，村前那高高的栎树或也将成为生态观光旅游的标志性符号。去看那浪花上的光伏，渔歌里的村庄，不也心旷神怡？！傍晚，落霞洒在光伏板上，溅起闪闪金光，忽惊鱼跃鹭飞，一派岁月静好，清风即兴吟唱"家乡美如画"。

春风骀荡，杨柳摇曳，又一次走在老家光伏电站高高的堤坝上，广袤的深蓝色的光伏板飘荡着新科技的意气风发，飘荡着新科技的活力创新。折一枝春光，我要献给一块块深蓝色的硅片，感谢它们在为我的老家增光添彩。

在生产车间，我看见一块巨大的正方体"多晶硅锭"，据说有几吨重，它一直在我的眼前浮现，简直无法想象，是什么刀锋将它裁切成纸薄的硅片，然后神奇地镀上网格状电路，白蓝相间，就可以平滑无缝对接阳光，源源不断地给千家万户送去光和热，我总以为这是在看童话故事，否则就会觉得不可思议。我承认，我接受科学的想象力只停留在童年阶段。

硅，硅酸盐，二氧化硅，其实早就隐身在与我们一日三餐不离不弃的陶瓷里面。硅，与我们是如此的亲密，或许我们已然熟视无睹。

诚然，在身边，硅则以另外一种形式存在，薄薄的一片却凝聚着太阳的光芒，它靠接受太阳的恩惠而布施人类、造福人类。高科技，帮我们实现了这天方夜谭般的关键一步。

而"高科技"于我，更是一个与乡关有牵扯的生动名词，它轻轻地撒下一张网，就俘获了我一生的思念、一辈子的羁绊，那麻叶湖、菱角塘的烟波里跳动着一片蓝光，是希望，是呼唤，是瞻望，是对漂泊灵魂的救赎。

我深深知道，回家的路，有光的照耀。

远远地，看到那满湖铺就的深蓝色光伏板，我便知道，快到家了。我要好好感受"渔光一体"相映成趣的美好故事，还要和架在湖上的光伏板唠唠家常、说一说外面听到的"新科技"故事，比如，哪里研发又有了历史性突破，哪里又上了一条年产多少 GW 光伏组件及配套产品的生产线，哪里出口国际市场又拿下大单……

夜里，徜徉湖畔，透过一帘薄暮，水汽氤氲，我看见，光，在湖上舞蹈，那是"渔光"，还是星光？在水一方，那一抹光抚摸着一颗早已疲惫的心，我愿泊在这温柔的"渔光"里。

崛起深山

晓出槎源坞，征战几时还？

这天，空气中还散发着爆竹的气息，时节也还是正月里，哈气成雾，山区的气温更低，而槎源坞的老百姓一大早就起床了，纷纷赶往村前广场，依依不舍的情绪在每一个人胸中涌动，狼烟四起，子弟兵要离开根据地，前往更广阔的战场，大家都明白，此一去，不知何年何月才能回来啊？

简短而不失庄严的誓师大会上，没有豪华出征仪式却充满着豪气。"出发！"随着一声令下，中国工农红军挺进师英姿飒爽的官兵们迈着坚实的脚步缓缓离去，望着渐行渐远的背影，送行的人群中有人"哇——"的一声哭泣起来，霎时，呜咽声一片，混合着《十送红军》的深情吟唱，歌声越来越明朗、响亮，在新篁河上飘散开来，飘得很远很远。

这里是中国工农红军挺进师诞生地，多少年过去，槎源坞人口口相传着子弟兵鱼水情深的故事，从方志敏创建根据地开始算起前后已经七年，那一幕幕情景在岁月的河滩上闪闪发光，激励着苏区人民冲破黑暗走向光明。

时间定格在 1935 年 2 月 27 日（乙亥年正月廿四），一个平凡而又特别的日子，槎源坞这个很不起眼却很了不起的地方，诞生了一支士气昂扬的抗日劲旅——中国工农红军挺进师。次日，挺进师正式开赴闽北、浙西南，展开了全新的战斗画卷。

这是一支重新改编的部队，携带着山区洁白的冰花，披着硝烟，冒着炮火，从这里挺进，走向抗战前线，走向共和国的辉煌。

风萧萧兮"信"水寒，他们或许还来不及抖落身上的草茎尘土、擦干净满身的血泪伤痕，还来不及掩埋同伴的遗体，就必须翻越灵山、强渡信江，赶赴前线开展游击战，牵制敌人，似有"壮士一去兮不复返"的悲情和豪迈，哪怕是荆棘丛生，哪怕是悬崖峭壁，毅然决然冲锋在前。

浴火重生，槎源坞做证，挺进师前身是北上抗日先遣队。粟裕回忆挺进师时曾说过："我们这支部队的前身本是赣东北子弟兵——红十军。"方志敏在狱中得知挺进师的消息，"心上一阵又是悲痛又是钦佩，又是快慰的情绪冲上来，几乎要感动得流出眼泪了"。

数十年后，祖国山山水水一派欣欣向荣，我不知道粟裕大将后来是不是回到过闽浙赣根据地，回到过横峰回到过篁村槎源坞？他的部分骨灰是不是撒在了这片红土地上？我想，他一定牵挂着这里，牵挂曾经并肩作战倒下去的战友，牵挂着闽浙赣苏区人民。

槎源坞下村湾的人还记得，这是自己的功勋部队，是一支打不垮的部队；砖木结构的槎源坞会议旧址挺立在大山深处，空荡荡的屋子里依然回荡着"绝地逢生"的决策声音；漫山遍野修长的篁竹伫立成苏区人民的深情守望，守得天荒地老，也要守望远去的子弟兵。

槎源坞，是希望之地，是崛起之地，更是红色圣地。所谓"槎"，砍伐之意，《国语》载："山不槎蘖，泽不伐夭。"冥冥中，挺进师选择槎源坞开拔昭示着新生的事物是顺应天理的，有着不可逆转的向上力量。

槎源坞，一个永远值得致敬的地方。槎源坞四面环山，只有一条乡道连接新篁（篁村），再通往外面的世界。夜宿槎源坞，周边散落着下村湾、西边村、东边村、槎源村、埔田坞、石垅坑等村落，民房大都依山逐水而建。村民告知，当年，每一个村落或许都分散驻扎着先遣队的将士们，这里的老百姓以大山的质朴为子弟兵接风洗尘，为保存革命的火种默默地奉献着。下村湾几位陈姓老人说，那时他们还小，听大人说部队在开会（即槎源坞会议），各个路口需要人望风，也和大人们一起值守，如今想来真是帮助干了一件有意义的大事，说完，笑意随着细密的皱纹舒展开来。

　　槎源坞，大山里一抹永远闪亮的红色。山风吹拂，我看到了星星之火执着燃烧的跳跃，听到了嘹亮的军号穿透时空飘来的声音……我迷恋槎源坞的一草一木，迷恋槎源坞的村村寨寨，行走在槎源坞的深潭、峡谷、山峦、关隘、古道上，幻想着自己是一名血性勇士或侠客，为了理想为了主义，甘愿游弋于深山密林间，与敌人周旋打游击，神出鬼没，该出手时就出手。

　　稍稍觉得遗憾的是，槎源坞的红色文物保护还有许多工作要做，诸如槎源坞会议旧址、誓师大会广场、名人旧居的修缮等还不尽如人意，挖掘革命遗址、兴建纪念馆（或展览馆）等也应摆上议事日程，这既是告慰英烈、彰显初心、弘扬精神，也是激励后人有信仰、思源头、不忘本。槎源坞，一个很偏僻静谧甚至微不足道的地方，却是一个不能被忘记的地方。

　　然而，令人欣慰的是，槎源坞已伴随"决战脱贫攻坚"的脚步走向富裕，正走在奔小康的路上。倘若八十多年前从这里走出去的子弟兵魂归故里，怕是认不得故乡的路，当年的泥瓦房、茅草屋已荡然无存，但他们能感受到故乡淳朴的民风是那么的熟悉。槎源坞如一幅镶嵌画，篁竹绕舍，一栋栋依山傍水的小楼房以及文化广场、文化墙、仿古长廊等有序坐落，村道已硬化、亮化、美化，沟渠清澈，田园四季瓜果飘香，与山色变幻的斑斓相互映衬，我去时正值莲花盛开，盛开着村居的诗意，满畈荷叶摇曳，清悠的芳香里飘出了扶贫产业的好政策，飘出了百姓一张张笑脸。

　　槎源坞，数百里怀玉山脉皱褶里的一块翡翠，远远望去，群山环抱下，蓝天白云轻轻涂抹着那一片生动的人间烟火。

从仙山岭出发

　　绕着盘在山身的小道行走，雨幕悄然扯起了门帘，却挡不住我向上的步伐，几树梨花雨，数枝映山红，摇曳生姿，早春的气息扑面而来，还有那岁月深处的召唤。

　　一座名不见经传的小山，坐落在广信区（原上饶县）与横峰县交界处，从山下汪坞村出发，半个时辰就可以到达仙山岭（又名千山岭）。

　　途经一栋简易的凉亭——仙峰亭，拐过一个山弯就到了仙山岭，殿堂上供奉的是柴姑娘娘等神灵，并无牌匾，问当地人叫什么庙，告知就山取名叫仙山岭庙，口口相传，延绵至今。

　　这是山中一块不大的平地，三面环山，一座风雨飘摇的小庙宇，坐南朝北，房屋右后角还有两口古井，水很清澈，可饮用。房屋历经修葺旧貌不再，但那一段原汁原味、保存完好的墙基却见证了岁月的变迁，见证了上饶特区第一个中共党支部——湖村支部的成立。

　　说实话，庙宇一点也不气派，甚至显得有些局促，香火也是差强人意，一眼望去，就是一栋砖木结构的平房，别看毫不起眼，却承载了一段不可磨灭的光辉历史。

　　守庙的汪发生有七十岁了，说他奶奶原来护守这个庙，奶奶去世后，他就接替守看，似乎是一种责任在驱使他这么做。他还自豪地说，他奶奶姓何，为革命先辈黄道他们在仙山岭秘密开会烧过茶水。黄道等人在这里喝了鸡血酒盟誓，结成革命兄弟。仙山岭由此也烙上了红色印记，成为上饶革命的摇篮之一。

就是在仙山岭开会时，会议开得正酣，山下有个姓余的佯装上山砍柴，走到庙外透过窗户发现有几个陌生人围在一起开会，立即转身慌里慌张下山。正在开会的黄道等人发现情况，预感不妙，迅速转移开会地点至山那边横峰港边平塘、祝家，后又转移到孔坞、湖村库前二十八都等处。撤离后不久，山下国民党靖卫团一伙团丁进山围庙搜查，扑了个空，懊恼而归。新中国成立初期，那个姓余的告密者被枪决了，经查还干了不少其他破坏党组织的坏事。

我找来上饶地方党史书籍查阅，果然有一段话与仙山岭有关，"1928年7月15日，黄道等同志到湖村召集最早发展的积极分子刘道奇、何启泉、朱兴邦、宁椿生、江立山、李财标、陈兴源七人，在茶园背后的仙山岭开了一个秘密会议。会上，他们分析了当前的革命形势，并就革命策略、建立党组织等问题做了讨论。""7月23日，成立了上饶县第一个中国共产党党支部——湖村党支部，江立山任书记。"

我对仙山岭充满敬意，山风吹过，还能送来当年唤起民众觉醒的号角吗？还能送来星星之火的燎原之势吗？还能送来工农红军节节胜利的旌旗招展吗？我侧耳倾听。

湖村党支部旧址位于茶园火烧楼，是一栋土木结构瓦房。

而今，茶园是一个村委会，在茶园火烧楼村一栋项氏房屋前，墙上挂了几块崭新的各色牌子，标示这里就是"湖村党支部"的成立地，房屋已翻修，修旧如旧，看上去还是那么古色古香。据当地老人回忆，此屋门前就是一条通往广信府的古驿道，当年火烧楼两边是店铺，还有一幢楼，据说火烧楼的得名是由于匪徒放火烧楼而得名的。

在交通要道边成立党支部，安全系数太小，当年的革命先辈们不会不考虑这个生死攸关的基本常识吧？也许正应了一句俗话：最危险的地方最安全。茶园的"项氏民居"恰好成为一个秘密联络点，像方志敏、邵式平、粟裕、黄开湘、黄道等都在里面商议过闽浙赣革命苏区的大事。如今屋内恢复了方志敏、黄道、粟裕等人旧居。

发源于灵山南麓的岑港河（因流经岑山而得名）穿茶园村而过，当年想必传递过红色火种流向远方。再走一走这条铺了沥青的村道，当年古街的框架依稀可辨，估摸有几十米长，商铺已不存，两边住了数十户人家。再看挂在湖村党支部旧址里面那一串陌生的名字，又是那么可亲可爱。为了挽救民族危亡，为了理想信念，一个一个英年早逝，陨落在历史的长河里，我暗暗地默立、致敬；那是一个一个年轻的身影，我早已活过了他们的年龄，面对他们的无所畏惧、浴血奋战，而今我们所面临的苦闷、苦恼、不快、怨愤，又算什么？当摒弃患得患失、怨天尤人，轻装上阵，投身时代的前沿。

值得一提的是，上仙山岭的路之所以那么平整，是汪发生、汪灶生兄弟两人一个台阶一个台阶修起来的，直通山顶。两人坚持募捐修路多年，一年修一截，接头处痕迹明显，水泥颜色有差异。汪灶生已有七十五岁了，他说，资金来源主要靠募捐，还有一点香火钱，钱远远不够，每年只能修一小段，就这样连续修了五六年，仍还差一截是崎岖不平的山路，只有等过了雨季算计筹集到的钱再来谋划继续往前修下去。走在这条路上，脚底轻快，而心头则感到一分沉重，这是一条通往希望之路、通往光明之路、通往胜利之路。

仰望群峰环绕，我对仙山岭的感情，崇敬中夹杂着复杂的情绪，总觉得这样一个地方不应该默默无闻，不应该那么破败不堪。在屋内徜徉，似乎听到那峥嵘岁月里传来的慷慨激昂的声音欲穿透屋宇，以及看到一副副冲破黑暗的神情、一张张向往未来的脸庞。

重走党路，重温党史，是一次心灵的洗礼。走上仙山岭，哪怕只是一段微不足道的"红路"，我一样感受颇深，正是无数个这样的红色之旅，才汇聚成滚滚洪流，才汇聚成磅礴气势。

走上仙山岭，环顾群山，远近峰峦叠翠，感慨万千，百年沧桑，红色永存，听梨花带雨，赏杜鹃映红，山上山下一派欣欣向荣。

湖塘清风

　　湖塘，一个普通而不平凡的小村。

　　湖塘，一个三面环山的红色圣地。

　　在二十世纪上半叶，从这里走出了一位威震东南的英雄人物，那就是伟大的无产阶级革命家方志敏。

　　湖塘村口，坐落着方志敏故居，这是湖塘的文化地标，一栋古旧的砖木结构六榴屋，坐西北朝东南，典型的赣民居风格，砖砖瓦瓦间折叠着百年风云，折叠着烟雨湖塘。

　　这些年，到湖塘的次数早突破了个位数，然而每次去还是辨不清方向，总感觉是一次一个样，也怪自己常常是走马观花。这一次，我决定住一个晚上，一直认为，对一个地方的深切体验应该是从睡眠开始的。

　　湖塘民居大都是依山势傍溪流而建，白墙青瓦，高高低低的飞檐间一缕缕炊烟升起祥和，我的心也飞进了湖塘的弄弄巷巷。

　　庚子之夏，一个蛙声如雨的夜晚，听完当年红军枕戈待旦的故事，我把睡眠放心地交给了湖塘。湖塘的夜，如诗如梦；湖塘的夜，清幽恬静。

　　湖塘，这几年民宿做得很好，在当地政府引导下，把推进民宿建设作为脱贫攻坚的着力点，先后发展起了三十多家。我入住的是一位年近七十的老村长方华平开的民宿，客房干干净净，设施齐备，给人舒舒服服的感觉。一起吃饭时，朴实的老方话语不多，正餐就喝点小酒，自酿的谷烧里弥漫着生活的芳香，他不时招呼着我们夹菜吃。然而，谈起方志敏，老方话语便多了起来，俨然是一个不折不扣的方志敏研究者，他是方志敏的侄孙辈，一个支脉延续下来的，从小耳濡目染红色文化，讲起来头头是道，更显生动真实。方华平家住在后山坡上，出门经过一排房子，就是方志敏故居，故居屡遭劫难，几经修葺，质朴无华，"清贫"依然，里面陈列着许多珍贵的实物、图片、文献手稿等，配有文字说明，展现了方志敏奋斗的一生、光辉的一生。

走进故居，里面有个蛮大的院子，中间是个圆形花坛，院子四周栽种了些许花草树木，大都是方志敏一生喜欢的松竹梅兰。我们去的时候，墙边一棵杨梅树挂满了红红绿绿的杨梅，红透了的溅落一地，令人生津，不由自主地咽下一口唾液。抬头望梅止渴，低头思接古今，"文山去后南朝月，又照秦淮一叶枫"。

故居院门正对着闽浙赣省苏维埃政府旧址，估摸是按照横峰葛源的原样仿建的，大门口耸立着一座方志敏扬鞭策马的雕塑，那威武的神情，栩栩如生，再现了方志敏当年的飒爽英姿，挥戈北上抗日，踏遍青山人未老。

方志敏故居的右边紧邻三口水塘，中间隔着一条村弄道，想必村名是因三口水塘而得名的吧，无须求证。荷花正开得欢畅，荷叶连连，水面上搭建了游步道，清一色的花岗石栏杆，漫步其中，正好缅怀英雄、追忆往昔岁月。

环绕故居的布局，整个策展精心独到，恰好是对方志敏一生追求高洁、志趣高雅的写照，"心有三爱奇书骏马佳山水，园栽四物青松翠竹洁梅兰"。

在湖塘，红色文化元素俯首皆是。故居右边小弄堂一直往底走，在拐弯处，有一栋民居，却是赣东北第一个农民党支部旧址。仔细观看，与普通民宅没有什么两样，却承载了一段经年尘封的历史，触摸斑驳的门墙，岁月深处的一幅幅激情燃烧的画面漫漶开来。

湖塘村前有一条溪流，名曰梅溪。梅溪上有一座古桥拱文桥，原是湖塘人来来往往的必经之路，据说桥上的红石墩是少年方志敏常常在此读书坐的石墩，桥头还有一块清末同治七年立的石碑，修桥捐款等内容仍可辨，隐隐约约的字迹间透射出湖塘的民风淳朴……

　　这座古桥，一头连着新修的方志敏文学院，一头连着古木参天的读书园，溪流潺潺，微风轻轻，穿过静谧的读书园，曲径幽深处有一座竹制长亭，还能否传出那琅琅书声吗？侧耳倾听，一缕缕清风送来《可爱的中国》的深情朗诵声，随着那抑扬顿挫的节奏，心头涌起无限感怀，听到最后，胸中一片开阔。

　　那一夜，枕着湖塘的山溪，悠悠鼾声随着村前荷塘泛起的涟漪飘散开来，我睡得比莲花还香。

　　那一夜，置身湖塘山雨中，像是接受荡涤心灵的洗礼，早晨醒来雨停溪流急，放眼望去，天空下云卷云舒，湖塘山水更加清朗。

岁月深处那一抹"星火"

　　一簇簇紫薇花摇曳枝头，摇出了一片夏日浓情，走进信江北岸的新滩，乡道上的宣传牌高高悬挂着，一路上，田园气息扑鼻而来，在绿色树荫掩映下，最醒目的内容是"铅山党建，从新滩开始"，形成了一道独特的景观，勾起人们对往昔峥嵘岁月的回首、敬仰。

　　沧桑百年，百年沧桑，星星之火已然燎原大地。

　　新滩，是因河水新冲出的滩涂而得名的吗？独立新滩，叩问徐霞客笔下的叫岩，却不闻回声，只见信江滔滔西去。新滩，清新的山清新的水，一座座丘陵坐落其间，丹霞地貌烘托出一个名副其实的红色乡村。新滩，惹人醉，叫人寻寻觅觅，我要沿着丹霞地貌的纹理去打捞尘封百年的红色记忆。

　　踏着季节奋力张扬的韵律，在新滩行走，我努力去寻访铅山县第一个中国共产党党支部旧址。地方党史上的记载不详，仅有寥寥数语："1928年，在方志敏、邵式平、黄道等领导的弋横农民武装暴动的影响推动下，横峰、弋阳、上饶的共产党组织在铅山边界地区开始秘密发展党员，建立党的支部，转移到外地的党员也迅速回到铅山，同年，铅山的第一个共产党支部在新滩西坂成立。"

　　西坂，也就一个村，应该是能够找到建党旧址的吧，我这样安慰自己。和我一起来到西坂的还有铅山县委党史办老主任陈立强，也算是地方党史专家。一路上，我主动和他交流着，希望能有所收获。陈主任说，他在党史办时，也希望在西坂能够找到第一个党支部的旧址，至今未果。

遗憾的是，西坂村的老房子所剩无几，已经拆得差不多了，也有年久失修坍塌的，而且每年还在悄然消失，令人唏嘘。叶氏宗祠和一栋百年老房子吸引了我们的目光，似乎看到了"星火"微光。围绕这两栋老宅子，我们做了一番探究。

村里的叶书记说，叶氏宗祠即第一个党支部的旧址，理由是他们多年前在县里举办的一次红色记忆展览上，看到介绍铅山县第一个党支部的展板，配的图片正是叶氏宗祠，便想当然地认定在此。陈立强当即说，那次展览是他策展的，配宗祠图片实属权宜之计，毕竟党史上只有一句明确指向的话，"铅山的第一个共产党支部在新滩西坂成立"，连支部书记、委员等人的名字也没有记载，只好请人拍了一张反映西坂历史积淀的标志性图片。

从外表看上去，叶氏宗祠似乎还像模像样，秦砖汉瓦木质结构，巍然耸立。而走进去，只见庭院内杂草丛生，墙体脱落严重，横梁、屋柱、木架散散落落，已濒临倒塌。望着摇摇欲坠的叶氏宗祠，我无语，想必它默默见证了岁月深处那神圣的一幕，见证了一群有志之士坚定的身影，或倾听他们在西坂谈理想谈信仰谈民族解放……

西坂，又名叶家村。西坂村委会就设在叶家村。叶家村是一个以叶姓为主的自然村，有六百多户两千多人。近年来，建设秀美乡村，决战脱贫攻坚，西坂发展变化很大，危房改造如火如荼，家家户户通自来水，村中道路全部实现了硬化、亮化，人居环境大大改善。每到夜晚，西坂老百姓就在村广场支起音响，跳起欢快的舞蹈，舞动美好新生活，并唱响百年来代代传唱的"红军歌"。

离叶氏宗祠不远的一栋百年老房子，建于民国甲寅年（1914），屋内天井旁刻在厢房木板上的一副对联"天地无私为善进福，圣贤有教修身齐家"落款有载。

这栋老宅子坐北朝南，正门牌匾"慎德流芳"以及那副对联均透露出主人是个注重品德修行的读书人，岁月悠悠，我们已找不到这栋房子主人的后人究竟在哪里。这栋房子如今是多家共有，至于是祖上传下来的，还是新中国成立初"打土豪分田地"时分给各家各户的，就不得而知。

老屋属典型的赣民居风格，封火墙呈虎口形，气派威严，一看就是非富即贵的大户人家。墙体下半部分是就地取材用大红石砌的，足有两米多高，坚实稳固，其上再砌青砖，整体结构基本保存完好。

看得出，这里已久未住人，野草在庭院葳蕤蔓延，天井也被青苔完全覆盖，烟火气息荡然无存。屋西南边是一条溪流，当地人叫西坂港，向南流入信江。生生不息的西坂港，能否告诉我：叶家老屋就是建党旧址吗？

那么，这栋老屋是否承载了百年前那次特殊的使命呢？我猜测，也许当年这家走出了一个要求进步、追求光明的新青年，他在外接触了崭新的马克思主义思想，热血沸腾回到家乡传播新知识、新思想，并在方志敏的引导下，发展共产党员，成立党支部。但是，找不出任何线索佐证我的推断。老屋，在阳光下，依然容光焕发。

询问村中多个年龄八九十岁的老人，他们也不清楚当年建党地点究竟是哪一家，都说不出个丁卯来。蓦然回首，墙角一树火红的石榴花，开得蓬蓬勃勃，眼前为之一亮。

幸亏，西坂不远处的湖塘村张家老屋，在1930年月底，第一届中共铅山县委会胜利召开，并成立了县苏维埃政府（属闽北分区）。在这里，陈列馆的图片文字说明一目了然，铅山建党脉络清晰，有点美中不足的是，仍然没有道明讲清第一个党支部的旧址具体在哪里。

看来，铅山第一个共产党支部旧址在哪里或将成为一桩历史悬案。

好在，在西坂是铁板钉钉的事情，是载入史册的大事。走进西坂，不虚此行。我思忖，有机会再去西坂访寻，去打捞、去探秘历史深处"初心"绽放的那一幕，去触摸那一抹"星星之火"。也正是这无数个"星火"，照亮了人们冲破黑暗，走向光明，走向解放，走向自由，走向富裕，走向伟大复兴。

星空历历

早年在乡间，简单的日子总是有星光照耀着，每每回想，一缕温情系心头。

对星空，我们并不陌生。瞧，那是银河，那是北斗七星，那是牛郎、织女星，那是启明星，我们无拘无束指点了多少年，从懵懂无知到阅人无数，上知天文下知地理。

也许是繁星满天，或月照西楼，或"七八个星天外"，也或伸手不见五指……我们历经沧桑，一路亦不乏星光陪伴。

是的，对星空，我们很熟，可谓熟视无睹。

突然有那么一天，我们发现，已然难得一睹星空高洁的芳容；我们还发现，星光早已远离我们。夜阑人静，走出城市陋室，抬头间，星空不再是原来的容颜。

到哪里去找回星空，好好看一看星光点点。于是乎独上高楼，对望星空，仍觉得如隔靴搔痒。

是谁偷走的星光？是雾霾，是斑驳陆离的灯彩、霓虹，是我们用繁华用万家灯火筑起了一道屏障，严严实实阻隔了灿烂星光。

一座座城市在扩张，挤占了农村的地盘，也挤占了星空的地盘。这满街大世界，到处都是光辉灿烂，哪里还有星光的温情脉脉？到处都是光芒万丈，哪里还有星光的忽闪忽现、忽隐忽没？哦，是无孔不入的电光过滤了星光。严格地说，是我们不小心丢失了星空。

擦亮眼睛，探望夜空，然星星稀疏，星光微弱，不知道哪是星光、哪是人造光。星光黯然失色，被挤到更深邃的天穹，更遥远的天际。

往往这个时候，多么希望来一段瞎灯暗火，哪怕是短短几分钟也行，重温农耕时代的星光之夜，那种感觉，只能到古诗词里去寻找了，"东风夜放花千树。更吹落，星如雨""星汉灿烂，若出其里"……我甚至设想过，仿照"世界无烟日""世界无车日"，由中国发起设立一个"世界无光日"，非必要一律拒绝电光，旨在警醒人们，提高环保意识，拥抱自然光源。试想，黑夜里的眼睛，是多么的犀利、睿智，可以去寻找、去捕捉、去静思。试一试，用轻柔的夜色去擦洗眼睛，当可以更明亮；用纯洁的漆黑去拂拭眼睛，当可以使心更坚定。

黑夜里的星空，是迷人的。越黑，星空越千变万幻。

曾几何时，我是那么害怕黑夜，尤其是走夜路，纵然有星光洒照，也无济于事。那些年在乡下，走过山岗边，走过田坝上，走过小河畔，一声夜莺叫，一只青蛙跳，一尾鱼戏水，都会令汗毛竖起来，似有魑魅魍魉如影相随，那双脚几近瘫软，就差一点魂飞魄散。

那夜，是黑无边的舞台；那夜，被黑塞得满满的；那夜，被星光一点点洞开。偶尔发现远远的湖面上游弋着一盏渔火，与星光交相辉映，特别的亲切，一股潮湿盈满眼睛。

久居城市，在城市霓虹的闪烁下，抬头仰望，星光被流光溢彩遮蔽，星光被喧嚣覆盖。

开始怀念儿时的夏夜了。在老家的晒谷场上，家家户户搬竹床、门板拼起来，纳凉、入睡，望着清爽的星空、辽阔的星空，听一些引人入胜的民间传说，感觉大人们真是天文地理、古今中外无所不通、无所不晓，潜移默化地激励着我，也撩起了我的求知欲，那个时候，我渴望成为星空的孩子，想着想着，就在星星的挤眉弄眼下，伴着蛙鼓虫鸣入睡，一直睡到深更半夜，才在大人的吆喝下迷迷糊糊回屋睡觉。

那个年代，再苦再难，抬头望一望星空，胸膛便敞亮开来。是星空，见证了那个岁月质朴的生活；是星空，点缀了那个岁月简约的色彩；是星空，探照着那个岁月不灭的希冀。

从小，就是在星光的指引下，我向往着外面精彩的世界。在神秘天宫的召唤下，我那年幼的心里便埋下了追寻、探索的种子。仰望星空，我热爱大自然、敬畏大自然，伴随着星空升腾，我的心空也在悠然升腾，沐浴冷冷的星光我走向高洁。

看惯了火树银花，看惯了人造光影，看惯了繁花似锦，我们更加追逐星光、怀念星光。

当听说离居住城市不远的灵山北面磨盘山大峡谷内，即横峰新篁、葛源一带乃是最佳星空观测地之一，我跃跃欲试，那是黑夜给了我一种可爱的冲动。

选择夏天，选择一个无月色的晴好日子，我深入新篁，在一个叫作乌石头的小村住下来，这是一个走进去就会产生好感的小村，两岸青山夹溪流，家家户户建在山边，形成了高高低低的错层，树木掩映着散落的瓦屋、小楼房，一派静谧、一派美好。这是一家民宿，有开阔的前院，低矮的围墙，无树木遮挡，当数观看星空的最佳位置吧，满心欢喜，只待夜幕降临。

"微微风簇浪，散作满河星。"夜里，在新篁，我重新打量星空。久违的星光，没有电光干扰，没有电光污染，是如此的纯净、清爽、养眼，是一处不可多得的"中国暗夜星空保护地的核心区"。

入夜，繁星闪烁，沿着银河两岸，无边无际排列开来，在领略星空庄严圣洁的同时，遐想也在无边无际地绵延，去遐想星空的奥妙无穷。

小时候，奶奶说，天上的一颗星星就是地上的一个生命，人死了，就变成了星星，继续照看着地上的亲人们。不知道哪颗星星是奶奶的眼睛，她一定还在映照着我走过山川河流，或在梦里叮嘱我小心翼翼走向未来。

气温渐渐降下来，心静如水，天阶夜凉如水，我索性搬出长椅，搭起简易的睡铺，躺着看星空，任凭其荡涤心灵，那还是秦时星空，那还是汉时银河，那还是从《诗经》里流泻而出的一颗颗流星。山风吹拂，枕着亘古不变的星光，我放心地睡了，如一个游子依偎在母亲的怀抱里。在一个陌生的山村之夜，远近山影憧憧，黑暗悄然包围，依然没有害怕，没有恐惧，甚至希望让黑暗来得更厚实一些，但不能没有星光，纵是星光遥远，我心也一片安详。

夜色阑珊，我的心早已扶摇直上九重天，直到有人轻唤我回房，说夜里露水氤氲湿气重担心着凉，这时，似乎星星也在窃笑我的一往情深，是的，很多年了，我没有像这次一样醉倒在新篁的星夜里。十分的不情愿，告别与城里不一样的星空，晃晃悠悠，我才折回木屋。

凌晨醒来，我再次披衣走出屋外，关了走廊的灯，坐在长椅上，又静静地望了好一会儿星空，毕竟在城里，难得一见如此美好的星空。

仰望星空，眼睛得以慰藉，心灵也得以慰藉。看来，日子再匆忙，生活再琐碎，也不要只顾低头走路，那星空就在抬头之间，星空一直都在呵护着大地。也或逃离喧嚣，选择类似新篁那样的地方，去静静地对话星空。

仰望星空，希望就不会泯灭。

买　水

　　"买水"，多年前在乡下第一次听到这个动宾词组，甚是不能理会其意，水怎么需要去买呢？望水而纳闷。

　　湖、河、潭、井、池塘、溪流、水库、沟渠……到处都是水，哪里需要去买啊？尤其是在水乡泽国的江南，处处皆是，无村不水，无水不村。买水，简直不可思议。那时，还不知道城市里有自来水，瓶装水广泛出现也是以后的事。诚然，乡村平时的日用水，是不需要买的，想怎么挥霍就怎么挥霍，在不尽的水流里可以尽情地释放开怀、消受奢侈。

　　只要花些力气，井水、水塘的水任人们去肩挑手提。那时候，每家每户都备有水缸，立在灶台后，讲究的人家还会请木匠制作一个水缸架，其上可以放置一些厨房的用具，每天清晨，头等大事是去担水、抬水，把水缸灌满，一天的用水就不愁了，充实的一天便也像水缸一样被挤占得结结实实，又一瓢一瓢打出来，泼洒着生活的琐琐碎碎。再大一些的时候，我家的水缸几乎是我承包了，负责从吃水塘里运水回家，它吃饱了我就有了小小的成就感。满满的水缸，照亮了那个岁月的简洁生活，也盛满了那个岁月的简单幸福。

　　后来才知晓，有一种情况下，用水是不可以任性的，必须得去买，还要表现出足够的虔诚，并且充满某种仪式感。

　　买水，老家的一种风俗，就是人去世后装殓时，需要就近去水边舀一碗水来，擦洗面部，经过了水的洗礼，再在亲人们的哭哭啼啼声中体体面

236

面地正式告别这个世界。

买水的仪式不大复杂，但这个仪式是必不可少的，否则逝者灵魂不得超度、其子孙不安不顺，整个过程是在肃穆的氛围下一丝不苟地进行的。敲锣打鼓，喇叭吹得震天响，悲伤的乐声拉长了孝子贤孙长长的队伍缓缓走向河边，深深浅浅的脚步唯恐踩痛了一颗脆弱的心，在当地道士的典司下，面朝河水跪拜，并摆上祭品，点香烧纸，燃放爆竹，或在地上排出几文大钱，道士念念有词，礼毕，再舀水带回，一干人原路归去，留下寂静的水岸边，那还未燃尽的纸钱冒着时有时无的青烟，像是谁吞咽不下一声轻叹、一丝留恋。

而今，我越来越佩服，是谁发明了"买水"这一庄严的仪式，非常了不起，笃信是一位智者，两千多年前孔子就高屋建瓴地曰："智者乐水，仁者乐山。"

水，在我们乡野，轻而易举就可以获取。我们濒水而居，对水太熟视无睹了，对水太肆无忌惮了，任意掠夺，随性戏水。水，从来都是一副慷慨的样子，任凭尔求，从不说不。

面对清清澈澈的水，当人们去"买"的时候，当人们跪下去的时候，其实卖方并不存在，水也并没有收下人类的钱。所谓"买"，拿钱换之，那只是人类的一厢情愿，似乎这样做了，就得以慰藉，心也安之。记得有一次，我在信江上游行走，看到岸边散落着几枚硬币，周边有一堆灰烬，一地爆竹屑，还有一排香棒，点燃后的样子高高低低参差不齐，低头举着黑色的余烬，在无声地宣告附近村庄又有一人离去了，留下的是买水的祭拜场面，风雨过后，一片狼藉，应该有几日了，江水汤汤，冲刷着岸边渐行渐远的悲伤。

但是，买水这一仪式，延续下来不知有多少年了，想必在很久很久以前，人类就认知到了水的上善。上善的水，接纳、包容了人类的一切，兢兢业业，以各种方式为人类服务，甚至会变着花样为人类带来吉祥、温馨、绚烂和壮阔，雨、露、霜、雪、冰、雹，还有水汽等，都是水的不同形态。

一个人一辈子要消耗多少水？估计没有统计过，哪怕采用微积分方法计算也难以达到精准。饮用、盥洗、冲澡、洗衣洗物等，都是水来完成的，我们的寻常日子正是汩汩水流串起来的，滋养得生活顺顺溜溜、洁洁净净。而我们对水，似乎从来就懒得说一句感谢之类的话，总觉得那是顺水人情，是理所当然的。

买水，这一特定的风俗，也许正是人们无言的谢意。人死后，去买水，就是去谢水，哪怕只是一种象征意义上的，也算是对水的一种交代、一种感恩、一种敬畏，难道不也是人自身的一种救赎吗？在买水、亲水、敬水、拜水、谢水里，实现救赎。

老家的买水民俗，反复揣摩其意，可以理解成是人的一生中最后一次问候水、亲近水，虽说有些慨然、怆恻和无奈，但这是谁也逃不了的宿命，不是吗？冥冥中我听到了那穿越时空一如洪钟大吕般的声音贴着水面飘来："子在川上曰：逝者如斯夫，不舍昼夜。"

很多时候，人类对水，常常表现出一副自以为是的姿态。经典这样记录：人类的历史，就是与水的斗争史。各种水利工程，就是人类长期在与水患的博弈中留下的遗存。古老的传说里，有大禹治水。我总想质疑：为什么是"治"？难道找不到更合适的字替代吗？灵长类对水的傲慢由此可见一斑。当然，水对"治"字没有提出抗议，任凭人类独自狂欢地叙说。诸如水患、洪灾，那是人类强加给水的延伸义，水不语，踩着涟漪的节拍粼粼而去。本应该有多项选择，诸如水利、治水、疏水，或顺水等，水当不做表态。更有甚者，摆出一副指责的气势，什么红颜祸水、水性杨花、水深火热……将水污名化，让水背锅，水也从不计较，依然在洗洗刷刷的旋律里忠实地呵护着人们。

现实中，人们对水的使用，往往言不由衷。弱水三千，只取一瓢。但有几人能做到？

人们对水的利害，不可谓不辨，明知道水舟关系，却仍然有人不顾劝谏，铤而走险。明知道存有泥石流、洪峰隐患，仍然在河床建筑家园、围湖垦殖，以为固若金汤，却往往在"百年不遇"的语境下一次次被打脸。

我们需要向水道歉。

试看，我们得了多少水的好处：水可以寄托乡愁，"仍怜故乡水，万里送行舟"；水可以衍生爱情，"曾经沧海难为水，除却巫山不是云"。还有，历朝历代中央、郡县大都设有"祈雨官"，就是为百谷祈甘霖，遇大旱之年，就要启动祭祀礼仪，"祈雨辄应""祈雨即沛""竭诚祷雨"等见诸史册的记载足见这项履职的分量，更足见古人对雨水的敬重。

祈雨本质上是一种原始信仰。而我们对水的敬重、信仰，其实是有典可鉴的，也蒙上了一层神秘的色彩。在古代，人们对水的认知最早体现在水神上，穿越历史的长河，一个个水神踏浪而来：共工、女娲、海神、洛神、河伯、天吴、玄冥、晏公……他们呼风唤雨，是五谷丰登的使者，排列在博大精深的中华文化版图上，映照着华夏大地"稻花香里说丰年"。

我是在湖边长大的，懵懵懂懂的，无所畏惧穿越风浪间，直到十七八岁进县城读师范，才晓得还有一个水神晏公，护一方水域平安之神。晏公庙坐落在饶河岸边管驿前，看那漆乌面相，浓眉横髯，却是一方镇妖神仙，明代国家册封，司平定风浪，保江海行船。当地逢单隔年农历九月底十月初举行一次庙会，将晏公抬出来巡视人间，佑风调雨顺、农渔兴旺。经历了几次晏公庙会，阅读了寄托人们美好愿望的关于水神的传说，再回到湖边，对水便悄然多了几分敬畏，觉得水是有灵性的，我已从昔日不知安危出入湖水的"浪里白条"蜕变成一介"文雅书生"。

纵然生活里从来不缺水，"买水"的习俗还是在一次次警醒着我们，当去珍惜每一滴水。时有传闻，多地发出预警，水源枯竭，用水告急，南水北调工程应运而生，并上升到战略层面。但在江南，用水似乎不是问题，但还是存在问题，今在乡村行走，面对沟渠、溪流、湖塘之清凌凌的水，怕是要在心中打几个问号：这水还是儿时的水吗？这水能喝吗？哪怕是井水，也保持着警惕，毕竟还有地下污染。人们对水资源的疯狂掠夺，令人防不胜防，难免不顿生疑窦。

在梦里，我常常聆听到故乡的水在呼唤。回到故乡，就是回到浩浩水边，不经意间就能充分感受到带有宗教式的地方敬水文化。买水的风俗仍然在老家赣徽边界一带蓬蓬勃勃，像一株古老的植物深深地扎根在民间，呼吸着人间烟火。每每看到乡间买水的场景，我总要多望一望亲爱的水，心想水是多么的重要。"水者，地之血气，如筋脉之通流者。故曰：水，具财也。"

水是生命的源泉，买水恰恰是对生命的观照。感恩水，叩谢水，我们能做到的，只需保持一颗真诚的、纯洁的心去面对水，在云卷云舒里迎来一派山清水秀景象、一幅河清海晏画图。

凭港听风

　　帆影远去，古老的港口望断水天茫茫。

　　"这就是黄沙港？多年前常常听大人们提起，早就如雷贯耳。"陪我前来寻访明代理学家汪俊的弋阳人小李发出了一连串惊叹，继而窃喜：对黄沙港充满着幻想，却一直不知在何处，真是得来全不费工夫。

　　很快，荒凉、破败、阒静，以及岸边草木蔓延，野渡无人舟自横，不啻给人当头浇了一盆冷水，眼前港空人散的一幕令我们面面相觑。任凭河风吹打脸上，我们小心翼翼地在沙滩上拾捡洒落岁月深处的记忆，拼接成我们想象中的黄沙港本来模样：桅杆林立，船帆如梭，风中不时飘来南腔北调，夹杂着悠扬的弋阳腔，河面上荡漾浓郁的烟火气息，入夜，渔火渐次亮起，舟声随着波涛此起彼伏摇荡开来。

　　转而一想，我们早该有所准备，航道搁浅在现代交通的滚滚潮流里已是不争的事实。不过，面对黄沙港残址，还是重重地发出了几声慨叹，溅起一圈圈涟漪随风散去。

　　黄沙港，自古以来就是信江与鄱阳湖水道上的一个重要港口。信江，乃闽、浙、皖、苏等省货物往来的一条水上枢纽，乾隆《广信府志》记载："自河口转向西……至黄沙港（入弋阳县界，船只暂泊）四十里……"

　　鸦片战争前一口通商时期，黄沙港见证了赣东北地区过境贸易的繁荣，仅客栈、酒肆、店铺等就有数十家，棹歌声声，过往船只撑出了一条热闹的街。那时，山边还有一座寺庙，香火不断。向晚时分，则是一派"水腥

241

渔市近，帆落晚风微"之景象。

黄沙港，与月光洲隔河相望，当是一个颇有诗情画意的码头，山水映衬，一派旖旎风光。月光洲如泊在信江河面上一轮弯弯的月亮，映照着来往船只的平安吉祥，也映照着岸边人家炊烟袅袅的生活。

当年黄沙港的建筑而今已是荡然无存，迎接我们的是落寞无声，偶尔有几只白鹭飞过，点缀得江面更加寂寥。从古代流淌而来的黄沙港，诉说着繁华与衰落、闹热与清冷。

踟蹰黄沙港，一位正在拍打芝麻的老农告知，离最后一户搬迁黄沙港也已有二十余年了。码头北边不远处有一栋平房，吸引了我们的注意，沿着堤坝踽踽而行，走过去，不见人影，葱郁的树木穿破瓦屋顶向上而生，一片苍凉也在弥漫开来。屋后一棵柚子树，挂满黄澄澄的果实，无人问津。一座废弃的社公庙立在樟树下，也在无声地聆听浪花拍打河岸。

携一卷发黄的线装书向下游寻去，山那边正是古代先贤汪俊故里旗山牌楼汪家，不由得加快了脚步。

这些年，沿着山水的走向，有空我就会外出踏访，像当年挑货郎担的人一样走村串户，去寻找在上饶生活过的历史文化名人。听说我要去探访明代礼部尚书汪俊（号石潭）的相关遗存，弋阳友人劝我不要去，一脸认真地说什么也看不到了，白费精力。我还是坚持去了一趟牌楼汪家，毕竟这里是汪俊的出生地，总是会有所收获的。不是吗？遇见黄沙港就是意外之喜。

走进村中，几位老人闻讯走了出来，带我指认了一栋老花屋遗址，还有一座牌楼遗址，他们告知，一代一代传下来说那是老祖宗汪俊留下的，小时候都看到过，房子是雕梁画栋的，高大气派，村口的牌楼也很有气势，村名由此而得，可惜在几十年前被人为毁弃了。老人们牙缝漏风却漏不了铭心的印记，当年大花屋庭院幽深，天井藏风纳水，循着老人们的指向，在遗址周边，细心的话还是能够发现周边散落着有历史质感的各种石墩、石柱、石板等青石构件，在无声地诉说着当年的荣耀。"欲扫莓苔留姓字，久知尘迹一秋毫。"正如汪俊诗中所言万物之宿命，他早知老家的遗存终将一一化作尘埃。在牌楼遗址数十米外有一片古树林，一株千年老樟树依然葱茏茂盛，还有一株树龄七百多年的水松，以及一株六百多年的古樟，均挂有林业部门保护标识。

关河冷落，残照当楼。触摸古樟，它一定陪伴过汪俊儿时玩耍、课读，世事沧桑，人已去，树仍在。凭吊古樟，感慨良多。弘治年间，汪俊会试得了第一，选庶进士，留任朝廷，是一位为了礼法与皇帝死磕到底的诤臣，最终落职，后病死家中。著有《濯旧稿一卷》《汪石潭集》等存世。

在牌楼汪家，我收获了一株枝干遒劲的千年古樟，看见古樟，就好比看见了石潭先生。在叩访大儒的途中，我还收获了一座古老的黄沙港，诗意地泊在月光洲前等待帆影归来，以不变的姿势在守望远去的游子。明朝末年，徐霞客也来过黄沙港，"叫岩西十里为弋阳界，又有山方峙溪右，若列屏而整，上有梵宇，不知其名，以棹急不及登，盖亦奇境也"。在旗山、在黄沙港，读一读这样清新的文字，个中意趣只有身临其境才能体悟。

千帆远去，回归自然。说实话，我倒是喜欢黄沙港现在的样子，天然形成的半环形港湾安安静静，除了残存的码头痕迹，也就只剩下倚岸垒石砌成的趸船护墙，已看不出昔日的舟楫泛中流之壮观。

"天下熙熙，皆为利来。"在黄沙港，蓦然间想起这句话，不得不感叹世间沧海桑田，感叹人情似流水，"天下攘攘，皆为利往"。

一水波光映家园

这是一个千年古村，房屋大都是围绕那不大规则的长方形陂塘如扇形扩散开来，错落有致，弄巷分明。

循着清代"钦点翰林"石景芬的声名，我缓缓走进古村。村中有一片小树林，在鳞次栉比的楼宇包围下，别有韵致，树木高大繁茂，浓荫蔽日，鸟雀啁啾，多声部合唱着从唐宋绵延而来的歌谣。悄然间，我就有点喜欢上这个叫作厚田的村庄。

而认知石景芬，是从阅读同治版《饶州府志》开始的，看到纂修名单里有"石景芬"三个字，潜意识里便关注起这个并不遥远的古人来，经查询是饶州乐平厚田人，清代道光壬午科（1822）进士，勤政、廉政、有才华、有作为，彪炳史册，其功名也已演绎为厚田人津津乐道的荣耀感。厚田，这是怎样一方厚土，养育了如此一位历史文化名人。很是喜欢他撰写的对联："闲坐小窗读周易，自锄明月种梅花。""登峰便作擎天柱，进步真同上水船。"当然，千年厚田，远不止一个石景芬，还有一长串的先达贤儒、才俊士子，闪耀在岁月的长河里。

这是坐落在江右大地上的一个保存也许不怎么完好的古村，我深入其中，如石庆数马，生怕错过了某个承接历史的细节，建筑、花窗、戏台、天井、池水、古木、柱石、瓦片、石板路……村里的热心人打开了古老的祠堂，我有幸进入，屋柱粗大，气势恢宏，正厅上方，悬挂着"万石声远"四个鎏金大字匾额。这里的"万石"，显然是指恭谨无比的西汉大臣石奋。

隐隐间，我觉得自己与这个厚田村存在着某种血脉关联。

走在乡间，带"田"字的地名可谓不少，官田、菱田、留田、关田、白田、漳田、枧田、田畈、田墩……

在农耕时代，田是温饱的符号，田是饭碗的标识，田是财富的表现。在商周时代，田是至高无上的象征，井田制就是权力的代名词。耕者有其田，古人逐水而居，还得土里刨食，哪怕是筚路蓝缕，披荆斩棘，也得开辟几亩田地出来养家糊口。地名以田命名，不只是满足于简单易记，更是寄托了一份美好的祈愿。

常常拷问自己：我从哪里来？那一抹乡愁的呼唤绵亘不绝。

家园厚土，那是乡愁泊靠的温馨港湾，那是一辈子也扯不断的深深牵盼。

我的家乡叫荷塘，还有一个别名称作坟田。元末时期，先祖从乐平菱田迁徙至此，花开花落，几百年下来，已然一派人烟辐辏。

在厚田，当地人告诉我，菱田石姓人家是厚田迁徙过去的。闻听罢，我由惊讶秒速切换到欣喜，居然是在不经意间遇见家族谱系的源头之一。

重新打量厚田，感觉是那么亲切，那山间树木摇曳当是在朝我点头致意，那水面碧波荡漾应是在朝我微笑问好。走在村弄，装着漫不经心的样子，其实我是在仔细打量每一个擦肩而过的男人、孩童，那脸庞、那轮廓、那身形，以及那走路的姿势，能否捕捉得到那遥远的亲情感应？是否刻写着某种潜意识的根亲暗示？

面朝厚田陂塘，抬头仰望竹山，我在想：当年为什么我的先祖要告别这么好的环境？告别这倚山环水的地方？而是选择几度漂泊，最终在遥远的鄱阳湖畔开疆辟土，重建家园。只可惜再也无法回放那段家族衍变的历史，宗谱的记载也只是寥寥数语，未可详尽。

我要替我那背井离乡的一代代先祖，叩拜厚田的山、厚田的水，叩拜这片厚土家园。遥望天边，默默地告诉他们，我回家啦！不知石景芬咸丰年间创办的"墨庄书院"还在吗？欣慰的是，千百年来，这座大塘还在，波光激滟，照耀着我回到祖籍的路。厚田，想必不会责怪我乡音已改，也许个别发音还能找到承接的痕迹、悠远的共鸣。

　　"一水平波塘可鉴，半山向影月常圆。"这是镶嵌在厚田一栋明清老屋大门上的对联，恰是古村的生动写照，也写出了厚田人的淡定、悠闲和对未来幸福生活的向往。的确，我们寻常日子的追寻，不就是这副对联所诠释的精神内核吗？！

儒风吹面

　　七百年前，南宋遗民、戴表元好友徐耕道客居过德兴宗儒村，我对宗儒村便多了几分兴致和打量，对这个藏在怀玉山脉深处的小村也多了几分关注和景仰。虽说徐耕道官职低微，但他的不屈气节吸引了我，况且他与大思想家戴表元还有不错的交情。他为什么要选择隐居宗儒呢？是巧合还是有同道？不知他住的那栋房屋还在吗？想必宗儒自有其独特的人文魅力。

　　借着寻觅徐耕道踪迹的理由，我三番五次深入宗儒，蹀躞在宗儒斑驳的弄弄巷巷，轻轻叩响碎石路上的岁月回音。

　　那天细雨蒙蒙，小弄拐弯处的石头房门前坐着一位老人，脸上深深的沟壑写满沧桑，他就出生在这里，从小守望着司空见惯的房屋、溪流、古树、大山，守望着小村的历史年轮。我欲上前和他攀谈，转而一想，不必去打扰老人家的静好时光，这一幕，足够我消受宗儒的幽然、安详，消受宗儒的人文积淀。

　　璜峰挹秀，这里是鄱阳湖流域饶河支流之一李宅水源头，绕村而过的溪流四季长流，仰望林木繁茂水源丰沛的璜峰，肃然起敬。

　　宗儒村以"宗文礼、振儒风"而得名，可谓名副其实，自古以来，宗儒进士代代出，仅宋代就出了十二名进士，纸张泛黄的《宗儒王氏宗谱》一一记录在册，村西头静如处子的仙洞如数家珍：王时奇、王与权、王遇、王与钧……

　　想当年，宗儒是何等的儒雅文静，琅琅书声是巷陌传来的最美音符，莘莘学子埋头苦读是石屋书房最靓丽的身影。想当年，大凡宗儒的人，与人交往开口即是"宗儒的"，要想对得起这个地名，唯有以读书的方式捍卫这张写满荣耀和自信的名片。

伫立亚元坊前，明朝万历年间留下的建筑，依然彰显着往昔的庄重，散发着荣膺科举功名的光芒，激励着后生挑灯夜战闻鸡起舞。文友黄鹤是土生土长的宗儒人，也是个读书人，对当地文史颇有研究，听他的讲解犹如缓缓游弋在宗儒千百年的历史长河里。一块石碑、一截花雕木板、一处遗存，都被他说得有眉有眼，言语里闪烁着一道光芒，照亮我去探寻宗儒的厚重和神秘。

在宗儒，古迹遍布乡野，简直无法想象，在这样一个名不见经传的山村，怎么会散落着如此多的地面历史遗存？还有清代旌表坊——董氏节孝坊，以及元代大书法家柯九思和虞集题写的王氏祖墓园碑等，它们承载过往，漫漶烟火，令人叹为观止。

也不知能不能找到南宋小吏、忠翊郎徐耕道（谱名徐元得）寓居宗儒时的蛛丝马迹，一个有气节的爱国人士，一个喜欢诗歌的老先生，也许是与当地好友创建了诗社，吟诵唱和，这恰给他晚年回到山那边老家广信黄塘主持明远、香林诗社积累了经验。

宗儒的先民们靠山吃山靠水吃水，溪水养育了宗儒子民，村中的老房子大都是石头垒砌而成的，就取自李宅水河中的卵石，历经百年，依然坚挺牢固，有的墙头长出了花草、青苔，衬托出石头墙古朴的美。听宗儒人说，这石头墙并不是一天想砌多少就多少，也就三五层，等稳固了再砌，否则墙体会坍塌掉。宗儒的石头墙忠实地为村人遮风避雨，又像一行行摇曳生姿的格律诗，站立成一道斑斓的风景。

从历史深处一路走来的宗儒，却有过一段不堪回首的记忆，至今，宗儒的耄耋老人依稀还记得那"千村薜荔人遗矢"的一幕幕。清末至民国年间，这里血吸虫病肆虐，属重疫区，隔壁余家村几近绝户。走在宗儒，听着不寒而栗的传说，敬畏生命、尊重自然再一次重重地敲打心头。

站在宗儒村外的山峦上，望着这个从岁月深处跌跌撞撞一路走来的大山小村庄，感慨良多，村中那高大挺拔的古树见证了宗儒的浴火重生，见证了宗儒的前世今生，我向所有的古木大树致敬，向生生不息的宗儒致敬，向守护传统文化的宗儒人致敬。

桃源定在山底

这是一个山底，再往里就没有路了；这是一条山垄，再往里就是连绵起伏的山峦了。

蘑菇山下，田园民居散落其间，粉墙彩瓦依山而建，树木掩映，蓝天白云飘荡出一派乡野的宁静，桃源莫过如此。偶尔呼啸而过的高铁钻进钻出蘑菇山隧道，像在以高速度的方式刻意把慢生活下的人们切换回快节奏时代，山里的人抬头望一望横亘在两座山之间的高铁高架桥，继续俯身在田间地头劳作。

义门陈的后裔生活在这里，春夏秋冬过着波澜不惊的日子，年年岁岁如此。背靠大山，一条弯弯曲曲的山路通往山外，连接起了山底人的希望和向往。

陈雄飞就是沿着这条道走出山里，走向山外大世界的，那时还没有高铁，每每去四十余里外的上饶搭乘绿皮火车。几度春秋几番摸爬滚打，他在大上海经营起汽车轮胎，把自己的腰杆也越滚越粗壮起来。无论怎么发达，陈雄飞还是心系故园，那个灵山脚下饶北河岸的山底村是他梦想起飞的地方，是他盛放乡愁的地方。

徜徉黄浦江畔，他一度为找不出更好的办法回馈家乡而发愁。偶然机会，陈雄飞在奉贤光明镇看到市面上的锦绣黄桃走俏，还了解到当地人几乎家家户户都种着几亩、十几亩不等的黄桃，过着桃源般的田园生活，经人点拨，他豁然开朗，决定在老家闲置地种上一片桃林。

那是 2016 年冬季，陈先生承包了村里八十多亩山地，从奉贤引进了五千多株黄桃树苗，而且家家户户也都送上三五棵树苗，栽种在房前屋后，并免费给予前期管理。

当时，很多人包括家人都不理解，甚至认为陈雄飞有点傻，暂且不说影不影响上海的生意，就说桃树园的投资也是见效慢、回报低，还有不可预测的诸多风险等，然陈雄飞依然一意孤行，埋头在桃园里耕耘，看着小桃树一天天长大，摇曳的枝条丰盈了陈雄飞的内心；村里的五六名贫困户，在桃林里劳作，荷包像满树桃子日渐丰满。有一户本村陈姓贫困户，在陈雄飞的技术、资金帮扶下，种了十五亩黄桃。几年下来，不仅还清了债务，还在城里买了房子。这一桩桩事，让陈雄飞觉得回家当果农，当得无愧于心，当得值。

伫立桃园边，望着不远处的蘑菇山，吃着脆脆甜甜的黄桃，满口生香，联想起《西游记》里的孙悟空——桃子亦大师兄所爱。小时候看《西游记》时，见孙悟空坐在桃树上一个接一个吃到饱，总会被馋得口舌生津。大圣若是得知山底垄的大黄桃，定会一个筋斗云翻到这里来。大圣不知道的是，天庭才三千六百株桃树，陈雄飞却有近百亩桃林。这个探路者心底也有自己的"花果山"，他把芳香的桃子种在了那里。在陈雄飞心里，其实早已种下一处桃源。

每年大暑过后一周，正是黄桃开园采摘季，持续二十五天左右。桃树结果，这是第三个年头了，一年比一年丰收，猫着腰穿行在桃林间，看着黄黄的、圆圆的桃子缀满枝头，陈雄飞喜在心头，比自己吃了黄桃还要甜。

采摘第一天，就发现一颗 350 克的黄桃，托在手掌，陈雄飞有点小激动，这可是那年开园伊始发现的单个最大的桃子，当然，他相信应该还有更大的"桃王"在等着，陈雄飞大声宣布，采摘时谁第一个发现"桃王"，奖励五百元。一颗"桃王"，那不仅是丰收的象征，更是对他打造桃源般"花果山"的无声肯定。一颗"桃王"，那是他自己用汗水浇灌出来的，捧着爱不释手，看着欢心悦目。

说起这座倾注了无数心血的桃园，陈雄飞如数家珍：这黄桃果实硕大，色泽金黄，艳丽诱人，果形圆整，香味浓郁，即具备"甜、大、圆、黄、香"等特点。一般来说，每亩地栽种 45 棵黄桃，进入丰产期一棵桃树每年挂果大概在 80~100 斤，剔除各种因素，保守估算当年应该有 10 万斤产量，一年会更比一年好。谈起成本的回收，陈先生觉得还为时过早，为了家乡，他只想尽一片赤子之心，这种情怀，或许少有人读懂他，但陈雄飞从不为自己的选择后悔，不患得患失。

群山怀抱下的桃园，一条山涧溪流穿过，不舍昼夜为桃树吟唱着"叮咚"的歌谣，这是陈雄飞眼里最美的风景。"危石才通鸟道，空山更有人家。桃源定在深处，涧水浮来落花。"唐朝刘长卿描述的景物竟像是复制了山底村的这一幕幕，莫不是大诗人到过这桃源？我眼前浮现出春天的山底，草长莺飞，飞花点点，桃林深处传来桃花仙子的笑声。

瓷　生

一

　　一日三餐，端蓝边碗吃饭，瓷白与米白辉映着温馨时刻，满是光洁、透明、温润、细腻、柔滑的触摸感，想想瓷器的前生，居然是一抔土一把泥，简直不可思议。

　　诚然，是泥土，但不是一般的泥土，不是那种做瓦、制砖的泥土，也并不是所有的泥土都能烧制瓷器。

　　那是什么样的泥土呢？小时候玩过泥巴的人，或许有印象，有时候农村人建房打地基或者挖井，会在地底下较深处偶遇一种特别黏稠的土，颜色夹于黄白之间，很像米糖，又像现在的橡皮泥，我们给了一个不怎么雅的名字"狗屎泥巴"，别称观音土，学名是高岭土。正是这种土，能够烧出玉一般的陶瓷。在宋朝时，景德镇的瓷器就被称作"饶玉"，顾名思义。

　　随着地质勘探技术的提高，各地都陆续浮现出高岭土的身影，苏州高岭土携带着姑苏行般的韵律漂洋过海赚取外汇，堪称是中国最优质的高岭土；福建龙岩的高岭土广泛使用，成为业内宠儿，满足了日用瓷器的大量需求；山西高岭土与煤炭相生相伴，舞动"出污泥而不染"的身姿，助推山西瓷业颇有后来居上之势；而在南方随处可见的红泥巴，居然也能够跻身瓷界，摇身一变而成为地板砖或琉璃瓦。

当然，谈起高岭土，自是绕不开景德镇浮梁的高岭村，世界陶瓷圣地。高岭土的应用改写了景德镇的历史。当年，高岭土就是以地名命名的神秘之物，被外国人惊呼为"白色黄金"，中国人独享了近五个世纪。高岭土，是大地赐给景德镇的珍贵礼物。自从南宋末至元初发现了高岭土，景德镇一路高歌，伴随着瓷器品质的愈加精美景德镇的地位也如日中天。

然而，一位法国人"殷弘绪"，披着"传教士"的外衣隐秘地充当了十几年商业间谍，只用一瓶法国红酒就将康熙王朝灌醉而拥有一张无形的出入景德镇的通行证，就将中国千年陶瓷传承技艺偷走，就将高岭土的神秘面纱揭开，景德镇瓷器一统欧洲的局面在乾隆时代已是江河日下。景德镇的高光也一次次被欧洲制瓷业传来的抄袭得逞的浪笑声遮蔽。从此，景德镇与世界对话，也许不再那么"器"宇轩昂。

纵是如此，在世人眼里，景德镇依然绽放出无限的魅力，尤其在康、雍、乾时期景德镇达到瓷业巅峰更是令欧洲人望尘莫及。那是高岭土远古的呼唤，那是瓷石凝结的光彩，那是千年窑火梦幻般的跳跃，那是滔滔昌江流淌的传奇，那是古老的昌南镇生生不息的人间烟火。

在野外行走也见到过其他地区开采的高岭土，曾经闯入上饶五府山以及余干梅港的高岭土采矿场遗址，均属江西省陶瓷工业公司（景德镇）所属矿区，不知是资源枯竭还是陶瓷市场竞争激烈，或开采成本高出瓷器售价，原因不明，反正已不再作业，所见之处破败不堪，野草疯长，轻轻走过，唏嘘不已。这里的高岭土像丑小鸭一样无人问津，等待或是它们唯一的选择。

岁月不居，瓷光如故。去景德镇看瓷，去高岭寻土，去问那一片苍茫山峦。

走在高高的高岭村，走在通往瓷之源的路上，古老的矿洞仍旧弥散出鲜活的光泽，我在聆听大地的声音，风中飘来泥土的芬芳。景德镇千年不绝的窑火恰是高岭村点燃的第一把火，是高岭土练就了景德镇的辉煌，仰望高岭，仰望一派"青山浮白雪"景象，眼前一一掠过青白、青花、釉里红、斗彩、娇黄、粉彩、珐琅彩、广彩、贴花……我迷醉在高岭土燃烧的五彩缤纷里。

掬捧一把高岭土反复端详，试图穿越岁月河滩上的唐宋元明清，去打量一件瓷器的前世今生，去叩问一件瓷器凝固的文化符号，高岭土幻化出一片火光，与山边升腾起的祥云融为一体。

去高岭，触摸瓷魂，触摸那冰清玉洁的肌体。亿万年来，高岭吸日月之精华，取天地之灵气，纳山川之秀美，终于成就了高岭土仙风道骨的品质。面对井壁上劳作的刀痕锄迹，一条条都是通往光明的礼赞，一条条都是通往美的写意。

由泥到器，其间工序繁复，宋应星在《天工开物》里叙述制瓷工序这样写道："共计一坯之力，过手七十二，方克成器。其中微细节目，尚不能尽也。"曾在坐落昌江之湄的红旗瓷厂拉坯车间欣赏过高岭土的千变万化，一件件圆器或琢器在瓷业师傅手里完美呈现，旋转的泥土转出了绰约多姿的坯胎，转出了一片精彩纷呈。

二

"咚、咚、咚……"声音来自河岸边简易工棚里，一个个粗壮结实的木柱起起落落，像弯曲的手臂一样在轮番舂打着槽坑里的石块，节奏明快，响彻河山。

这就是古老的水碓，在岁月的深处日夜转动，转出了瓷上中国的光彩夺目。

走在浮梁瑶里镇绕南瓷文化遗址堆，走在景德镇附近的山村水郭，感受着水碓的风致，感受着水碓在默默地为陶瓷输送高光。两岸青山悠悠，蜿蜒的溪流，倒映着圆圆的水轮斑驳陆离的影子，与碓房里飘出的响声演绎了一幅质朴的农耕文明画图。

水碓的历史很长，长得可以去问蔡伦发明的纸张，公元前后就有记载。

水车、轮轴、碓杆、碓头等是水碓的主要构件。水碓，就是将自然流

255

水的力量转化成自主支配的力量，水流推动圆圆的水车，凭借安装在其上的轮轴带动碓杆，碓杆牵扯着碓头，一环扣一环，有条不紊，水流不断，水车就会不断旋转，击打的动作也就循环往复，不舍昼夜。我还注意到，碓头均匀地舂打，槽坑（碓臼）里的瓷石却也配合默契，及时上下翻动着，一一受力，经询问才知道，窍门就在碓臼的安装上，三面砌石，靠里一面则用栗木板斜打入土中，能很好地振动瓷石，像是有一只无形的手在拨弄，直至最后被全部舂碎。

行走乡间，感觉到大凡带"碓"字的地名，如碓房、碓头、官碓、水碓李……都是曾经留下了水碓的身影。水碓，把人们从繁杂的重体力活中解放出来，人们有理由用地名去纪念它对人类的恩惠。很多地方，水碓是用来舂米的工具，而在瑶里，不知疲倦的水碓则是在制作釉果。何为釉果？就是一种使瓷器表面光滑的物质；换一句话说，就是瓷器上有色或无色的玻璃质薄层。釉，为瓷器披上了一件漂亮的外衣，玉立东方。

瑶里的水碓应用于制瓷业至少可追溯至五代、北宋时期。本来瓷石的粉碎是个劳动强度大的活计，人工劳作，其难度可想而知，勤劳聪明的瑶里先民依水就势，在溪流上建渠、引水架起了省时省力的水碓，从此溪流转起了轻快的音符，转起了制瓷人的欢笑。

瑶里的釉果，取自当地山中开采的瓷石，其工序繁复。经过洗选，水碓再将坚硬的瓷石舂成粉末，其后还有淘洗、沉淀、凝固、成型、晾干等工序，终成釉果，当地人称成品釉果为坯子。

就是这码在架子上的一块块坯子，看似其貌不扬，却能够让瓷器实现华丽转身，世人瞩目。当然，坯子的使用是有讲究的，是有技术含量的，即"炼灰配釉"，将釉果与一种釉灰（用凤尾草或狼萁草火炼石灰石）调和成浆状，再涂抹在陶瓷坯体上。至此，一件瓷器在入窑前就算告一段落。

如今，机器生产釉料已占据主导地位，利用水碓等制作釉果的已是越来越少。在景德镇，只有少数民间艺人仍在坚守这项古老的工艺，走在瑶里的山间溪边，偶尔还能够听见水轮的"哗哗哗"、水碓的"咚咚咚"，甚是惊喜，千年不变的风景，千年不变的守望，静静地看着这一切，倾听瓷与土的喁喁私语,感受它们穿越熊熊火光后的涅槃之美。我想,每个人都能找到生命中的釉,都能给自己涂抹上一道釉,诚如此,那么我们的人生将会更加精彩。

釉果像土,但又不完全是,用现代化学方法来研究釉果的成分可谓分毫毕现,诸如绢云母、石英以及少量的长石等。据当地老艺人介绍,未发现高岭土之前,瓷石是制瓷的主要原料,也称为"一元配方"时代,不过都是一些中小件,毕竟其硬度、经用性比起瓷土还是有相当的差距。而高岭土横空出世后,景德镇迅速进入"二元配方"时代,即将瓷石掺入一定量的高岭土,瓷质因此更加精良,器皿大小范围更广,景德镇的窑火燃烧更旺。

走在瑶里,不禁要问:古人是怎么让泥土发光的?是何时发现并研制出釉果、釉灰的?没有人告诉我。也许是千百次燃烧,让先民蓦然发现,有些石头可以燃烧出玻璃般透明的光泽,经过千百次试验、观察,反复完善,终于发现了瓷石,并掌握了一整套提炼釉果的秘籍。

神奇可爱的釉,从石头里采撷的光泽,上天赐予景德镇的又一尤物。施釉,本质上就是土叠土,由是我想到了一个"圭"字,在古代乃一种玉器。看来,古人造字并非空穴来风,或早就知晓土加土(燃烧)能成"玉"。

施釉的方式、方法更是让人眼花缭乱,有蘸釉、荡釉、浇釉、刷釉、轮釉、洒釉、喷釉、滚釉、浸釉、涂釉、吹釉、补釉等,遑论釉下、釉上、釉中的千姿百态,以及生坯、素坯上的争奇斗艳,涂抹借助燃烧将泥土烧出了一个明丽璀璨的艺术世界,青花就是釉下的宠儿,甚至可以说是中国的符号。

难怪一位印度诗人面对中国诗人赠予瓷器的友好由衷地发出感叹:"聪明的中国人,你们使脚下卑微的泥土成为珍奇的艺术。"的确,就是这毫不起眼的一抔土,中国人做到了极致。

三

窑是瓷器的子宫，瓷器是窑的孩子。泥土在窑炉中孕育的生命，在柴火的火光里脱颖而出。

一件件泥土坯胎装进去，燃烧就像女人十月怀胎吸取养分，分娩一如拆开匣钵令人眼前为之一亮，捧出来的就是"白如玉、薄如纸、明如镜、声如磬"的瓷器。

瓷器界向来有"汝、官、哥、钧、定"五大官窑之说，一座座散落在中华大地上，构成了瓷之大国的恢宏瑰丽。

千山万水间，瓷窑遍布，璀璨如珠。去太行山中部看过邢窑白瓷，还知道德化瓷、佛山瓷，乃至慈溪越窑青瓷、吉州窑黑釉瓷，各霸一方。鄱阳湖南岸的洪州窑坐落江右腹地，气贯大湖，其烧瓷的历史可上溯至东晋。

但是，这一切不但丝毫不影响景德镇千年瓷都的地位，反而衬托了景德镇熊熊燃烧的雍容大度，"中华向号瓷之国，瓷业高峰是此都"。说到瓷，谁也绕不开景德镇。

向瓷而行，还是要去景德镇感受窑的气度、火的维度。

我所知道的窑，从形状上看，有龙窑、馒头窑（圆窑、马蹄窑）、葫芦窑、镇窑（蛋形窑）等。而对馒头窑最熟悉不过，老家村头早年就建有一座，不过是用来烧火砖的，俗称"砖瓦窑"，烧砖时，我们也常常或远或近地围观，看窑工码砖、烧柴，看燃烧的窑火，看出窑的欢腾。后来闲置多年，便成为我们小伙伴登高望远的领地，甚至分成两派像战争片里的敌我双方进行争夺，而今想来，在有趣的记忆里，更多的是丰富了我对窑最初的认知。

从泥土升华到瓷器，每一道工序都应该是精益求精的。那么光洁可鉴的尤物，不是随随便便就可以放进窑炉烧的，装烧也是有严格讲究的，先要制作匣钵、垫片，以此妥妥地托起圣洁的光芒，窑便以博大的胸怀接纳一个个崭新生命的着床。点火，是烧窑的点睛之笔；温控，是烧窑的关键所在。不去说现代窑炉，单说古人烧窑，那 1300 摄氏度，或低温 800 摄氏度是怎么准确测定的？诚然，完全凭借经验，那就是看窑膛火焰的色泽做出判定，由火红到金黄色，分毫不差，每每这时，把桩的窑炉师傅秉轴持钧，其火眼金睛，发令掷地有声，一锤定音："封窑——"大功告成，一片欢腾。这就是中国工匠的魅力所在。然后，经过数天数夜的燃烧，接下来就是充满期待的自然冷却。开窑的瞬间就像破茧而出，一个个新的艺术生命完美呈现，期间所有的辛劳至此都是值得的。这个时候，我们更应该叩拜窑的恢宏大度，燃烧自己，成就臻品。

古人建窑，一般都是依山就势、傍水而筑，所谓"依山筑窑、伐木为薪"是也。窑炉是用砖块砌成的，经过一次次燃烧，当服役期满，拆窑重建，窑砖仍能发挥作用。走在景德镇的弄弄巷巷，如斗富弄、麻石弄、低头弄、毕家上弄、迎瑞下弄、小苏家弄……就会发现一幢幢房屋的墙砖非常特别，呈红色或深褐色，有的甚至烧出了包浆的光泽，那就是历经烟熏火燎的窑砖。在景德镇陈家弄，我发现一处建于民国时期的"陈同泰瓷厂"，听老人介绍，曾经是门庭显赫的陶瓷世家，陵谷变迁，后来家道中落，但整条弄的住户依然以此为荣，周边房屋也依然保持着古老的模样，尤其是房屋的墙面，一看就知晓都是窑炉的砖墙。这里面难道仅仅是废旧资源再利用，就没有一点别的纪念意义？拿窑炉里的那些垫片来说，景德镇人往往堆叠成太平窑，据说是用来祭祀窑神的。摸一摸窑砖，似乎能摸到御窑的余温，能摸到昌南的余韵，能触摸到来自宋朝的窑火气息。

窑，在人工精心构筑的洞穴里击缶而歌，用燃烧呵护器皿；窑，变幻多彩，光芒万丈。

四

瓷生无悔，火火一生。

无论走到哪里，无论是乡野还是城市巷弄，无论是在古道驿站还是街弄巷陌，无处不见瓷片的身影。比如，在绕南龙窑遗址，淹没于泥土、杂草间的青白、青花瓷片随处可见，俯首皆是，拾起的是昔日制瓷的隆重氛围。

瓷的一生告诉我们，世上没有绝对的完美，只有破碎的永恒。无论以什么形式存在，瓷那玉洁的外表都与内在的冰清的肌理保持高度一致。一抔有理想有光芒的土，宁为瓷碎，不为瓦全。

在山间乡野行走中，我对碎瓷残片的一份执念，往往是低头的一瞬虔诚地将它轻轻托在手心。不知道为什么，此时此刻，往往耳畔便传来那碎裂而又刺心的声响，接下来便是长时间的沉默、忧伤。

早些年，我的叔叔伯伯们，我的父老乡亲们，从外地做生意取道景德镇回家，顺手会捎些瓷器来装点餐桌，一路提着或驮着沉重的碗盘，到家了，长长地嘘一口气，似乎要把一生的辛苦全部吐掉，就在重重地搁置厅下时，只听"咣——当——"一阵清脆的撞击声，迎接的家人惋惜而形象地发出了一声叹息："送回景德镇了！"是的，一筒稻草捆绑的瓷器，总有几个提前谢幕，从深山里的泥土到浴火重生，再到最后粉身碎骨，瓷器走过了它辉煌的一生。这就是一件瓷器的宿命。

人生如瓷，几经火一般的历练，最终仍归于泥土。不知道粉碎后瓷片还能否复原？但我知道有人用瓷片给房屋做衣服，这栋房屋就坐落在浮梁，完全用瓷片搭建起的建筑，五颜六色，青花泛浮，玉光闪闪，令人叹为观止，这是瓷器展示出的另一种魅力。

向瓷而行，总是会响起玉一般的天籁之音，悦耳动听。

古镇流年

洋口，是一个地名。大江南北，走过溪口、河口、湖口、江口、海口……看上去一个比一个大，那么洋口是不是更大？

洋口，名字是很大，有着洋洋洒洒的气度，是通往太平洋的口子吗？伫立洋口，我叩问丰溪，唯听潺潺声响，在急急忙忙奔向信江、鄱阳湖，是去告诉大海关于"挑不尽的洋口"的故事吗？"浦城担"一肩就将洋口挑过了武夷山，直奔大海。

这里说的洋口，其实是上饶广丰下辖的一个古镇，在两条溪流（即丰溪、赵塘溪）的交汇处，也许名不见经传，却因水而款款流来了商贸昌盛数百年。

洋口古称瀛洲。何为瀛洲？词典基本释义，传说中的仙山。那洋口当有仙山，去洋口寻仙叩仙问仙，便成为一个挥不去的执念。

早年去过洋口，隐隐间还听到花炮的响声，心想洋口难道是烟花鞭炮打出来的码头，一路走过，"花炮之乡"的广告标牌精彩纷呈，抢夺眼球。却因了广丰五彩缤纷的召唤，洋口往往就被忽略了，往往只有隔窗车览。而八百年前的辛弃疾对洋口倒是情有独钟，从他留下的几十首关于洋口的诗词可见一斑，"欲说还休，却道天凉好个秋""一松一竹真朋友，山鸟山花好兄弟"就作于洋口博山一带。老先生的"稼轩书舍"还在吗？去那聆听读书声，聆听一阕《丑奴儿》《清平乐》《水调歌头》，捕捉松竹声里飘来南宋的韵律，或缭绕着一缕仙气。

瀛洲第一泉坐落于古镇中心街，又名谢家古井，始建于雍正年间，水汽氤氲，清澈见底，却无人问津。真想用井绳吊起一只木桶取水上来，舀一瓢解渴，忽想起多地发出地下水遭污染的报道，只好放弃。像智能手机打败了电视机一样，在自来水面前，水井甘拜下风，早已淡出人们的生活。古井，只能成为历史的见证物了，若干年后能不能再受青睐，没有人告诉我。回望瀛洲第一泉，羡慕起古人来，汲井水烧沸，冲泡一壶茶，泡开了一个悠闲的下午，滋润时光慢，那是神仙过的日子。

说到洋口，"柚子哥"冯真亮不可不提，老街新商户。所谓"柚子哥"，顾名思义，即以推广营运马家柚为己任，为广丰漫山遍野的马家柚摇旗呐喊，创办了一家集马家柚生产、销售、加工于一体的公司。是洋口成就了"柚子哥"，还是"柚子哥"反哺了洋口？自有后人评判。

马家柚还被誉为"仙果""孝果"，传闻明朝成化年间广丰大南一马姓孝子为母亲看病，跋山涉水寻找药方，一仙人被孝子之举感动，赐予他两枚仙果，孝子小心翼翼抱回家，母亲吃后病愈，遂种下仙果之籽以惠及更多百姓，经精心培育，几年后长出了果实，即今日声名鹊起之马家柚。快立冬了，该采摘马家柚了吧，叫一声"柚子哥"，我就开始流口水。走进柚园，硕果累累，笑绽枝头，摘下一个又大又圆的柚子，剥开皮，每一瓣玫红柚馕都带着水汪汪的声音在喊"甘甜爽口"，大地传来回音：那一抹微酸正是一首跳跃在舌尖上有情有味的诗歌。

今日洋口，店铺林立，昔日繁华再现，格局大体未变，风韵依旧。驻足坐落中心街的"芝石斋"前，看悬挂的匾额就大致能推测斋主是个与芝（或灵芝或芝兰）与石结缘的人，走进去，主人居然是我的广丰文友徐辉生，师范毕业就分配在这里教书，娶妻生子，一待就是三十多年，不啻于一个地地道道的洋口人，临近退休，开了这家石馆，开启了"石"在可人的修仙生活。"能栖身于老街，寄情于顽石，此生足矣！"辉生如是说。一块石头就是一个故事，或生动或传神或丰富多彩，指着木柜上的一块块石头，辉生敝帚自珍，说大都是近些年利用节假日在丰溪河滩上捡来的，有时候也去稍远的信江、金沙江或者更远的河流寻找石头，还与石友交流、交换。抚摸一尊尊石头，辉生爱不释手，解说每一块石头的文化涵义、衍生的寓意，倾注了对无声石头的再度创作，言语间流露出对洋口的热爱，是洋口养育了他，让他爱上了写作、爱上了石头。辉生，洋口"石仙"，以一爿石头店打开了洋口的另一幅画图。

洋口老街仿佛片片发黄的毛边纸，书写着往日的经贸繁荣，清代曾设"巡检司"就是佐证。洋口的小吃、传统手工艺五花八门，走在中心街、中山街，我随便数一数，有米粉、芋头饺、海参饼、柚子皮、茄子干……有铁匠、桶匠（圆匠）、弹匠、篾匠……还有做蜡烛、扎灯笼、铡黄烟、做面条、熬制砂糖的等。生态环保叫停了"花炮之乡"的狂欢，在绿水青山的指挥棒下忍痛退市，洋口人审时度势，文化牌打得"呼呼响"，尤其是木雕大放异彩，已成为洋口一项主打产业，张如东等一批工艺美术大师脱颖而出，洋口也因此多了一道人文风景，木雕城的名片名副其实，木雕城的响亮已然超过花炮的分贝。

洋口水多桥多庙宇多。将军庙是一处独特文化遗存。从外观看，建筑毫不起眼，却供奉着改写了大唐历史的黄巢。这在全国恐怕并不多见。当地传说是黄巢在洋口救了一人，人们为了纪念黄巢，又怕朝廷追责问罪，遂称"将军庙"。抬头观看，低头思忖，贼寇与英雄就在一念之间。黄巢，在历史上是个褒贬不一的人物，唐末农民领袖，居然在洋口旮旯里坐落着黄巢的遗存，有点不可思议。其实，在洋口、鹤山一带，关于黄巢与朝廷官兵作战的遗迹比比皆是：军埔、战畈、马坳、旗杆丘、架鼓垄，还有黄巢坪台等，一个个沾上了刀光剑影的地名散落在洋口、鹤山，给这片土地增添了几分神秘色彩。山风阵阵，涛声依旧，似有马蹄哒哒掠过、杀声震天隐隐传来，令人迷幻在这片古老的土地上。

乘着一片鹤山祥云，我感觉自己穿越到那个烽烟四起的唐末，混迹于起义军队伍内，一次次征战，一次次杀出重围，战功卓著，荣膺一名振武校尉，后黄巢将军命我守护这片土地，我便成了这里的小县令，县衙择址鹤山。千百年来，随我作战的将士们的后裔散居洋口、鹤山一带，飞越山峦间，鸟瞰洋口的博山、青金山、鹤山、鸡母山，我早已不认得他们了，由于历史原因，有的甚至不得不放弃原本姓氏。在唐末阴云密布的天空下，我注视子民们过着男耕女织的田园生活，有的逢年过节还会去拜一拜将军庙，祈福风调雨顺，我也欣然遥祝他们吉祥平安、幸福绵长。蓦然间，一场暴风雨袭来，闪电雷鸣，揉一揉眼睛，原是某个午后漫游南柯，梦醒丰溪。千年前的大战场，回顾其前世今生，而今呈现在眼前的是一派欣欣向荣的乡村振兴缩影，没有了鼓角争鸣，只见美好家园。

赵塘溪，洋口的点睛之笔，不紧不慢流淌着，沿途经过都门桥、观音桥，与长春街基本平行，弯弯曲曲，本应是宛如仙境，遗憾的是，一路写下了些许潦草的章节，无序搭建的民居、颜色杂驳的古桥、东倒西歪的树木、藏污纳垢的河床……走在赵塘溪畔，我真想帮它们好好批改、梳理一下。好在丰溪搭建了一座浮桥在等待赵塘溪的改造回音。

洋口故事多，小镇水流长。后来，有洋口的朋友告诉我，洋口的得名，源自当地溪中有一石头，如羊状，水流至此形成漩涡。一说乃一隐居瀛洲的外地风水先生自称是"药口"人，谐音所致，听后我哑然失笑自己早先想多了，眼前幻化一幕，一个仙风道骨的风水先生常常举着经幡在洋口街头缓缓而行，留下几多传说，演绎着洋口的点点仙侠风影。

那如羊状的石头不知还能否找到？徐辉生说，来"芝石斋"，带你去找；"柚子哥"诱惑道，不曰石头，咥（同吃的意思）马家柚。

在洋口，也许还能吃出"仙果"的味道！

拜谒张叔夜

步入灵鹫山下，宛如进入仙境，一山间盆地坐落着数栋庙宇，微雨季节，秋云漠漠，烟岚渺渺。这里被誉为"彩云源"，名不虚传。

这里是广丰东阳乡。东阳，一个读起来就让人想起蓬勃、活力、温煦、和美等词语的地名；东阳，与浙江江山山水相依，境内溪流，以山脊为分水岭，往西流入鄱阳湖，往东注入钱塘江；东阳，每天最先把第一缕太阳迎进江西省的乡镇，无愧于"赣东朝阳，省际明珠"之美誉。

在灵鹫山西麓灵鹫寺西侧，我不经意间遇见了抗金大将张叔夜。严格地说，是遇见了张叔夜的衣冠冢。张叔夜，这是一个小时候看连环画时多次出现的名字，与岳飞、宋江等名字滋润了我年少时求知若渴的心田，丰盈了那段简单灰色的流年。

因为张叔夜，我对灵鹫寺增添了几分景仰，把一个下午的时间都交给了这里，走一走，坐一坐，看看山峰，听听溪水，静观山山盘旋、峰峰回环，眼前浮现张叔夜伟岸、骁勇善战的形象，他一马当先，提枪杀敌，大败宋江、横扫匪盗、浴血奋战保卫京都，战马奔腾，鼓角争鸣，似某一部历史电影的镜头历历在目。漫步灵鹫寺，还在想：当年杨万里是入住在哪间屋舍里的？居然吟诵出了千古名篇《宿灵鹫禅寺》："初疑夜雨忽朝晴，乃是山泉终夜鸣。流到前溪无半语，在山做得许多声。"从此，灵鹫寺便住进了许多人心中，甚至慕名而来。

张叔夜、杨万里二人人生没有交集，却都在灵鹫寺留下了不可磨灭

265

的遗迹。在这样一个山旮旯里，恰是两个灵魂交汇的节点。灵鹫寺是何等有幸，与两个闪耀在历史长河里的名人有缘，钟鼓悠悠，梵音袅袅，穿越千年。

1127年是极不平凡的一年，金兵大举南下，北宋灭亡。当年10月，一声嘹亮的啼哭打破了庐陵南溪滥塘村的寂静，一个婴儿呱呱坠地，当时没有谁会想到一颗文学之星正在冉冉升起，他就是日后成为南宋"中兴四大诗人"之一的杨万里。而在这一年5月，北地寒风飒飒，草木孤寂枯黄，陪同被俘"二帝"前往金地的张叔夜报国未酬，含恨在河北白沟绝食而亡，一个真正的广丰男儿，"我以我血荐轩辕"。

我想，那一年的灵鹫山一定特别寒冷，一定感觉到了一个英灵的壮烈牺牲，它做好了充分准备接纳这个游子魂归故里，将以最高礼仪厚葬张叔夜。

我们应该记住这个略显陌生的名字：张叔夜。他和岳飞、文天祥、谢叠山、郑骧、江万里等都是多灾多难的南宋涌现出来的民族英雄。可叹生不逢时，他们一个个既要能带兵作战，又要能吟诗作赋，张叔夜也不例外，《宋诗纪事》就收录了他的一首诗作《岐王宫侍儿出家》："六尺轻罗染曲尘，金莲步稳衬湘裙。从今不入襄王梦，剪尽巫山一朵云。"字里行间透射出，张叔夜也有柔情的一面。

十一年后，即绍兴八年（1138），宋金议和，张叔夜遗骸才得以运回广丰，船至鄱阳湖遇大风，前行困难，只得就近将遗骸葬在庐山市白鹿镇，墓前青石碑上刻有"广丰霞宇"等字样，此碑当是清代所刻制，广丰此前皆称作永丰。"霞宇"何解？我似懂非懂。

至于张叔夜的衣冠冢为何葬在灵鹫寺，乃因宋代抗金名臣李纲"奏准敕建"，足见英雄惺惺相惜，那一年是绍兴二年（1132）。李纲与上饶有着千丝万缕的联系，他在上饶一带留下了不少诗篇，诸如"漠漠烟村一笛风，溪山都在夕阳中""云锦洞深烟水远，琵琶洲转暮滩长"等，不胜枚举。时"国家行在武林"，上饶与临安舟车通衢，作为宰相级别的李纲，对上饶太熟悉了，他为张叔夜挑选了一块风水宝地，正是相中了灵鹫寺，周边散落着丰厚的文化遗存，有龙溪文昌阁、祝氏宗祠、管氏宗祠、雨石赤壁、北寺岩等。躺在灵鹫山怀抱里，佛光照耀，张叔夜安心长眠。他的夫人吕氏就葬在五十里外西南方向老家塔底，隔山相望，伴水相守。

张叔夜一生可圈可点的事迹也许不是太多，在千年历史的长河里，也许不是太显赫。我们都知道，宋江最后终被朝廷招安一事，但究竟是谁在与梁山好汉斡旋，才成功招安的？《水浒传》八十二回说得明明白白，正是张叔夜，时任济州太守，诗曰："济州太守世无双，不爱黄金爱宋江。信是清廉能服众，非关威势可招降。"道出了张叔夜顺利招降宋江的缘由，是以其独特的人格魅力、清正廉洁的品行博得了梁山好汉们的信任。《说岳全传》也塑造了张叔夜机智勇敢的文学形象，诈降金兵击退金兀术。诚然，小说毕竟是小说，含有虚构、猎奇、演义、哗众取宠等成分，但张叔夜"平定宋江起义"一事的确不假。仅凭这一点，也给张叔夜的人生添了一抹侠客色彩。

张叔夜衣冠冢边上建有一座纪念亭，乃"张叔夜祠"，内立一青石碑，横额大字是"北宋将领张叔夜事略"，碑文记录了其辗转南北、仕途坎坷的一生，乃今人所修葺并勒石树碑。

因了张叔夜，灵鹫寺显然多了几分文化厚重。可以说，是佛教圣地灵鹫寺保护了张叔夜衣冠冢，反之，张叔夜也丰富了灵鹫寺的人文积淀。

张叔夜捐躯64年后，信州知州出于对抗金先贤的敬仰，特奏请南宋绍熙皇帝，为死于靖康之难的郑骧、张叔夜立双庙祭祀，还请了朱文公撰写《旌忠愍节庙碑》。

早些年，在广丰铜钹山，我遇见了张叔夜后裔，散落在家潭塔底一带。还在当地一北大博士家里用餐，席间，我羡慕地说，你们祖上是抗金英雄，后裔中也是人才辈出。博士回答我，张叔夜是先祖，在当地可谓妇孺皆知，家谱有明确记载，北宋大观年间进士，祖籍河南开封，在他爷爷任信州参军时，一家人就迁徙至此，千余年来开枝散叶，已成为广丰塔底张氏望族。当场我朗读了一副对联佐酒助兴："雨石常环守祀典，郎峰永峙保宗祊。"其实这是抄录于东阳竹岩一栋残存的老门牌上的，借花献佛，以此祝福他们。

再次环顾灵鹫山，我还真没有看出绵延山峰像一只展翅的灵鹫，住持不紧不慢地告诉我，灵鹫山、灵鹫寺风光旖旎，素有"灵鹫十景"美誉：鹫岭峰回、双狮对峙、云锁古城、五老旁列、鱼山古树、江相石洞、岩遗仙灶、张公祠墓、龙井清泉、天池晨旭。遗憾不能一一造访，透过字面，一幅幅画面浮现眼前，亦真亦幻。我频频点头，或是天性愚钝，纵使山峦跌宕奔腾，也不敢说看不出宛若鹫鸟凌空。

但我看到一只苍鹰在高山上盘旋，那是张叔夜的化身吗？不，他应该比苍鹰飞得更高，他是一只雄鹰，飞翔在南宋的天空下，飞掠在民族英雄的版图上，永远激励后人。

时序秋末，桂花还未开放，是在等待我远道而来走向张叔夜，向他献上迟到的芳香吗？翌日，天空放晴，一轮红日冉冉升起，一抹和煦的阳光映照在张叔夜墓碑上，我手捧一束桂花虔诚地放在碑前，深深地鞠躬行礼。

坚硬的风景

　　山下柱石书院与山上一排高大挺拔的白石柱互为映衬，一道自然风光与人文风景遥相呼应，它们之间是否存在某种默契、感应？我不得而知，但为自己行走乡村的意外收获而窃喜。

　　数了数，六座石柱与山连为一体，像一道通天石门，石柱有序雄峙两旁，矗立成一道风景，当地人称之为白石柱。石柱、大门如此逼真，山上长着不怎么茂密的树林，恰到好处衬托出山的秀丽。山名乌岩山，我对陪同的村干部说：石柱如擎天柱，何不改称天门山？立即遭到同行者的质疑，继而哈哈大笑揶揄说：这个名字在华夏大地上实在太多太俗了。于是我沉默，稍后指着山峦罔顾左右说了些绵延起伏之类的言语，尽力掩饰着自己微红的脸。

　　走在杨坞村，我惊叹大自然的神奇。

　　村中这书院之所以得名柱石书院，想必与不远处的白石柱有关。取名的灵感或许来源于此，就地取材，一个很硬气也颇显英气的书院，却鲜为人知。乍一听到这名字，我便喜欢上了。

　　柱石书院坐北朝南，居于村中，小楼房形成包围之势，书院灰暗破败，看上去不再风光气派，却依然体量庞大，那檐角、那门窗隐隐透出昔日的恢宏气度，书院占地面积一千五百平方米，建造于咸丰八年（1858），杨坞村"徐氏祖谱"有确切记载。

　　二百多年过去，遗憾的是书院摇摇欲坠，有点心酸心痛，绕着大屋转，不得而进。"打造文化软实力",当地政府开始意识到这个问题了,已经采取措施保护,择时修葺。家住书院对面的老篾匠徐师傅有八十多岁了,他说小时候看到的柱石书院就是现在这个样子,书院的功能早已无存,散发的烟火气息倒是浓浓郁郁,几十年来,也没修葺,风吹雨打,住在里面的人家搬来迁去,如今不再住人。老篾匠还告诉我,听老辈人讲,书院是当年徐家出资修建的,被誉为"九叶联芳"。

大门口青石匾额上阳刻的四个大字"柱石书院",苍劲有力,半行半楷,有人说像朱熹的字迹,也许书写者临摹过朱熹的字帖吧。透过大字,反复揣摩,多么希望能看出一些端倪来,或听出昔日的书声琅琅。眼前浮现一位老先生从柱石书院缓缓走出来,一袭长袍,青衣布鞋,一身儒雅之气,满腹经纶的样子,一群灰雀鸣叫着飞过,停落在屋顶上,在赞美春天,却纷扰了沉浸在遐想情景中的我。

白石柱巍然屹立,云卷云舒二百年,然而,人间换了多少面孔,仅凭谱牒上一些零星资料,无法拼接、复原书院曾经辉煌的过去。书院留存下来的一副对联耐人寻味:"位配长庚极上宝气如珠万丈文光冲北斗,地邻孺子亭前高人似玉千秋德望重南州。"孺子亭、高人、南州……这些似乎有所指向的符号冲撞着我的思绪,纠结其中,百思不得其解,读得懂这副对联,也许就读出了柱石书院的某些密码。

闻讯而来的一名老者告知书院隔壁还有一处清代老屋,说口口相传下来的老祖宗是经商的,我跟着走过去,匾额上书"槐茂荆荣",从字面看是写景抒情,老者言之凿凿说距今179年,这年份已精准到个位数,显然不容置疑,掐指一算就是道光二十三年(1843)所建,至于它背后藏着怎样的"身世",就难以说清了。

"转烦门外青山",越过一座古老的石拱桥,漫步走向白石柱,抬头望"天门",能否告诉我柱石书院的故事?再次数了数,不多不少六根白石柱,山间粉红桃花、雪白梨花,田野上的金黄油菜花,以及白的、粉的玉兰花,竞相开放,春意盎然,温暖的阳光涂抹在白石柱上,美不胜收,正好采撷佳句装点文章,哪天灵感一闪现,且为白石柱重新定义。

看一看白石柱山已足矣，未必要去攀登、去一览众山小，在山上看是一种况味，其实，在山下仰望则有另一种况味。坐在田坝上，独对白石柱，静静地守望，红砂岩山体的峭壁上，一个个自然天成的山岩洞眼也对望着我，像白石柱藏着的一个个传说，期待谁去解密。

和风斜阳，欣然往来于柱石书院、白石柱之间，领略这一片坚硬的风景，脆弱的心也会变得昂扬起来。

时光流逝，这个叫杨坞的小村，居然掩藏着一批这样有灵性的风物，我感触颇深，由衷感叹：发现乡村就在身边。乡村振兴，当挖掘往往被人们忽视的风景和融入寻常日子的传统文化，这是乡村的根脉、乡愁的承载。

丰田熙熙

走进丰田村路口，一块巨大的石头形似高举的拳头，给人一种向上的力量，上刻"丰田"二字。

丰田，黄淳熙故里。

黄淳熙何许人也？乃威震天下的湘军名将，晚清一代战神。

进入村中，驻足黄氏宗祠前。春日和煦的阳光洒在半月形池塘上，折射出斑斓的色彩，像一只只蝴蝶在水面飞舞，走近古老的青砖黛瓦房屋，大门口四座鼓形旗杆墩依然不减昔日的威严与荣耀，抬头一望，"黄氏宗祠"四个大字庄重有力，这里是千年古县鄱阳北部山区枧田街丰田村，三条溪流蜿蜒穿村而过，每天传颂着小村的鸡犬相闻和家长里短、跳荡着小村温馨的烟火气息。

正门两边的一对旗杆墩面上各刻写着"大清道光丁未年季秋月进士黄纯熙立"等字样。两侧是其弟黄缉熙的，乃光绪癸巳年举人，也勒石记之。兄弟两人分别高中进士、举人，这在生养我的鄱阳北部山水间不是很多，对丰田就多了几分好奇和景仰。

说实话，走进丰田，我就是冲着黄淳熙来的。为什么在他的家乡，偏偏把名字写成了"黄纯熙"？而在《清史稿》和一些地方文史书籍上，他的名字大都写作黄淳熙（字子春），反而"黄纯熙"这个名字更像冒牌的。没有谁告诉我为什么。我大胆揣测，也许当初是笔误，后来干脆将错就错，况且"淳熙"一词是南宋孝宗的年号，沾上皇气，何乐而不为？

触摸厚实的旗杆墩，我似乎触摸到晚清的枪炮声声，农民起义的战火愈演愈烈，西方列强虎视眈眈，在那样一个内外交困的王朝为官，在大厦将倾的关头挺身而出，无法想象文人出身的黄淳熙有着怎样的焦虑、苦恼和不安，应该还有几分"中兴"的抱负。

黄淳熙，以"即用知县"身份入仕湖南，后成湘军"果毅营"将领，一次次驰骋疆场，挥戈跃马，所向披靡，先后取得了三十多场战役的完胜，最终把生命定格在了今重庆一个叫作二郎场的地方，1861年6月22日是他的忌日。正值农历五月，深山峡谷送来阵阵寒气，这天凌晨，黄淳熙率部行进在羊肠小道上，星空黯淡，山色显得异常诡异，西南的天空滑落一道绚烂的流星，黄淳熙遭遇伏击，更可恶的是马陷泥潭，一代战神殒身，巴山低头，嘉陵江呜咽，可叹天不假年，未尽其才，令人潸然泪下。我的这位老乡就这样走完了轰轰烈烈的一生，"可怜无定河边骨，犹是春闺梦里人"，也不知当时黄淳熙一家老小如何面对如此突来的噩耗，不想去复原那悲凄的一幕。

"酒边每事如人意，灯下通宵读我书"，这是清代诗人、书画家何绍基书写给他的一副对联，如今仍挂在黄淳熙故居内。诚然，他本应该是个读书人，却弃笔从戎踏上了战场，战死沙场，教人无不痛心、惋惜。清人王闿运《黄淳熙传》有载："淳熙在兵间，每忽忽不乐，且夕思谢去。"

黄淳熙以身殉节而赢得了尊重，死后荣宠加身，"诏赠布政使，赐恤，加赠内阁学士，谥忠壮"。然而，他用一场壮烈的牺牲，却没有唤起统治者对内忧外患时局的深刻反思，今之视昔，唯有一份叹息，黄淳熙也绝对想不到，自己誓死捍卫的清廷在他死后五十年即土崩瓦解，历史掀开了崭新的一页。

当然，这丝毫也不影响黄淳熙在人们心目中的忠烈节气。黄淳熙，性格沉毅、不苟言笑，特善吏治，颇有政声，又能带兵打仗，可谓文韬武略，实属不可多得的帅才，难怪那么多晚清官员、名人为他撰写祭文、挽诗、挽联，汇编成《黄子春先生哀挽录》，为后人所敬仰。如今，在南充、武胜、定远、岳池等地，仍散落着黄公祠（或遗址），就是当年人们为纪念

273

黄淳熙而建的。

尤其值得欣慰的是，黄淳熙的好友刘愚在光绪元年（1875），还将其遗作整理汇编成册《黄忠壮公遗集》九卷，也算是告慰老先生在天之灵。《左传》提出了为人处世的最高标准，即"立德立功立言"，纵观黄淳熙短暂的一生，正是一步一步朝着这个方向努力的，尽量不留下遗憾。在湘期间，估摸黄淳熙受曾国藩的影响也不小，从《曾国藩文集》便可略知一二，他们还是有交情的。曾国藩很是佩服这位家乡的七品县令，咸丰三年（1853）还写信给黄淳熙，提出"思欲打破陈规陋习"。甚至曾国藩的亲戚找他办案子，黄淳熙也没有卖面子，依然按律查办，难怪得到曾国藩赞扬："黄子春官声极好，听讼勤明，人皆畏之。"黄淳熙的刚正不阿、秉公执法，至今仍让后人赞不绝口。

走在丰田，流光溢彩的楼宇中，夹杂着青灰色老房屋，黄淳熙故居静静地坐落其中，接受红尘拂洗，也请接受我迟到的问候："你的静默无声正是我走进丰田的理由；你的英勇作战也正是我仰望丰田的理由。"

水口是丰田的点睛之笔。一个有水口的村庄是有灵气的，是村庄的绿肺，一片古树林伫立在村西北，高大挺拔的树木守望着丰田的日日夜夜，守望着丰田人的日常生活。在几株古树下，居然并列着两座小庙，我觉得纳闷，询问当地人，告知一座是社公庙、一座是社母庙，实属罕见。里面供奉着社公社母神像，村人在此祈求风调雨顺、出入平安。在古树林，每一株树都摇曳着丰田的沧桑与辉煌。一株株古树，就像岁月积淀的字符，记录丰田人家一个个平常的日子，所有的酸甜苦辣就藏在树木的纹理中，终汇聚成一句自信豪迈的告白：丰田，已被列入第五批中国传统村落名录。

丰田凭什么跻身如此行列，梳理一下，当有这些密布的人文元素：古民宅、古树林、原汁原味的鹅卵石路，各类碑刻、石雕，以及红色旧址，还有历史名人黄淳熙……

水口，一定留下过黄淳熙亦耕亦读的身影。黄淳熙小时候家贫，什么放牛、农活杂活之类的，都干过，然而，不管多忙多累，偷得闲暇也要找旧书读，其父视小子春见字如着魔状，暗喜，既然如此酷爱读书，有鸿鹄之志，就送进私塾，后入饶州府为"县生员"，子春一边攻读一边做些竹木生意，积累下一笔可观的资金，遂买书藏书，继续发奋攻读，"通五经三史之学"，终考取功名，捷报迅速传遍丰田，丰收的田野也飘来赞美的歌声。

丰田，寓意"五谷丰登，美好田园"。放眼望去，丰田坐落在阡陌田地中，土肥地沃，青山环绕，以"丰田"之名行世名不虚传，倘若孟夫子到过这里，都不需要准备一桌丰盛的饭菜，也许他灵感一闪现，挥毫泼墨间就把《过故人庄》送给了丰田。

农耕时代，丰田确实是个好地方，翻阅当地谱牒，黄姓人家在此繁衍已有千余年，开枝散叶，生生不息。丰田处于绵延起伏山中一片开阔地带，当地村干部用手指着远远近近的山头告诉我，那是毛冲、佛阳，那是半冲坞，还有药源坞，是丰田黄氏的发祥地，毕竟不是当地人，我如何分得清？但从他的话语中，我听出了作为丰田人的自信和喜悦，听出了他们对美好生活的向往。

留存下来的宗祠、古宅等，我都一一叩访，还有清代武举人黄元豹宗祠、故居等。一座座古民居，站立成一道道风景。走进一栋栋深宅大院，我把脚步放得很缓、很轻，生怕踩痛了它、吵醒了它，大多房屋少有人居住，条件好点的人家或择基做了新屋，或移居城镇，我暗暗庆幸，还好没有拆建。无论是布满蛛丝，还是潮湿阴暗，甚至散发着霉味，都挡不住我贪婪寻幽的目光，面对挤压过来的静默无声，像一个深入浅出的书生，我沉醉在明清的时光里。

丰田的油菜花似乎比往年来得更早，开得更灿烂，那田间地头，一朵朵、一簇簇、一丛丛举着金黄的手臂，争先恐后地与我打招呼。我已经没有了来迟的感觉，陶醉在春光里。多年前，就走进过丰田，却熟视无睹大片的古民居；上溯百年，我的先祖也走过丰田，那是去浮梁、上景德镇、去徽州，运竹木、买茶叶瓷器，当年，从老家鄱阳湖岸边去山坞里，一般要选择途经油墩街、田畈街、枧田街（或石门街），再翻越崇山峻岭，才进入徽州地界。

　　丰田是徽饶古道上的驿站，从当地村民在修路时收起来的两块"孤坟总祭"可以看出，当年这条路上十分繁华，贩夫走卒络绎不绝，肩挑手提的生动身影，"咿咿呀呀"独轮车滚动出的热闹，也难免有意外客死他乡的行人，好心的丰田人并不嫌弃，主动上前入殓，并立碑祭扫。这是我在古老的饶州大地上首次发现两块"孤坟总祭"，就在丰田，保存完好，百余年过去，字迹依然清晰，足见丰田的民风淳朴。坐在古树林搭建的宽大石板长凳上，我试图与黄淳熙对话，不，是倾听子春先贤一席话，只闻溪流缓缓流淌，不得要领……

　　我想，在历史的长河里，黄淳熙的名字一定会越来越光芒四射，其忠勇、其气节、其清廉、其才华，经过时间的沉淀、过滤，会愈加历久弥香。

　　再次打量丰田，人烟稠密，房屋鳞次栉比，数也数不清，我独记住了，"丰田是黄淳熙故里"，我还会把这个判断句告诉我认识的所有人。

山腰上的小村

　　小村，静卧在山腰上，房屋错错落落，层层叠叠，多么像大山平平仄仄吟唱的词曲。

　　小村叫严家湾，在半山腰上，背靠逶迤的灵山山脉，紧临茗洋关水库大坝，一排排房屋在向上生长，青山绿树，一条条小溪流淌着悠扬的旋律，站在对面山麓的山路上看，严家湾尽收眼底。

　　靠山吃山，村中石头房子比比皆是，砖墙就地取材，那可是坚硬金贵的花岗岩，在村民眼里的寻常之物。在我看来，是大山馈赠给小村的尤物。

　　石头是小村坚实的靠山，石头是小村的灵魂。村中散落着一些随遇而安的石头，或在房前屋后，或在溪流边，或在田园中，看似有惊，实则无险。村中百岁老人说，从来没有看到这些石头挪动一步，忠实地守护着小村。多次在严家湾行走，望着这些比一栋楼房还要大的石头，我为自己的杞人忧天而发笑，也稍稍松了一口气。

　　云雾满山飘的日子，整个村子若隐若现，好像海市蜃楼，妙不可言。山村永远都散发着一种生机盎然的气质，朋友徐军就生活在这里，每天在牧歌声中温习这里的恬静和美好。是的，本已经移居城里的徐军在山腰一开阔处养了数十头牛，他并不是厌倦了城市的喧嚣繁华，而是舍不得这片山水，执意要回到山林，优哉游哉地选择与一群牛打交道。

　　比起前两年，徐军面容似乎沧桑了些许，肤色却显得更精神更健康，是历经山风的吹拂，还是"牛经"历练的缘故，想必都有吧。

　　傍晚，石头房子屋顶升起了一缕缕炊烟，飘飘袅袅，似乎在明比暗赛谁家的饭菜更香，也像一支游弋的笔，以屋后的圆锥形稻草堆为背景，勾勒出小村简约古朴的细节。"烟村四五家"的画面迅速跳出脑海，倘使不是不远处耸立的楼房借助晚霞的光线提醒昏花老眼，我还以为自己置身唐诗宋词里的某个江南村落。

　　冬季，走进山村，房前屋后许多树木早早梳理干净了叶子，柿子树、柚子树，像默默敬业的美术工作者，涂抹着冬日暖阳里的一片生机。踟蹰在一棵棵树下，只见柿子红溅落一地，或柚子黄遗落一隅，那是秋天的诗篇，山风还没来得及朗诵，转眼就成为冬天飞雪的伴舞。

　　板栗树、棕榈树、樟树、竹子……以各自的真诚姿态，注视着我一一走过它们身旁。看，冬天的柿子树总是那么惹人注目，虽说叶子像我的头发一样掉光了，枝头依然悬挂着一串串小灯笼样的柿子在做着最后的坚守，照亮游子归来，用一抹艳丽的色彩装扮寂寞的山村。

　　诚然，山村的寂寞是一种美，山村的寂寞需要人的映衬、需要人的喧嚣。也许这正是徐军搬回严家湾的理由，过着宁静的生活，守候着淡泊的日子。每天，徐军都要早早地起床，走向山坡，数一数多少头牛，在熟稔于心的数字里体味内心的惬意。

　　说起牛，徐军说话的声音大起来了，说牛通感情有灵性，牛在山野里吃草，吃着吃着就走远了，夕阳落山时，徐军要上山将牛召集起来归栏，一边找寻一边唱歌，渐渐地发现，只要听到歌声，所有的牛都会抬起头注视他，到后来，只要他唱歌，牛都乖乖地来到他身边。徐军不好意思地说，其实他的声音沙哑，嗓音借助野性的山风貌似有点悠长，好在听众只有那些牛，牛面前献丑倒也自然大方。在牧歌声里，徐军把在山野里的日子打理得生动有趣。

　　养牛乐在其中，徐军深有体会，几乎每日凌晨三四点起来，简单地煮点吃的，天不亮就出门，走半个小时的山路，去查看牛是否无恙。大山之中，牛与徐军彼此之间已建立起一种信任默契的关系，它们摇头、摆尾、回望就算是和主人打招呼，也有热情地发出或长或短的一声"哞——"穿透黎明前的黑暗，伴着晨曦送来清新的空气，深深地吸一口，徐军觉得浑身都是劲。

牛厩是开放式的，有的露天睡，有的回牛厩睡。每天早晨，把它们往外赶，望着渐渐散去的牛群，云霞漫卷，天亮了，徐军的心胸也开阔起来，然后到附近山坡上弄些青草，留到下午喂牛，撒些糠和盐，牛特别爱吃，多余的可以剪碎拌糠喂鸡。下午相对要空闲点，徐军闲不住，就去山上挖草药。从小在山里长大，徐军知道哪些草药有抗菌消炎、杀虫解毒等功效，牛可以吃，人也可以吃。傍晚，徐军到外面看看牛都在哪里，吆喝几声或飞歌一曲，牛就循着熟悉的声音回来了。

"有女莫嫁严家湾"说的是过去严家湾的穷困。多少年来，村民过着苦日子。如今，有了好政策，严家湾人扬眉吐气，徐军也想以此证明严家湾是个美丽富饶的地方，和大家一起誓将绿水青山变成金山银山。

富起来的严家湾人，也纷纷自觉地保护尚存的文化遗产，老宅子、宗祠、古道、古庙等。严家湾人已经将古迹视如珍宝保护起来。严家湾村正北是茗洋关古隘，这是一条通往广信府的崎岖小道，至今还存有石板铺砌的路段，像一条衣带系在灵山山腰，绵延在群山间。我踮起脚望了望，是不是通往诗意的南山？

严家湾村的后山是仙岩峰，乃灵山九十九座山峰之一，写进了辛弃疾"叠嶂西驰"的句子里，以"万马回旋"的姿势呵护着严家湾，离峰顶二百米左右有个岩洞，背后残存着古庙遗址。我寻访着走过去，细心的话，还能发现残存的瓦砾和石磴。那天，从山脚往上爬，有一天门、二天门、三天门，那是通天之门吗？站在山顶，叩问苍天，唯有余音缭绕。

城里人回村定居，村民返乡创业，已成为山村水庄的一道风景，徐军在山水间劳作收获，也收获阳光风声，还有乡土之恋。

沿着山间的古驿道行走，和徐军交谈。他是想通过自己的努力，影响并带领村民走共同富裕之路。徐军说，村里有人种了果树、种了茶树，也有人在线上直销当地农副产品。望着山下，冬日的天空显得异常辽阔，五十岁的徐军迈着坚实的步伐走在前面，除了养牛，还侍弄着一片高山野生茶。徐军说："寄语草木长新芽，来年春天记得上灵山，为你泡上一杯新茶。"

夜宿严家湾，站在月光下，临风吹起随身携带来的竹笛，悠扬的旋律，激荡着灿烂的星空。

锦　夜

深夜，终于抵达古老广信华坛山深处一个叫作樟涧的小村，择一民宿而居。

回想来时，惊喜中有点后怕，数九隆冬，一路风雨，车窗外寒气刺骨，以三五十码的速度匍匐行进在浓浓夜幕里，山雾时而包抄裹挟，车大灯也显得力所不及，穿不透茫茫前路，只有导航在寂寞地陪伴。

这个冬夜，在淅淅沥沥里奔向樟涧，还来不及看山村的模样，来不及触摸山村的脉动，密集的雨声早已遮盖了山村的呼吸，我就不明不白地把自己交给大山，权且做一回风雨夜泊人。

在不相熟的地方借宿一夜，尤其是在如此时节如此寒夜，有樟有涧相待，还有一种未知在雨夜里弥漫、引诱，居然萌生不思还的念头，其中不无避世的因素。

这一夜，我很久没有入睡，遂撑伞走出来，任凭风雨敲打，想去找个地方喝点小酒暖暖身子、听听夜雨，房东善意地告知村里没有做夜宵的。我不气馁，坚持寻找，可除了民宿还是民宿，看着夜色中灯光迷离的樟涧，数十户人家依山临水高高低低错落而居，廊桥、石拱桥、篝火塔、宗祠、祈雨广场、古樟、瘦水，环视夜色里的良辰美景，灯火阑珊处，独独少了一杯酒点缀。

迈着怯生生的脚步，走在陌生的山村，雨一直在或深或浅地滴落，黑夜无边，把村庄挤压在一条溪流边。村庄借助灯彩抗拒黑夜的侵蚀。一个人在溪畔踟蹰，凭栏顾盼，对岸是黑黢黢的群山，应当是春有桃花秋有月，也有凉风也有雪。它就那样看着形单影只的我，如同看着一片荒芜，直到看着我身体里长出石头。白天我就能看清它逶迤起伏的身姿，领略它突兀铿锵的骨骼。然而，此时是夜里，真希望山那边升起一团绿火或蓝焰，充斥这夜空的幽然、虚无。我不会畏缩、逃离，问心，也没有什么胆怯。

为什么来这里住一宿？是因为樟涧的美，樟涧的神秘传说，还是想短暂逃离尘世？我无法回答自己。

想起多年前，每次回老家鄱阳，常常选择途经华坛山，也就常常与樟涧擦肩而过，或是一个人，或是同我自认为从少年起便能呵护纯真执着的朋友。一次次错过樟涧，那时，我并不知道走过的线路旁有个山环水绕的樟涧村，如同我以为一起长大的人生不会有很多的分别，否则我之前就不会一笔带过樟涧的。

一棵枝繁叶茂的粗壮樟树立在村庄的水口，怕是有几百年了，樟涧的记忆在枝蔓间绵延，溪水绕着村庄，在大樟树这里拐了个弯作别小村，似乎是深情款款地回眸，又似乎在向过往致敬。

折身回屋，静坐案前，浅斟一盏温茶，细品半生岁月，打开心扉密密叩问。窗外的樟涧溪，时隐时现，泛着若有若无的粼光，像是与路灯漫不经心交谈时溅落的余韵。

斜风冷雨低吟浅唱，浮名今夜不会敲门，最初的我离自己很近。"嘀嗒""嘀嗒"，雨依然在落下，像是在提醒我，该放的一定要放下，轻装前行。回首走过的路，回想经过的人，心思如山涧溪流在上涨，错过的人事、错过的风景，负我的人、我负的责，从善者从恶者，七彩斑斓重重叠叠交织眼前，最后定格成漆黑的夜空，唯有几道简单的光影在闪动直至泯灭。

都说树老成仙，溪边的那些古樟此刻在静默中都思考什么呢？还是未卜先知一个孤独的陌生人，在这深夜要用山的墨线界开楚汉，拼好从未认真过的裂痕放入水流，把心事掏出，放进一棵从不出卖人的树，然后若无其事地将失望裹紧。

这样的夜晚，樟涧本该有虫声或是鸟鸣的。因为有雨声，它们不愿让一个人的心太过荒凉。尘嚣里拖出的肉身终于可以在此轻轻寄宿安放，才明白很多事都会如这一涧溪水，只是后知后觉的人才想撕开夜色问究竟。

不经意选择樟涧，一处不曾到过之地，看来选对了。扯一块黑夜的幕布铺成跑道，让思索驰骋，借一夜风雨荡涤心境。樟涧，悉数给予。

很多人来樟涧，不外乎是因为在樟涧便于抬头"望仙"，还可倾听"龙潭瀑布"，我也是因此才闻其远播之名。

樟涧，悠然躺在山水的怀抱里。我静静躺在樟涧的怀抱里，品茶、听风、听雨、观夜、行走、静思……

夜已深，风雨更冷，想起来往的凉薄之人，想起人性的阴冷，甚或不惜用尽心机，我不禁打了个寒噤。"嘀嗒""嘀嗒"，那是流年坠落的声音，就那么轻轻巧巧把我砸疼。信任和情谊隔着雨雾，光阴深处的一滴涧水冰刀一样划过心头，一次重复一次，取不出来也无力抵挡，唯空对夜色，悄然擦拭一行清泪。

雨收住了些微阵脚，灯光通透了夜空。有星子该会很精致，不过即便这样，也已经美得清虚，美得空灵。草叶上的露水使月光也想磅礴而出了吧？干脆把自己心事放空，统统丢进樟涧的空夜，自在寻梦去。这一夜，我的梦在樟涧化开来。梦里，那座山的桃花已然盛开，落瓣浮在流水，不用寻找去向哪儿，因为这世间万物的念想都不会锈迹斑斑，就像善饮的人，便会吐出月影，喜欢算计的人，总是吞进枷锁。

雨是压倒人间的重量，而细雨如丝则有了红袖添香，绿蚁新酒的温情和轻快。

翌日一早起来，风和雨依旧在碰撞，也会撞倒自己，它们想起自己身上有远山有河流，还有数叶帆航，便有了更宏伟的担当。

一个人的自言自语瞬间落地时，才发现自己在樟涧可以离泥土很近，可以把自己撒进泥里发芽或冬眠，可以从土里长出芬芳。层楼的瓦楞上蹦跳着雨滴欢快的身影，小村的装扮喜气洋洋，似乎每天都在过节。这样的村庄，赋予了诸多的文旅融合元素，大红灯笼高高悬挂在村道两旁，摇曳着一串丰富多彩的定义，春天的脚步已越来越近，时光在这里为任何一个人慢了下来。